L'écume des lames

Du même auteur

La République des Pirates. À frères et à sang, Plon, 2019 ; Pocket, 2020.

Jean-Marie Quéméner

L'écume des lames

PLON
www.plon.fr

92, avenue de France
75013 Paris
Tél. : 01 44 16 09 00
Fax : 01 44 16 09 01
www.plon.fr
www.lisez.com

Mise en pages : Graphic Hainaut
Dépôt légal : février 2020
ISBN : 978-2-259-28275-8

À ceux qui, d'écume et de lames, cherchent l'amer.
Aux marins.

« S'il doit être libéré de sa vie, qu'il le soit en
mer, là où la liberté a encore un sens. »
Baruch Cohen Henriques à Yann Kervadec.

1

Carnac, printemps 1722

Cette araignée du diable, fort bien nourrie et velue, refusait de quitter son repaire. Le mauvais bout de bois humide, ramassé au hasard d'un sol mouillé, peinait à remplir son office d'Excalibur à insectes. Entre deux pierres de granit mal ajustées, le monstre noir à huit pattes tenait redoute et ne semblait pas décidé à se rendre. Lassé sans doute de mes assauts obstinés et maladroits, il passa à l'attaque et tenta de grimper sur l'espar. Sans vergogne aucune, je l'écrabouillai contre la paroi en grimaçant, puis débarrassai l'orifice de sa toile encombrée des restes infâmes de ses soupers passés.

Le fameux pirate Yann Kervadec, chevalier Bréno de La Barre de Pont Allouët, ayant terrassé son farouche ennemi pouvait enfin, toute honte bue, espionner sa femme à travers le trou du mur…

Il avait suffi de peu pour aiguiser d'abord ma curiosité, puis ma jalousie et enfin mon inquiétude. Médeline entassait des victuailles dans un panier. Entre deux tranches de lard rôti, elle prenait soin de se rincer les doigts, de mettre de l'ordre dans sa tenue. Ses longues mains caramel défroissaient des plis imaginaires pour remonter vers le bas de son ventre pour l'envelopper. Un léger soupir, un triste sourire et elle alourdissait encore son fardeau de beurre et d'avoine. Et recommençait son manège.

Ses doigts agrippèrent enfin sa chevelure crépue dans l'espoir insensé de la discipliner. Ou simplement de la détendre. Un regard oblique. Elle s'échappa par la porte de l'office, sa haute taille gâchée par des épaules vaincues sous le poids de ses angoisses.

Je l'avais piteusement suivie. Le chemin en sable et terre mêlés se souvenait trop bien de la dernière pluie. Et là où son pas léger semblait porté par l'air, mes talons s'obstinaient à faire bruit de fanfare en s'avachissant sur chacune des flaques.

Corbeille au bras, elle avait longé les salines, sans doute tordu le nez – comme toujours – sous les effluves de vase, d'algues et de sel portés par la marée, puis contourné la vieille ferme du vieux Le Donnant et embouqué le sentier de l'*aozer*[1].

La guérisseuse ne comptait plus d'âge. Certaines mauvaises langues persiflaient que son père lui-même avait autrefois aligné nos menhirs comme à la parade par quelque sortilège inconnu du commun des mortels. Elle officiait dans une cahute proprette, sol en terre battue brossée, meubles en bois et cloisons mélange de pierres et de branches. Certes, la paille du toit aurait mérité d'être rafraîchie, mais on était loin de l'antre du démon ou de la caverne des sorcières de nos contes. Ses longs cheveux blancs ne portaient jamais coiffe et laissaient même, malgré les ans accumulés, percevoir quelques traces du blond qui fut le leur jadis. Elle était proprement habillée, à la mode du pays, en tissu noir rehaussé de quelques broderies de fleurs vives, et n'étaient ses yeux délavés de bleu par la vieillesse et étrangement voilés d'une brume claire, son visage très lisse ne laissait rien paraître de la date de son baptême – si toutefois elle avait été baptisée…

Sa voix semblait piquée par les braises. Notre langage, déjà passablement rauque, tonnait contre les rochers de nos rivages dans sa bouche.

Elle bénéficiait du statut envié de « docteur » à la mode de chez nous, et ses incantations druidiques lui permettaient, prétendait-on, de voir le temps plus loin que l'horizon et que la ronde des lunes.

1. « Rebouteux », en breton.

Même mon père adoptif, le très cultivé et déluré recteur de la paroisse, avait fait la paix avec la dame. «Que veux-tu, me disait-il de son sourire à fossettes, païens vous êtes, païens vous resterez. J'ai assez à faire avec le salut de vos âmes pour me mêler de celui de vos corps. Je m'occupe de l'espoir d'une vie meilleure, je lui laisse bien volontiers affronter, avec ses bouquets malodorants, les tracas du quotidien.»

Ce qu'il avouait moins facilement, c'est qu'ils avaient tous deux concocté, quelques années auparavant, une potion d'herbes souveraine contre les lendemains de chouchen. Rebouteuse et curé avaient forgé là une solide amitié confinée aux habitués des tavernes et aux bouilleurs de cru.

La voix de gorge de Médeline adoucissait les écueils de ma langue. Les intonations de ses Antilles natales, la langueur de certaines syllabes, apaisaient de cannelle et de sucre son breton. Je ne pouvais tout à la fois observer et entendre. Et je répugnais à poser mon oreille là où je venais d'occire ma très grasse Arachné. Je m'y résignai cependant. La voix d'échouage et de froissement de cailloux de la vieille me parut soudain plus claire, compréhensible :

— Ton corps n'y peut rien, ma fille, c'est ton esprit qu'il te faut vaincre. La mère que tu souhaites devenir ne peut éclore à cause de tes peurs d'enfant.

Je n'entendis pas la réponse de ma femme, trop sourde. Mais ses sanglots, bien perceptibles, me retournèrent le cœur.

— Eh quoi ! lui dit vivement la vieille. D'où tiens-tu que le petit-fils ressemblera au grand-père ? Penses-tu que toutes les tempêtes se valent parce qu'elles viennent des mêmes vents ? Quant à ton galopin de mari, je sais son sang. Je connaissais ses parents, les vrais, et je connais celui qui l'a élevé. Je te prie de croire qu'il serait souhaitable que ton fils à venir leur ressemble plus à eux qu'à lui, il est vrai…

Ma main glissa. Mes genoux se dérobèrent légèrement. Le «galopin» manqua de tomber par terre. Le souvenir douloureux d'une nuit humide sur l'île de Guadeloupe où le marquis de Presles tentait de prendre de force sa propre fille me déchira les entrailles. Je relevai à peine le nez et me retrouvai face à la Pythie locale, furieux de ses piques et honteux de m'être laissé prendre à écouter aux portes.

Ma belle la suivait. Elle eut l'un de ces sourires bien à elle, de ceux qui me rendaient plus docile que bœuf sous le joug. Puis elle posa son front contre le mien. Nous communions ainsi depuis la nuit où nous avions été « mariés » par une enchanteresse nègre marronne sur une île oubliée du monde. Il était temps de rentrer chez nous.

Médeline pesa fort sur mon bras sur le chemin du retour. Je savais, bien sûr, qu'elle se languissait d'avoir un enfant. Je n'avais pas su – ou voulu – estimé la force de cette attente. Ma « famille » à moi me suffisait amplement. Armel, mon ami roux comme les flammes, taillait ses pierres et était de toutes mes escapades en campagne ou en mer. Henri, le mousse de la *Perle blanche* et jeune père d'un petit Yann dont j'étais le parrain, s'était étoffé, et rivalisait maintenant de stature avec le *rouzic*[1] et les pêcheurs des environs. Marie, son épouse, veillait sur lui avec la force tendre, inflexible et redoutable des femmes de mon pays. Mon âme damnée de soiffard d'Irlandais shakespearien, le sieur O'Flahertie, divisait sa vie entre notre demeure commune et de rapides voyages à Paris, Nantes ou Rennes, dont il revenait avec toujours plus de livres et des « expériences » douteuses au cours desquelles tout semblait bon à prendre pourvu que cela explosât suffisamment fort.

Sa dernière invention avait réjoui autant qu'inquiété tout le village. Il avait trouvé le moyen de glisser de la poudre dans un boyau d'animal qu'il introduisait au cœur des galeries de taupes. Son sourire d'enfant sur le visage, il y boutait alors le feu, remplaçant d'innocentes mottes de terre par des tranchées hideuses au beau milieu des champs que désertait – il est vrai – le drôle d'animal souterrain qui y vivait. Mon père observait

1. « Rouquin », en breton.

tout cela avec la tendresse d'un patriarche et poursuivait assidûment offices religieux et dames en souffrance affective, sans que l'on distingue réellement la cause de la conséquence…

J'ouvris le sac de mes pensées à ma belle qui eut la force de sourire franchement à l'évocation du massacre des bêtes à fourrure de Finn. Puis changea de sujet en glissant que son oncle, Abiola, resté dans son estaminet à Nassau, lui manquait plus souvent qu'à son tour. Nous décidâmes de lui envoyer une lettre, encore une, et de prendre de ses nouvelles. Nous savions qu'il faudrait attendre peut-être cinq mois pour avoir une réponse. Plus d'une fois j'avais pensé lui apporter moi-même le courrier avec notre brick, l'*Oroun*, toujours à quai à Auray, mais je n'avais jamais osé le lui avouer…

C'est un Finn tout à fait détendu qui patientait devant l'âtre de notre maison. Il avait enlevé ses bottes et approchait, plus près que la prudence ne le recommandait, ses pieds blanchâtres des flammes. Il éventait les braises avec un pli, scellé de cire rouge, tenu de sa main amputée de l'annulaire et de l'auriculaire. Le cachet aux armes de la marine royale manquait de fondre sous l'exercice.

— Vois-tu, Yann, tu me trouves au désespoir, soupira-t-il effrontément en me désignant la missive du menton. Dois-je confier au bûcher nos viles tentations d'un ailleurs aventureux, ou aurons-nous la folie d'ouvrir la présente et de devoir courir les mers pour ton roi, qui, je te le rappelle, peine encore à avoir trois poils au menton… J'hésite. Et toi, Médeline, qu'en dis-tu ?

Il reçut pour toute réponse, dans l'ordre et sur la tête, le panier vide de ma femme, son rire, puis mes insultes nourries et fleuries.

— Je me rends ! supplia-t-il. Grâce et merci ! À toi, Yann. Et essaie de lire sans trébucher sur les mots, je te prie : ma raison est encombrée de votre breton barbare et de votre français fielleux. C'est simple, il me paraît que j'ai dû oublier jusqu'à mon délicieux anglais et mon sophistiqué gaélique dans vos contrées…

Le texte, d'une rigueur toute militaire, se parcourait aussi vite qu'une dépêche sur un champ de bataille. Jean-Frédéric Phélypeaux de Maurepas, comte et ministre de la Marine, visiterait incessamment Lorient. Il nous priait de l'y rejoindre. Suivaient quelques formules de politesse tout à fait élégantes et fort inutiles.

Je tordis le nez. Finn claqua la langue sur son palais. Médeline, son chagrin désormais dans un coffre, souriait et nous gronda :

— Messieurs, trêve de comédie. Vous brûlez de repartir à l'aventure. Le comte vous avait prévenus : il ferait appel à vous. Ne faites donc point triste figure, apprêtez-vous ! Et, par pitié, essayez pour une fois de ne vous fâcher avec personne sur place.

*

Lorient grouillait et s'agitait, comme envahi par ces fourmis surgies de nulle part pour festoyer sur les *brujunes*[1] des repas d'été. Avant d'atteindre la ville elle-même, protégée par une fort belle œuvre de monsieur de Vauban, il nous fallut longer le loch du Scorff. La cité figurait un gigantesque poulpe, forteresse en guise de tête et tentacules grêlés d'habitations précaires et de tentes militaires. Une foule dépenaillée s'agitait au gré des besoins des chantiers navals. Les cantinières gouailleuses le disputaient aux ouvriers de marine et à une horde de nouveaux arrivants, simples manœuvres, qui s'épuisaient sous le joug des membrures de bois, de lourds cordages des nouveaux navires ou du matériel de radoub des anciens.

Même les vasières de la rivière peinaient à imposer leur écœurante odeur face aux relents de goudron, de résine de pin et de chêne, de charbon rouge, de sueur et de crasse. Le vent d'ouest balayait le tout avec son goût de sel et de pluie. Jamais pour longtemps.

1. « Miettes », en breton.

Nous nous dirigeâmes vers le palais du gouverneur de la place. Nous avions laissé nos chevaux à un très jeune matelot portant un uniforme de la Royale passablement sur la trame. Finn – c'était plus fort que lui – avait caressé sa sempiternelle dague au côté avant de lui conseiller dans un rictus de tueur d'en prendre grand soin. Il comptait, lui avait-il alors dit, « monter sur quelque chose pour le trajet de retour. Cheval ou homme »... C'était au marin de voir...

Il nous fallait emprunter un chemin de terre tassée, en pente prononcée, sans doute moins marécageux que le reste des « rues ». Un mouvement de foule chaotique vint à notre rencontre avec force cris et galopades. Nous perçûmes des avertissements criés en breton, français et même, me sembla-t-il, en espagnol. Au beau milieu de ce troupeau humain en détresse, un gros tonneau cerclé de fer prenait de la vitesse et dégringolait vers nous. Un pauvre bougre se fit happer sur la hanche. Son corps décrivit un angle contre nature vers le baril avant d'être comme repoussé par la main de Dieu du côté opposé. Il ne cria que plus tard. Deux hommes hurlaient au loin très distinctement en français en courant désespérément après le projectile ravageur. J'avisai une charrette lourde d'un gréement entier déposé là. Son cheval de trait renâclait déjà sous la panique. Nous attrapâmes ses rênes et le contraignîmes à avancer jusqu'au milieu du chemin. Nous eûmes à peine le temps de détacher ses liens et de nous jeter sur le bas-côté. Le tonneau s'écrasa sur la charrette dans un bruit de mâture démembrée. Quelques éclisses fouettèrent l'air. Je me relevai un peu hagard et clairement crotté de mon plongeon dans le ruisseau d'aisance qui bordait le sentier. Une odeur familière vint nous ramener à d'autres lieux. La terre buvait goulûment le rhum contenu dans feu la grosse barrique.

Les deux énergumènes qui la poursuivaient arrivèrent à notre hauteur. Nous nous apprêtions à les découper posément en morceaux quand l'un d'eux m'attrapa par les épaules.

— Capitaine Yann ! Ça alors… Regarde, Étienne, c'est le capitaine, et là Monsieur O'Flahertie. Quel bonheur de vous revoir !

Finn les reconnut le premier :

— Tiens donc, les siamois bordelais de Providence. Nous vous avions laissés à l'aube d'une longue nuit de taverne. Je vois que vous avez su économiser depuis…

Il tâta de la semelle la flaque d'alcool.

Ceux-là nous avaient en effet accompagnés de Nassau à Auray lors de notre voyage de retour sans que je susse jamais les distinguer, tant l'amitié qu'ils se portaient les avait jumelés. Je m'essuyai les yeux de ma manche de manteau qui empestait l'urine et le crottin que j'espérais de cheval.

— Mais que diantre, espèce de Janus de l'enfer, faites-vous céans ? Et quel est ce tonneau qui a bien failli fouler la moitié des habitants ici ?

— C'est une longue histoire, capitaine, que l'arrivée probable, dans la minute qui vient sans doute, de la police du port ne nous permet pas de narrer en complet, expliqua très vite l'un d'entre eux. Pour aller prestement, sachez que nous avons trouvé du travail sur les chantiers de cette ville nouvelle après vous avoir laissés. Il nous parut évident que toute cette populace devait avoir soif. Très soif. Nous nous sommes donc improvisés importateurs de rhum et de vin de chez nous. Il se peut par ailleurs que nous ayons au passage oublié de payer les impôts royaux, tout à fait exorbitants, afférents à cette noble activité…

— Tout à fait exorbitants… du vol, confirma en écho son autre lui.

Une petite troupe en uniforme, armée de bâtons, se dirigeait vers nous. Je me redressai et demandai aux deux joyeux drilles mais tristes escrocs de rester derrière moi, et surtout de ne point faire autre chose que d'opiner du chef à mes paroles.

Je donnai à la troupe de la prévôté l'ensemble de mes titres et qualités, puis expliquai que j'étais mandé par monsieur le ministre. J'obéissais donc quand nous avions dû, mes amis et moi, parer à l'attaque impromptue d'un tonneau déchaîné. J'avais par ailleurs bien remarqué qu'une paire d'échalas tentait de s'échapper. Je faisais un geste du bras pour désigner le chemin d'où nous venions. Le chef me remercia d'un signe de tête et prit congé avec la politesse rude de ceux qui n'en usent pas trop souvent. Il enclenchait ses premiers pas quand il m'apostropha en tournant la tête :

— Chevalier, si vous devez voir monsieur le comte, vous devriez faire toilette. Sauf votre respect, vous semblez avoir nagé dans des latrines…

Mon ego dut laisser passer les rires gras de ses camarades et le regard dégoûté de Finn qui en oubliait sa propre odeur.

*

C'était un certain lieutenant Le Pocher, un ami et aide de camp de notre hôte prestigieux, au désespoir de notre allure qui nous avait accueillis et immédiatement emmenés dans ses quartiers, une simple chambre plus monacale que militaire. Il nous avait dégoté deux chemises qui feraient illusion et fait déposer plusieurs seaux pour que nous nous rincions à l'eau claire.

Le comte de Maurepas reçut donc ce jour-là deux jouvenceaux humides en simples chemises et culottes crottées qui tranchaient honteusement avec son habit bleu soyeux et la belle mise de sa perruque grise qui persistait à forcer son âge. Le sourire qu'il eut en nous accueillant avait, semble-t-il, autant à voir avec notre mésaventure de la barrique qu'au plaisir de nous revoir. Il nous proposa un vin de bordeaux dont je soupçonnais nos deux faux jumeaux d'être les détaillants. Nous patientâmes avec lui. Un seul de ses regards avait suffi à faire comprendre à ceux qui n'avaient rien à faire dans la pièce d'en débarrasser le plancher.

Debout, dos tourné à un foyer imposant, les bras ballants, les doigts agrippant puis relâchant les parures de son habit, un homme grand, brun, dans la force de ces quarante ans, paraissait trouver fort goûteux de se dévorer les lèvres. Ses yeux portaient une fièvre que je ne connaissais que trop, mélange d'inquiétude folle et de détermination farouche. Son regard plissait sous des ridules qui lui étoilaient de pâle une peau légèrement hâlée.

Le ministre suivit mon esprit et anticipa mes interrogations.

— Chevalier, me dit-il, permettez-moi de vous présenter un marin, lui aussi, Gabriel Le Clieu. Un grand amateur de vos chères îles de perdition du bout du monde. C'est pour lui que je vous ai fait mander. Pour lui et le royaume, cela va de soi…

Il m'apparut clairement que le comte de Maurepas dissimulait une partie de son jeu et qu'il introduisait, *a contrario*, une claire distinction entre sa personne et «le royaume». Je le laissai poursuivre non sans adresser un courtois signe de tête au gaillard qui me le rendit poliment, quoique nerveusement. Finn l'observait désormais comme il l'eût fait d'un animal africain inconnu.

Le comte s'éclaircit la voix dans une inspiration rauque. Lui aussi semblait, malgré tout son aplomb de grande noblesse de France, quelque peu mal à l'aise.

— L'histoire que je m'apprête à vous confier devra rester entre nous. Gabriel ici présent a fait toutes ses armes en l'île de Martinique. C'est pour ainsi dire la seule maîtresse qu'on lui connaisse à la Cour. Une excentricité notable, par ailleurs.

L'impétrant eut la grâce de rougir légèrement et de tenter un sourire de dénégation.

— Notre récit doit commencer sous le règne de l'arrière-grand-père de notre roi, Louis XIV lui-même. L'ambassadeur des Provinces-Unies[1] offre en cadeau deux plants de caféier au royaume. Plante dont vous n'ignorez pas à quel point elle est à la mode chez le régent lui-même et la ribambelle de mignonnes et de mignons qui l'accompagne. Malgré une naissance au cœur

1. Les Pays-Bas d'aujourd'hui.

des îles de la mer de Java tenues par nos amis hollandais, le végétal s'acclimate fort bien dans les serres de Versailles. L'idée vient à monsieur Le Clieu d'aller la tester en son éden lointain… Poursuivez, Gabriel, je vous prie : vous en savez plus que moi à partir là…

L'homme se transforma. Jusque-là agité comme une étrille, il se détendit et prit la parole d'une voix calme et posée, légèrement grave, où je surpris certains alanguissements des habitants de son île chérie :

— Devant les refus successifs de monsieur le jardinier du roi, jaloux de préserver cette curiosité, j'ai fait appel à Jean-Frédéric. Le développement du café permettrait aux Antilles de ne plus dépendre uniquement de la canne à sucre, voire d'en faire une force commerciale de premier ordre…

— … Et de tailler quelques croupières dans ce monopole batave, le coupa son ami et son protecteur en un sourire carnassier.

— Certes, reprit Le Clieu. J'empruntai donc un plant aux serres de Sa Majesté, et le comte eut la grâce de m'amener ici avec sa suite afin de trouver un embarquement vers la Martinique.

Finn s'agitait et ne résista point à harponner la conversation :

— Donc, nous voilà mandés pour convoyer une courgette au goût amer qui n'a même pas la grâce de se consommer en alcool, mais qui fut volée au roi lui-même…

— Si fait, oui, lui répondit le «voleur». À cette précision près que la Hollande regimbe et nous aurait semble-t-il envoyé des égorgeurs qu'elle a patentés pour contrecarrer l'expédition.

— D'où votre présence, messieurs, conclut le ministre. Vous êtes plus discrets qu'un navire du roi et vous savez vous défendre, même contre un tonneau rempli de rhum…

Une discussion fort décousue s'ensuivit. Notre hôte y mit fin en précisant que notre déhalage ne devait pas attendre plus d'une semaine. Ce fut comme piquer la cloche du départ pour Le Clieu. D'un geste discret, Maurepas nous fit signe d'approcher. Et c'est d'une voix presque chuchotée qu'il poursuivit :

— Bien, messieurs… Trêve de botanique et de potager sous cloche. Tout cela est intéressant, mais baste, il me fallait une excuse, et elle est plus belle que les autres.

Il avait toute notre attention. La malice dans ses yeux en disait plus que le visage de marbre qu'il nous servait.

— Vous n'ignorez point que le roi sera sacré incessamment. Or qui dit sacre dit couronne, n'est-ce pas ? La couronne de notre jeune roi est prête. Une fleur de lys ornée d'un fort beau diamant figurera en son centre.

— Allons-nous désormais deviser des atours royaux ? demanda un Finn à l'agonie et bougon de se voir bientôt transporteur-maraîcher.

— Certes, non, éluda rapidement le comte. Pour ne pas vous faire languir, voici la vérité toute crue : ce diamant sera un faux. Je vous demande de retrouver l'authentique. La supercherie saura être tenue secrète un moment. Mais pas trop longtemps. Un secret à Versailles devient fait établi sur la route de Paris. Le joyau en question se trouverait quelque part dans les possessions espagnoles aux Amériques. Mes informateurs m'affirment pouvoir le loger à Carthagène des Indes.

— Pardonnez mon insolence, monsieur, mais le territoire est vaste et fâcheusement arpenté par nos ennemis. Comment retrouver une pierre, si magnifique soit-elle, dans cette dangereuse botte de foin luxuriante ?

Jean-Frédéric Phélypeaux de Maurepas eut alors un sourire triste et inquiet que je ne lui connaissais point :

— Yann… Chevalier… Ne vous gaussez pas. Bien des gentilshommes ont tenté de mettre la main sur cette pierre, des rois et des reines également… Tous sont morts aujourd'hui. Je vous envoie, ni plus ni moins, vers une quête dont il est fort probable que vous ne reveniez point. Mais enfin ce sont les ordres royaux, sans doute le premier acte d'autorité de celui qui sera très bientôt notre roi, Louis le Quinzième.

— Qu'a-t-il de si spécial, ce caillou, à la fin, s'agaça Finn.

— Il est maudit, mon ami. Proprement maudit.

2

Mousehole, Cornouailles, printemps 1722

Les épaisses pierres de granit de notre grande salle commune vacillaient sous la lueur des flammes du foyer et des nombreuses bougies. Nous tenions conseil de guerre. Lequel eût pu aisément passer pour une réunion de famille, n'eût été la présence amicale de Jean-François Le Pocher. Médeline s'amusait de ma figure de « gueux des mers » et de ma mâchoire crispée.

— Eh quoi, riait-elle, bien accompagnée par les convives, tu t'apprêtes à charger lance au poing les moulins de ton héros Don Quixote ?

À côté de ma Dulcinée, Marie, ma première bonne amie, lui glissait, mimant la confidence, mais criant comme pour passer par-dessus le vent, l'une de ses anecdotes de mon passé qui savaient toucher au cœur ma fierté et mon adolescence de grand nigaud.

Elle fut immédiatement suivie par mon recteur de père qui trouva le moyen, verre à la main, de raconter le raid solitaire et déterminé que j'avais su mener contre la réserve de vin de messe à dix ans. Et de ses tristes conséquences pour ma tête, mon estomac et la terre battue de ma chambre… Il s'y attarda plus longtemps que la décence ne l'eût autorisée.

— Allons, Yann, enchaîna Finn déjà éméché et donc prompt à citer son Shakespeare vénéré : « Le fou se croit sage et le sage se reconnaît fou. » Admets céans ta folie, et je lèverai mon verre à ta sagesse…

Au milieu de cette foire dont j'étais clairement le bestiau, quelques dispositions avaient été prises. Michel et Étienne

– j'avais enfin saisi les prénoms de mes Bordelais sans toutefois savoir encore à qui les attribuer – s'occupaient d'achalander notre vaisseau. Le Clieu nous rejoindrait le jour du départ à Auray avec sa précieuse cargaison végétale. Il serait accompagné par un régiment de la marine qui pourvoirait aux munitions, très notamment à la très chère poudre de mon ami irlandais. Il avait ajouté suffisamment de grenades à sa liste de commissions pour faire exploser la moitié du continent.

L'équipage était au complet. Les Aquitains, donc, mais aussi Médeline, qui avait menacé de m'occire en commençant par réduire en bouillie d'avoine mes parties génitales si elle ne participait pas à l'aventure ; Henri – lequel avait décrété qu'il taillait des pierres désormais et se sentait d'attaque pour appliquer ses gouges sur Espagnols ou Hollandais – et bien sûr Finn qui échafaudait déjà le moyen d'éparpiller Carthagène aux alizés avec ses damnées trouvailles.

Armel avait soulevé des épaules larges comme une arche romaine, secoué sa chevelure en feu et promis qu'il saurait « s'occuper, avec le recteur, de ceux qui resteraient échoués sur la grève ». Le sourire tendre qu'il adressa à Finn en guise de viatique me fit saisir à quel point mes deux amis avaient su se lier. Si les mâles inclinations de mon artificier favori m'étaient connues depuis longtemps, je découvrais celles de mon compère d'enfance. Le regard de mère poule dont je les enveloppais trouva une larme chez Armel et des yeux embués, aux teintes de mer du Nord, de son compagnon.

Médeline me saisit la main sous la table. Elle savait. Tant il est vrai qu'un secret ne saurait être éventé par une femme que par le diable lui-même.

Je tentai de faire emprunter un autre courant de conversation à notre bateau ivre follement désordonné :

— Jean-François, apostrophai-je un lieutenant de marine qui trouvait décidément notre rhum à son goût, narrez donc, voulez-vous, cette histoire mystérieuse de diamant. Que devons-nous savoir ?

Le silence soudain de la tablée dégrisa le marin qui racla sa chaise sur le sol avant de prendre ses aises et une grande inspiration. Ses doigts courts et larges fourragèrent dans ses cheveux coupés ras, noirs déjà filamentés de blanc. Ses yeux tirant sur le marron-vert parurent avaler en miroir les lueurs mouvantes de l'âtre.

— La pierre elle-même, commença-t-il en cherchant un peu ses mots et en tâchant d'articuler plus que de raison par-delà l'alcool, fut semble-t-il trouvée sur les côtes de Malabar, aux Indes orientales. Elle parvient, personne n'en sait le mystère du voyage, dans les basques de Charles le Téméraire. Et ici prend forme la malédiction. Le Bourguignon la tient dans ses effets lors de la funeste bataille de Morat. Vous vous souvenez sans doute qu'il y perdit là une guerre, un territoire et une partie de sa richesse, jusqu'à sa vaisselle, dit-on. Il y égara également le fameux diamant qui fut ramassé par un Suisse de sa troupe puis revendu un pauvre florin à on ne sait qui.

— Le voilà perdu, interrompit le recteur qui ne goûtait pas autant que nous les longs récits et souhaitait arriver à la proue du bateau sans passer par le pied de mât.

— Précisément, mon père. Mais il fut retrouvé dans l'éphémère cour d'Antoine, le roi du Portugal. Ce dernier, refoulé par les siens, prit le chemin de l'exil vers Paris. Là, en manque d'argent, il confia le joyau en gage à Nicolas de Harlay, seigneur de Sancy.

Sous le règne troublé d'Henri III, Paris est assiégé, le royaume a besoin de fonds pour soutenir l'épreuve et la guerre. Le « Sancy » – c'est ainsi que l'on nomme le trésor désormais – est confié à un homme sûr pour rejoindre la capitale et les finances royales. Le brave garçon tombe dans une embuscade sur le chemin.

— Le voilà, cette fois, bel et bien égaré, insista mon père, toujours pressé…

— Pas tout à fait. La soldatesque cherche le corps. On ne retrouve le cadavre que quelques mois plus tard dans un état que les agapes de ce soir, cette galante compagnie et la politesse m'empêchent de décrire. Toujours est-il que le messager avait avalé le bijou et qu'il a été récupéré par ce truchement morbide.

« Notre compère Nicolas de Harlay devient surintendant des Finances du bon roi Henri IV, lequel en plus d'accumuler les conquêtes féminines, entasse presque aussi prestement les dettes. La pierre est envoyée au frère de Nicolas, à Londres, pour être vendue à Jacques Ier. Son fils, Charles Ier, en hérite.

— Il ne lui a guère porté chance, interrompit cette fois un Finn captivé.

— Certes, ces fourbes d'Anglais, fidèles à leur race, ne trouvèrent rien de moins bon que de décapiter leur monarque. Mais il revint indirectement à la Couronne, puisque Henriette de France, épouse du roi étêté d'Angleterre, le vendit au duc d'Épernon qui le céda lui-même à ce diable de Mazarin.

Le soupir qui parcourut les convives racontait assez le mauvais souvenir qu'avait laissé le cardinal au royaume.

— L'Italien se sait mourant et n'ignore pas qu'il est alors détesté de tous à la Cour, et même du roi. S'il souhaite léguer un héritage à son engeance, il comprend qu'il doit amadouer Louis XIV lui-même. Il lui offre donc le diamant, en compagnie d'une quinzaine d'autres, en signe d'allégeance, de repentance et de gabelle sur sa succession.

— Une pierre maudite offerte au trône par un démon, articula mon père en se signant théâtralement.

— Certes, mais l'histoire n'en est point à son terme, et c'est là qu'elle nous occupe plus directement, reprit le lieutenant qui en oubliait son gobelet. Le régent, asphyxié par les papiers de ce damné Écossais de monsieur Law et pressé d'offrir l'infante en mariage au tout jeune Louis, offre en dépôt le diamant qu'il ajoute à la corbeille du mariage à la cour d'Espagne. Philippe V connaît la triste réputation de la malédiction. Il accepte la transaction, mais demande à l'un de ses plus sinistres et fourbes sbires de l'éloigner et de la coffrer au loin. Cet homme, Amaro

Rodríguez Felipe, vogue de Cadix vers les Indes où il charge le vice-roi de la garder pour la Couronne. Elle se trouverait donc toujours quelque part à Carthagène, où il vous faut vous en saisir.

Je frémis malgré moi. La tâche se révélait plus ardue que je ne l'avais imaginé. Et, en bon Breton superstitieux, j'étais plus susceptible de croire en une malédiction descendue de dieux mystérieux des Indes qu'au miracle de Jésus marchant sur les eaux. Finn, suivant le sillage de ma pensée, attira mon attention en levant haut puis reposant son gobelet. Avec un sourire, mélange de rage et de tristesse, de ceux qu'il arborait pour un combat, il croisa les avant-bras haut au-dessus de sa tête, figurant deux tibias croisés : le pavillon pirate flottait sur notre assemblée. Il s'éclaircit la voix :

— Nous avons besoin de renfort, Yann. Et il se trouve que je sais très précisément où aller le chercher…

*

La localité de Mousehole[1] méritait son nom. Une petite baie, enserrée de reliefs en forme de pince ouverte, protégée par deux digues qui empêchaient ne serait-ce qu'à un seul navire d'en croiser un autre. Le vert de la végétation le disputait au gris des rochers et des petites maisons de ce port de la Cornouailles britannique. L'eau claire sous notre quille dévoilait un fond de sable et de galets. J'avisai une colonie de petits crabes venue profiter de notre ombre pour s'y réfugier comme des brebis dans leur bergerie.

La navigation, quoique houleuse et franchement inconfortable au passage de l'île de Sein, avait été rapide et sans autre péripétie que de voir Gabriel Le Clieu porter tous les jours son précieux plant sous cloche de verre profiter du pâle soleil. Il l'arrosait avec sa propre eau de bouche grâce à une étrange pipette que Finn voulut lui acheter le prix du veau d'or.

---

1. « Trou de souris » en français.

Il m'avait fallu attendre d'être bien au-delà de la Belle Isle, au large de l'archipel des Glénan, pour apprendre que mon incorrigible Irlandais avait eu, derrière mon dos, des nouvelles de deux de nos amies, Ann Bonny et Mary Read. Ces femmes, le plus souvent déguisées en hommes, comptaient parmi les pirates les plus sauvages de Providence, qui ne manquait pourtant point de maîtres artisans dans ce métier sanglant.

— Après notre départ de Nassau pour ta plaisante contrée envahie de pierres debout, me raconta alors Finn, nos damoiselles ont repris aspect masculin et piraterie. Elles ont rejoint Rackam et se sont démenées à ses côtés pour échapper à la Royal Navy. Jusqu'au combat final. Alors qu'il se rendait sans même se battre, effrayé par le nombre, Ann et Mary auraient trucidé pas moins de dix-sept marins anglais avant de songer à une éventuelle reddition. Bref, les voilà, par la grâce de notre ami, toujours gouverneur, Woodes Rodgers consignées sur l'île, libres d'aller et de venir en attendant leur procès. Il semblerait même qu'Ann fût enceinte de Rackam. Ce qui ne l'empêcha pas de l'insulter vertement lorsqu'il s'apitoya copieusement sur son sort devant elle au cours de l'une de ses visites en prison. « Si tu t'étais battu comme un homme, lui aurait-elle dit avec sa formule habituelle, tu ne serais pas mort comme un chien. » Le lendemain, le rutilant Jack mourut sur la potence en cherchant désespérément sa femme du regard. Nos deux donzelles profitèrent de cet événement, qui fut extrêmement mondain et assembla une foule nombreuse de charognards endimanchés, pour embarquer sur un caboteur, se faire enrôler par un marchand qui retournait en Angleterre et enfin s'y installer le plus discrètement possible. Elles sont parvenues à me donner de leurs nouvelles par le biais d'amis communs en Irlande…

— Mais, lui demandai-je, penses-tu qu'elles veuillent encore vivre d'aventures après tout cela ? Sans compter que l'enfant a dû naître depuis…

— Je l'ignore, Yann. Mais, pour citer Cléopâtre : « L'étreinte de la mort est comme la morsure d'un amant, qui fait mal et qu'on désire.» Elles l'ont trop étreinte pour ne point secrètement la désirer. Surtout si c'est toi l'aspic…

Médeline, révoltée, lui envoya alors une bordée d'injures dignes des plus sordides tavernes de pêcheurs et me fit jurer ne point insister si nos amies refusaient notre proposition. J'aurais été bien en mal de la contredire : je ne savais même pas comment leur présenter la chose…

J'en épissais encore toutes les hypothèses dans ma tête quand nous remontions la pente raide qui traçait un chemin par-delà les quais vers les hauteurs de ce pays venteux. Pour l'occasion, ma belle avait enfilé une culotte d'homme, et je ne me lassais pas de voir travailler ses longues jambes fines. Sans doute grisée par le noroît[1], elle eut la grâce de le remarquer et de m'adresser l'un de ses sourires qui me faisaient faire le tour des sept mers en un battement de cœur. Finn, à qui rien n'échappait, nous précisa que le lieu lui semblait mal choisi pour «forniquer au beau milieu des ajoncs et des Anglais, deux espèces qui piquent aussi douloureusement l'une que l'autre»… Nous nous disputions joyeusement encore quand nous arrivâmes devant une solide maison de pierre, isolée sur la lande mais face à la mer. Ballottée par l'air, une enseigne grinçait sur ses chaînons. Sur fond noir, deux sabres se croisaient. Il ne fallait que peu d'imagination, malgré l'absence de tête de mort, pour ne point y voir un Jolly Roger[2] à peine tronqué. Sous les lames, le nom de la taverne, Le Tranchant, achevait de nous faire savoir que nous étions arrivés.

Finn entra le premier, avec toute la confiance des habitués des lieux de débauche ou des vieux amis. Nous le suivîmes. La salle était vide. Sur le côté, dans un grand foyer, des restes de bûches fumaient en exhalant un soupir sifflotant de loin en loin. Les toiles d'araignées avaient été ôtées à hauteur d'homme au moins, et le plancher sablé et lessivé comme le pont d'un

1. Vent du nord-ouest.
2. Le pavillon noir des pirates en anglais.

bateau. Des tabourets en trépieds reposaient sur de solides bancs et tables en chêne. Une odeur de bière épuisée, de viande salée et de ragoût de chou hantait la pièce. Au fond de celle-ci, une mauvaise ouverture bâillait vers l'office. Les fenêtres de l'auberge laissaient passer trop de lumière pour que nous puissions distinguer à contre-jour celui, ou celle, qui s'activait dans les cuisines sombres.

L'ombre d'une silhouette y apparut, mains sur les hanches. La porte d'entrée s'ouvrit à la volée dans notre dos. L'éclat des sabres m'atteignait à peine que ma femme se jetait sur eux et enlaçait le bretteur avec toute la tendresse du monde. La voix grave d'Ann vint enfin à nos oreilles :

— On vous entend à des lieues à la ronde. Capitaine Yann, ne t'avons-nous rien appris ? Et cesse, je te prie, de te promener avec ce triste Irlandais indigne de toi, de nous et de notre verte Erin. Quoi qu'il en soit, bienvenue au dernier échouage des hommes de fortune !

Le lieu fut décrété clos pour tout autre que nous, les clients éconduits, l'âtre ravivé et le rhum mis en perce. Médeline et Ann s'activaient auprès d'un petit bonhomme dont la tignasse noire, les pommettes hautes et la peau naturellement hâlée me firent croire en la résurrection d'un Jack Calicot Rackam à peine sorti des langes. Mary emplit les défauts du récit de leur fuite de Providence et de leur installation sur cette côte, puis nous demanda enfin ce que nous attendions d'elles.

Je plongeai le nez dans mon gobelet pour gagner quelque temps. Finn partit seul à l'abordage :

— Officiellement, nous convoyons un plant de café vers la Martinique. Il semble que le royaume de France n'ait rien de plus urgent que de relever son économie grâce à cette fève acide.

« Officieusement, nous allons quérir un diamant maudit jusqu'au cœur des forteresses espagnoles des colonies pour que le roi puisse s'en faire diadème. Nous souhaiterions que vous nous accompagniez. Il paraît que nous n'avons que très peu de chances d'en revenir, mais qu'importe finalement puisque « les hommes sont les hommes, et les meilleurs s'oublient parfois »...

Je manquai de recracher ma boisson à la face d'Othello :

— Réfugie-toi derrière ton poète, mais tu as autant de subtilité qu'un ivrogne dans une église...

Je dus malgré tout convenir qu'il avait assez bien résumé la chose. J'ajoutai que je comprendrais qu'elles déclinassent en lançant un regard au chérubin désormais couvé par ma femme. Ann consulta son acolyte d'un signe de tête et planta son regard dans le mien :

— Et pensais-tu, damnée grenouille, que nous vous laisserions jouir sans nous d'un voyage de vagues et de sang ? Nous accueillons ici tous ceux qui veulent y trouver refuge. Beaucoup viennent de Providence et ont partagé certaines de nos péripéties. Il sera aisé de faire garder notre Richard et de trouver quelqu'un pour s'occuper de l'auberge. Et, Yann, promets-moi de ne plus jamais – jamais ! – douter de notre amitié !

Je tentai de bafouiller pour divertir l'assemblée de mes yeux trempés. Je décidai de laisser couler mes larmes dans mon rhum pour le clarifier. Un coup de poing fort douloureux de Mary sur mon épaule vint sceller l'enrôlement de mes deux amies.

*

Les vents contraires et violents décidèrent de nous laisser en paix au large des îles des Açores. La mer se para d'un bleu intense ; la houle souple obéissait à l'air qui nous portait vers les Antilles. Sa douceur nous permettait, le soir, de reprendre nos vieilles habitudes et de dîner ensemble sur la dunette arrière. J'avais chargé les Bordelais de compléter l'équipage en Cornouailles. Ils avaient réalisé trop bonne besogne. Il me semblait, de jour, que le pont grouillait de matelots. J'attendais le souper impatiemment pour pouvoir enfin deviser tranquillement avec mes amis, auxquels il fallait ajouter un capitaine Le Clieu qui avait facilement oublié sa timidité, mais moins aisément ses réticences à voir deux femelles surarmées et assez peu minaudantes le traiter comme un béjaune. C'est pourtant lui qui prit la parole cette nuit-là, le front barré d'une nouvelle ride s'ajoutant à la belle collection dont il disposait déjà :

— Sans doute n'est-ce rien, et je sais que vous allez encore vous gausser de mon inquiétude, mais il me semble que l'un des marins me suit. Je le vois chaque fois que je me présente sur le pont avec le caféier. Or les hommes sont censés changer régulièrement de quart, n'est-ce pas ?

À ma grande surprise, ce fut Mary qui lui répondit. Je m'attendais à une gentille moquerie. Il n'en fut rien :

— Un blond, assez maigre, les oreilles comme des voiles au vent ?

— C'est cela ! C'est lui...

— Je l'ai remarqué aussi. Je l'ai surpris une première fois essayant de soulever un panneau[1] avec lequel il n'avait rien à faire. Puis je l'ai vu rôder dans la cambuse. Je l'ai remis en place sans y prêter alors une attention particulière si ce n'est un mauvais pressentiment vite oublié.

— Bien, reprit Finn, il convient de se renseigner. Puis-je lui faire démonstration de mon talent de chirurgien et de questionneur ? Le drôle ne tiendra guère...

Je dus – encore ! – expliquer à mon ami que, si l'on pouvait se fier aux questions sous la torture, il n'en était pas de même pour les réponses. Mieux valait lui tendre un piège, le confondre puis l'interroger, quitte alors à utiliser l'un de ses expédients. Un Finn dépité consentit à réfléchir à la meilleure chausse-trappe possible.

Les palans et réas des esprits d'Henri et de Médeline se mirent alors à travailler de concert. En quelques minutes, ces deux-là avaient conçu un plan simple et redoutable que nous fêtâmes avec le respect indispensable dû aux intelligences vives et au liquide harmonieux tiré de la canne à sucre...

1. Fermeture d'une écoutille.

Le lendemain, alors que l'on piquait la cloche de midi, Le Clieu, comme d'habitude, exposa son arbuste au soleil et l'abreuva copieusement. Je vins le chercher, prétextant des maladresses dans mes calculs de route. Personne n'ignorait à bord que ceux-ci me mettaient au supplice. Avec un naturel de comédien italien, l'austère capitaine me suivit pour m'aider. Nous nous dirigeâmes vers ma cabine, puis bifurquâmes sur une écoutille située juste en dessous de son plant laissé prétendument sans surveillance. Dans la mâture, Ann et Mary se concentraient sur une vergue en parfaite santé comme si elle était sur le point de céder. Finn discutait avec l'homme de barre, lequel semblait tout esbaudi du nombre de décès prématurés que pouvait engendrer une grenade préparée par les soins de l'Irlandais. Médeline et Henri, appuyés sur le bastingage, avaient le regard perdu des âmes sereines.

Je vis notre homme arriver au travers du treillage de mon poste d'observation. Il était en fait fort peu discret. Ses oreilles, en effet, rougies par le soleil, semblaient avoir été conçues pour équilibrer une tête commune aux cheveux blonds se dégarnissant sur l'avant du front. Ses mains aux longs doigts fins s'essuyaient plus que de raison sur sa culotte passablement sale. Il tenta deux passages avent de se décider, au troisième, à embouquer la bouée de notre plante. Un coup d'œil alentour. Il sembla rassuré. Il tira son couteau de sa ceinture et souleva le couvercle de verre qui protégeait l'arbrisseau. Le Clieu, derrière moi, poussa un cri de colère. Ce fut le signal. Ann et Mary dégringolèrent de la voilure comme deux macaques en furie. Finn planta là le pilote et courut, dague en main, vers l'indélicat. Je frottai mes épaules à l'étroite ouverture en me précipitant. Henri avait été le plus leste : en deux enjambées, il avait rejoint le voleur puis l'avait enserré et soulevé de terre de ses bras puissants. Étouffé par l'étreinte, celui-ci lâcha son couteau dont le manche fit un bruit mat en rencontrant le pont. Dans sa main gauche, une branche coupée, sinistre trophée, trahissait son larcin. Le drôle ne respirait qu'à peine, et nous dûmes demander à notre ami de poser son fardeau. Lequel tomba à genoux et chercha sa respiration dans un grand bouillonnement de salive et de sifflements de poitrine. De rouge, ses esgourdes étaient devenues écarlates.

Gabriel se précipita vers sa chère plante amputée. Ann posa rudement le tranchant de son sabre sur une pomme d'Adam frénétique. Finn s'accroupit face au bougre en lui agitant sa dague devant les yeux :

— Bien. Vous voilà pris sur le fait. Faites-moi la grâce de refuser de répondre à mes questions. Voyez-vous, le capitaine et moi différons sur un point. Je prétends, moi, qu'un homme avoue mieux qu'à confesse sous la torture. Mon cher Yann, ici présent, le doux rêveur, pense que la barbarie n'a plus sa place dans ce nouveau siècle…

La lame d'Ann se retira doucement pour laisser faire l'Irlandais. Elle laissa une fine ligne rouge sur la gorge du prisonnier. Je pris la parole :

— Faisons simplement connaissance : vos noms, occupations et qualités, je vous prie. Et ayez la bonté de me répondre avant que mon ami ne vous poinçonne la langue, ce qui, je le crains, vous rendrait inintelligible.

Le prisonnier inclina la tête en signe de soumission, puis parla très vite, comme pour profiter, tant qu'il le pouvait, de son appendice buccal :

— Je m'appelle Sander Bakuwel. Je fais partie de la suite du Grand-Pensionnaire de Hollande. Nous avons appris les projets de monsieur Le Clieu par nos espions à Versailles. Nous le suivons depuis. J'ai été contacté pour reprendre le café ou le détruire. Quand vous avez fait savoir que vous cherchiez un équipage, je n'eus que le temps de rejoindre Mousehole par Southampton et de me faire embaucher. Je n'ai fait qu'obéir aux ordres, monsieur, vous le comprendrez ?

Le poing de Le Clieu sur sa mâchoire vint le rassurer de tout l'entendement que nous lui accordions.

Ce fut donc avec une lèvre ouverte et une dent méchamment déplacée qu'il nous confirma qu'il était le seul Hollandais impliqué à bord, mais qu'il ne doutait point que la marine de son pays tenterait de nous arrêter encore aux abords de la Martinique.

Henri se chargea de l'isoler aux fers. Finn, vaguement déçu de n'avoir point eu à le convaincre de son poignard, écarta les bras, résigné :

— Médeline, très chère, voulez-vous m'aider à voir si la poudre est à poste, nos canons en place, voire à les disposer le cas échéant... J'aurai sans doute le temps de vous apprendre à m'assister comme chirurgien du bord. C'est que les combats laissent les corps meurtris...

— Yann, sourit fièrement Mary, si tu disposes encore du pavillon noir que nous t'avions offert, puis-je te suggérer de le hisser ? Ces maudits Bataves sauront à qui ils ont affaire et ils y réfléchiront peut-être alors à deux fois.

Je haussai les épaules : j'avais déjà bien du mal à m'imaginer corsaire et espion, et voilà qu'il me fallait redevenir pirate. Il était temps d'aller chercher mon sabre dans son coffre.

3

Fort Royal, Martinique, été 1722

Notre délicat et fin vaisseau empestait. J'avais demandé que l'on laisse s'avarier quelques pièces de porc éparpillées au soleil sur le pont. Les seaux d'aisance avaient été conservés en état d'usage et soigneusement disposés aux endroits stratégiques. Pour faire bonne mesure, les voiles mal ferlées et les vergues comme des bras dégingandés pendouillaient tristement. Des cordages sinuaient sur le navire envahi par ces serpents de chanvre entrelacés. Le gréement relâché achevait de donner à l'ensemble une apparence désarticulée et pitoyable.

L'*Oroun* faisait triste figure et se laissait, plus que de raison, bousculer par les vagues et le vent.

Ann et Mary, furieuses, me lançaient des regards de tueuses sanguinaires ; Henri faisait de son mieux pour respirer par la bouche. Le Clieu craignait que les feuilles de son précieux arbuste ne tombassent jaunes et sans vie sous l'effet de l'odeur putride. Seuls Finn et Médeline paraissaient s'amuser comme des gamins devant un nouveau jouet.

L'idée de ce charnier flottant était apparue pourtant, la veille au soir, lors d'un dîner fort correct rehaussé d'un excellent vin de Bordeaux, bien évidemment, déniché puis embarqué par nos deux Aquitains.

Face à nous pointait la Martinique, à son tribord, la Dominique, Sainte-Lucie à bâbord. Les Hollandais savaient que nous devions livrer notre cargaison de l'autre côté de l'île. Qu'il nous faudrait la contourner. Deux navires leur suffiraient à contrôler les passages nord et sud. Mes amies pirates avaient élaboré une stratégie assez directe :

— On leur rentre dedans sans barguigner, Yann, avait expliqué Ann. Bord à bord. Quel équipage batave saurait rivaliser avec nous et un abordage bien mené ?

Mary opina du chef. Je déclinai :

— Certes, nous avons de bonnes chances de succès. Mais à quel prix ? Peux-tu me garantir qu'aucun d'entre nous ne sera blessé, estropié ou tué ?

Ann ouvrait la bouche quand Médeline expliqua posément, de sa jolie voix de gorge, que de telles extrémités devraient être réservées aux questions de vie et de mort, et non pas de botanique. Un stratagème – mais lequel ? – pouvait avantageusement supplanter un combat douteux. Henri éclaira la tablée de son sourire immaculé :

— Et il nous faut penser à notre « vraie » mission. Cul-de-jatte, il me paraît que j'aurais du mal à équarrir ces Espagnols puants…

Nos redoutables sabreuses boudaient quand Finn approcha de façon fort ostentatoire son nez du cochon bouilli que nous dégustions. Il le renifla sans vergogne, nous contraignant presque à faire de même par mimétisme, puis releva sa tête de lutin irlandais pour nous proposer « un piège fétide dans lequel les tulipes viendront se faner ».

J'en étais, en fin d'après-midi, à respirer comme un poisson échoué dans la vase quand Mary se dérida et tendit le bras vers un point sombre au vent.

— Un bateau, capitaine, voiles pleines et coque ventrue…

Je m'éborgnai avec ma lunette, puis la passai à mon amie pour un deuxième avis :

— C'est bien un Hollandais, à n'en point douter : il a l'air d'un gros sabot flottant. Ces gens-là bâtissent du confortable, assez marin, taillé pour les traversées, mais pas pour la vitesse. Es-tu sûr de toi, Yann ? Nous poursuivons cette écœurante comédie ? Toujours décidé à ne point les embrocher ?

Je lui souris tranquillement :

— Donc nous aurions supporté cette odeur du diable pour renoncer maintenant ? Certes, non. En place ! Chacun à son poste. Et va quérir, je te prie, Médeline : elle avait une dernière touche à nous proposer. C'est le moment.

Je vis ma délicieuse et tendre arriver avec un grand bol en terre cuite dans les mains. Elle en remuait le contenu avec un bout de bois comme pour ôter des grumeaux d'une pâte à galettes. Son sourire taquin disait suffisamment combien elle était aux anges de jouer son dernier tour. En tant que maître du bâtiment, j'eus droit au premier rang et me fis badigeonner la commissure des lèvres avec une purée verdâtre tout à fait répugnante. Henri riait encore de moi quand il comprit soudainement qu'il serait le prochain. Sa figure de chien battu me vengea amplement.

Notre visiteur vint se positionner à couple[1]. Les faces, pour la plupart blondes et plus ou moins rougeaudes, qui dépassaient du bastingage affichèrent des expressions farouches puis intriguées, et enfin dégoûtées. Un homme en simple chemise, grand et gaillard, les cheveux blancs et les yeux très bleus enfoncés dans leurs orbites, deux pistolets à la ceinture, ôta son tricorne pour nous héler dans un français aux consonnes écorchées et rudoyées. Il voulut savoir le nom du bateau, celui de son capitaine. Quelle cargaison transportions-nous et vers quel port. Hésitant, d'un ton peut-être adouci, il finit par s'enquérir des raisons de notre triste apparence.

Je lui confiai mon vrai nom, celui du navire. J'éludai la question de notre chargement pour répondre que nous allions à Fort Royal, mais que la fièvre nous avait saisis, occis la moitié de l'équipage et que toute aide et drogues pour nous soigner seraient les bienvenues. Il me proposa d'écarter nos deux bâtiments l'un de l'autre et de faire venir à notre bord un

1. Bord contre bord, côte à côte.

détachement pourvu d'un chirurgien. Lui-même serait de la partie. J'acquiesçai : nous l'attendions.

Finn ne put s'empêcher de sortir une tête non grimée – prétextant d'avoir trop à faire pour veiller sur son arsenal, il avait décrété qu'il se passerait d'un déguisement qui « gâcherait sa sculpturale allure » – pour me parler en chuchotant :

— Le piège fonctionne, Yann, il redoute nos miasmes. Pense surtout à ne point trop approcher de nos amis hollandais avant le moment fatidique : la maladie affadit le regard. Et le tien, même pour un Français, est encore un peu trop vif, quoique bovin, pour être souffrant…

Ma botte rencontra malencontreusement un bout de corde qui traînait et le lui envoya d'un coup de pied vers la figure. Il disparut, laissant sur place un rire de chenapan.

La chaloupe qui déhala de notre voisin comptait huit hommes d'équipage en uniforme. À côté du capitaine, un homme plus petit et très mince peinait à tenir debout dans l'embarcation et ne s'asseyait que pour se relever. Un terrien, une bernique plus habituée à rester sur son rocher qu'à prendre la mer.

Cette maigre troupe se retrouva, moins deux hommes restés sur l'embarcation, sur le pont de mon navire. Je prétextai la peur d'une contamination pour expliquer que nous restions à bonne distance, puis saluai en répétant derechef mon nom et mon titre. Le Hollandais inclina la tête et me servit un « capitaine Boven » râpeux comme une écorce de pin. Ses yeux avisèrent le désordre autour de lui et il fronça ses sourcils en bataille hérissés de poils blancs. Son nez ne put que se plisser, agressé par des effluves de décomposition animale. Je décidai de prendre les devants et m'efforçai de parler avec une voix lente et l'air plus éteint qu'une mèche de bougie pincée.

— Je devine, capitaine, que vous êtes là pour cette maudite plante. Sachez que le triste sire qui la couvait est mort des fièvres il y a déjà trois jours et que son corps fut prestement englouti par les flots. Quant à son fardeau, puisqu'il préférait lui donner notre eau plutôt qu'aux malades, il l'a suivi de peu.

Je profitai un instant de l'air ébahi puis déçu de mon homologue batave. Mais celui-ci ne se sentait pas encore prêt à abandonner.

— Bien, chevalier, puisque nous faisons ici trêve de faux-semblants, permettez-moi de visiter votre bâtiment pour m'assurer de la disparition du caféier et ainsi certifier dans mon rapport avoir fait tout mon possible.

Je haussai les épaules et agrémentai ma pose d'une mimique de douleur, comme si l'effort m'avait coûté. Puis je l'invitai du bras à me rejoindre près de la descente vers ma cabine. Le petit homme terrien le bouscula presque pour prendre les devants, avant de se souvenir que seul Dieu était maître avant son commandant et de faire un pas d'écart. Ce mouvement gêna leur formation en file. Ils se retrouvèrent regroupés en mauvais troupeau face à moi.

Trois de mes matelots, avachis comme de vieilles voiles, se redressèrent soudain et enserrèrent la bande de Bataves avec un solide cordage. Je faillis être le premier surpris de la manœuvre, mais mon sabre pointa bien vite sur la poitrine de Boven qui faisait mine de saisir ses pistolets. Un brouhaha de mots crachés et d'indignation orange parcourut les entravés. Ann et Mary confièrent la corde au solide Henri et ne se privèrent point de distribuer quelques claques en délestant nos prisonniers de leurs armes.

— Monsieur, dis-je soudain ragaillardi, vous êtes toujours le bienvenu à bord. Vous, et vous seulement ! Vos hommes peuvent rejoindre le canot et toucher votre bâtiment. Vous resterez avec nous et profiterez du voyage jusqu'à Fort Royal. Je me porte garant de votre sûreté si vous me donnez votre parole de ne point tenter d'attenter à qui ou quoi que ce soit ici et d'envoyer un billet vers votre navire pour lui intimer l'ordre de rester en panne deux bonnes journées.

Je reçus en réponse un torrent d'injures rêches que j'eus le bonheur de ne pas comprendre, puis enfin l'assurance que mon captif et son embarcation sauraient se tenir. J'appris au passage que la bernique était jardinier, spécialement désigné pour récupérer puis ausculter notre végétal, et que nos «invités» étaient chargés de surveiller la passe nord de l'île.

Il était plus que temps de passer un grand coup de pompes à eau sur le pont et sur les membres d'équipage, et surtout de jeter nos immondices par-dessus bord. Je craignais de ne devenir réellement malade si je respirais une minute de plus l'air méphitique qu'elles exhalaient.

*

Une main sur les haubans, l'autre sur le bastingage, Médeline contemplait la baie de Fort Royal. Deux traits plissaient sa bouche dans une mimique touchante mais désespérée. Je m'approchai et étudiai à mon tour les environs. Nous patientions en eaux libres dans la baie d'une petite presqu'île fortifiée de pierres et de bois. Passé une barre de maisons plutôt neuves, la végétation semblait avaler les terres. Au loin, deux pitons rocheux comme les doigts d'un monstre souterrain écorchaient haut un ciel bleu à l'humidité étouffante.

Gabriel Le Clieu et Jacques-Charles Bochart, marquis de Champigny, gouverneur de l'île, étaient de vieilles connaissances. À notre arrivée, le très perruqué et transpirant seigneur du territoire nous avait galamment invités à dîner pour célébrer le succès de notre mission. Il s'était tourné vers moi, m'exposant un nez fort, tombant presque sur sa lèvre :

— Je crois savoir, chevalier, que vous voyagez avec un fameux équipage. Choisissez parmi lui qui vous accompagnera. Nous sommes friands d'histoire de mer et d'aventures, par ici…

Je m'étais incliné sobrement et avais promis d'en être. Pas un instant je n'avais songé que le commerce des esclaves battait son plein dans cette contrée et que s'y appliquait le « code noir[1] » qui fut même inventé pour elle et éviter, notamment, le mélange des races.

— Je ne peux descendre à terre, Yann, souffla ma belle dans un soupir. Je me mettrais en danger, bien sûr, mais toi aussi. Tu auras beau me présenter comme ta femme, à leurs yeux je resterai une négresse et toi un traître à ta peau. Combien de planteurs participeront à cette réception ? Et combien d'entre eux considèrent qu'un nègre vaut un homme ? Je n'ai rien à y faire !

Elle tourna les talons. Je la pris dans mes bras et plantai mon regard dans ses prunelles pailletées d'or.

— J'y vais avec toi ou point du tout… Finn, malgré sa pénible faconde, est tout à fait apte à me représenter. Je lui adjoindrai Henri, dont le sourire a le don de charmer n'importe qui. Nous restons à bord ! Gabriel le comprendra, et je ne doute pas qu'à l'heure qu'il est notre gros nez ne sache déjà tout de toi et moi…

Un Irlandais très emprunté dans un habit de Paris et un jeune gaillard irrité par le col empesé de sa chemise nous quittèrent au soleil couchant sous les moqueries gentilles de notre compagnie. L'artificier-médecin-poète se dirigea immédiatement vers le palais du gouverneur avec une démarche affectée de lord anglais, malgré les bourrades répétées de son compagnon dont le rire s'entendait jusqu'au bateau.

J'avais donné quartier libre à l'équipage dont je ne garderais de toute façon que les deux Bordelais. Lesquels, fidèles à leurs habitudes, s'étaient éloignés bras dessus, bras dessous, en quête d'une taverne, mal famée si possible. Je dînai donc en galante compagnie, ravi de profiter aussi des fruits frais et sucrés qui nous changeaient d'un ordinaire de viande salée et de biscuits.

---

1. Édit royal qui réglementait les « droits » des esclaves et les « devoirs » de leurs maîtres.

Un bruit sec et sourd vint arrêter net le geste de Mary qui se servait le rhum à la jatte. Le choc se répéta. Un petit esquif était à contre. Nos quatre têtes et deux fois plus de pistolets se penchèrent par-dessus la muraille du navire pour observer l'importun. Un homme tentait de s'amarrer fort maladroitement à notre bord.

— Holà, du bateau ! cria Ann. Vous avez le temps de trois battements de cils pour vous attacher convenablement et vous présenter. Passé ce délai, nous vous plombons mieux qu'une ligne de sonde. Je viens de cligner. Cela fait un, ne restent que deux…

Une voix forte et agréable, disparaissant sous un chapeau large à plumes du siècle dernier, émit un rire franc et communicatif :

— C'est que, n'étant que marin d'occasion, je ne connais point vos façons ni de s'accrocher ni de se présenter. Laissez-moi vous rejoindre, et tout vous sera expliqué.

Ann se tourna vers moi avec un sourire et très cérémonieusement me demanda si l'intrus avait « permission de monter à bord ». Je lui répondis sur le même ton de vieille ganache : « Permission accordée. »

Enfin debout sur le pont, l'homme ôta son chapeau, dont l'ornement me parut particulièrement défraîchi, et en balaya, à la mode espagnole, nos planches sablées pour nous saluer.

— Baruch Cohen Henriques, articula-t-il sans accent particulier. Pour vous servir.

Cet individu dispersait de la bonne humeur à tous les vents. D'une taille comparable à la mienne, il avait un visage très hâlé, presque bistre, des cheveux sombres frisés en bataille et d'immenses yeux noirs aux longs cils, qui paraissaient vouloir avaler tout cru une figure aux traits fins. La façon dont la farouche Mary mit ses armes à la ceinture, prestement et en se tortillant, le regard qu'elle lui lança me confirmèrent que l'allure de notre invité ne la laissait pas insensible. Je ne pris point la peine de tourner la tête vers Médeline, de peur de devoir égorger par sotte jalousie un être si sympathique.

Nous l'accompagnâmes jusqu'à notre table sans mot dire. Il eut l'élégance de se saisir d'un gobelet et de le tendre à l'encan pour le faire remplir. J'attendis poliment sa première lampée avant de lui demander ce qu'il nous voulait.

— Je suis envoyé par monsieur de Maurepas pour vous servir de guide, d'informateur, voire de voleur si l'occasion se présente. Je vous attendais à la réception du gouverneur, mais un charmant homme engoncé, dague au côté, m'a conseillé de venir vous retrouver ici, et d'occasionner le plus de bruit possible pour éviter de me faire occire par erreur...

— En clair, vous êtes un espion au service du roi.

— Si fait, capitaine. À ceci près que ledit roi n'entendra jamais parler de moi, et je ne le voudrais point puisque nous, les Juifs, sommes et devons être transparents, pour ainsi dire inexistants, si nous voulons exister. Il a fallu toute l'ouverture d'esprit du comte pour me faire confiance.

Ses coreligionnaires n'étaient pas nombreux en Bretagne, et je n'en avais jamais rencontré. Son prénom cependant m'était familier. Mon recteur de père avait glissé sur mes étagères à livres un volume de son homonyme, un penseur hollandais, un certain Spinoza, me confiant que je saurais apprécier un homme « capable de voir Dieu partout sans le situer nulle part ».

Je m'en ouvris à notre convive.

— Certes, Baruch sonne bizarrement, n'est-ce pas ? Voilà pourquoi ceux qui me connaissent me nomment Bento. Comme le grand philosophe que vous venez de citer, un Juif marrane, comme moi, soit dit en passant. Et permettez-moi de vous féliciter, je vous savais marin, aventurier, prompt à larder, mais point lettré...

Je souris benoîtement, puis lui demandai en quoi il pouvait plus clairement nous aider pour retrouver le « Sancy ».

— Je crois savoir précisément où il se trouve, répondit-il. Ou, pour être plus exact encore, comment découvrir chez qui il a été mis en sûreté. J'ai d'ailleurs arrangé un rendez-vous qui…

Il n'eut point le temps de finir sa phrase. Un coup de feu sec et rebondissant sur l'eau, un rire irlandais que je ne connaissais que trop bien en guise de représailles vinrent nous interrompre. Nous nous levâmes. Notre chaloupe, dans laquelle Finn et Henri souquaient ferme, tenait à distance des poursuivants sur une grande barque. À sa proue, un homme tentait d'ajuster mes amis de son mousquet.

Ann revint presque aussitôt avec des fusils, et Médeline apparut comme par enchantement à mes côtés en me tendant un briquet à silex et deux grenades.

— Utilise-les quand ils seront plus proches et prends soin, je t'en conjure, de viser correctement : Finn ne te pardonnera jamais d'être trop court et de se faire tuer avec ses propres engins si tu les lui envoies sur la tête…

Je n'eus pas longtemps à attendre. Les poursuivants arrivaient à moins de dix brasses[1] de l'*Oroun*. Il fallait les divertir pour que les nôtres puissent atteindre le bord sans danger. Je jetai la première charge un peu trop vite : la mèche n'atteignit pas la poudre. Un petit bruit de plongeon inoffensif, tout à fait agaçant et stérile, conclut mon attaque d'artillerie. Une tape sur le bras. Ma femme ne goûtait guère ma maladresse. Je me concentrai pour la suivante, laissai la chandelle brûler un peu, tentai de calculer le temps de vol avant explosion et envoyai mon projectile. Celui-ci explosa sur le côté de l'embarcation, la faisant tanguer dangereusement, l'arrosant copieusement et calmant les ardeurs de ses occupants. Lesquels étaient désormais sous le feu d'Ann et de Mary et donc, clairement, en danger de mort. J'entendis Finn et Henri monter sur le pont. Chez nos agresseurs, un homme attacha un mouchoir blanc à

1. Une brasse : environ 1,60 mètre.

son fourreau et le balançait en tous sens. Ils se rendaient, mais persistaient à vouloir aborder.

Je demandai à mes femmes pirates de rester vigilantes et me précipitai vers mes deux amis pour savoir ce qui nous valait l'honneur d'être canardés en pleine nuit.

La chemise d'Henri était mouchetée de sang, ses phalanges écorchées trahissaient le coup de poing.

— Et sur qui, je te prie, t'es-tu essuyé les mains ? lui demandai-je, mi-amusé, mi-furieux.

— Un héron quelconque avec un nom comme le tien, je veux dire à faire trois fois le tour d'un champ avant de le connaître en entier, me répondit-il, le visage éclairé par son sourire tout blanc.

— Un triste sire, opina Finn.

— Certes, reprit son compère. Nous devisions fort tranquillement à table quand mon voisin a pris la mouche parce qu'un nègre l'avait frôlé en lui servant du vin. Il insulta le pauvre diable, puis finit par lui donner un soufflet. Je lui proposai alors, très équitablement, de tenter sa chance avec moi.

— Il a même poussé la courtoisie jusqu'à promettre de ne point bouger quand la claque arriverait si l'autre en faisait autant en retour, ajouta l'Irlandais.

— Un duel breton, en résumé. Chacun son tour et tout un chacun devant un verre pour se réconcilier. Mais celui-ci est une teigne. Il me traita alors de tous les noms. Je te promets, Yann, que je voulais juste le gifler. Par mégarde, l'alcool sans doute, mon poing s'est refermé…

— Plusieurs fois…

— Oui, plusieurs fois refermé, donc, sur cette face de mulet…

— Lequel, conclut son acolyte, nous poursuit céans avec des hommes à lui et exige d'ailleurs de nous rejoindre.

Du menton, il désigna l'échelle de coupée. Je passai la tête entre les deux canons des armes d'Ann et Mary qui tenaient en respect des criards tout à fait agités en contrebas. Je haussai la voix et demandai à qui nous avions affaire.

— Monsieur Berret de Lémont de Viques, me répondit une voix blanche tressautante et essoufflée. Je viens, capitaine, demander réparation. Puis-je monter à bord ?

J'accueillis donc un grand échassier aux jambes longues et au buste étroit, au visage tuméfié, un œil à demi fermé et à la lèvre plus ouverte qu'un rideau de théâtre.

Il apparut très vite, même si la colère lui faisait emmêler ses mots, qu'Henri l'avait proprement corrigé ; qu'étant aristocrate il était au regret de ne pas le provoquer en duel, mais au ravissement de le faire bastonner. Me donnant du chevalier comme si j'étais plusieurs personnes, il se disait certain que je comprendrais qu'il ne saurait laisser l'insulte impunie. Je hochai la tête en signe d'empathie, puis m'approchai de lui pour une accolade de soutien. Je lui envoyai le revers de ma main sur la figure…

— Puisque vous aimez tant faire battre plutôt que de vous battre, monsieur, je vous offre, au lieu et à la date qui vous plairont, l'occasion de faire vos preuves par vous-même… Et descendez de mon bateau avant que mon sabre ne trouve votre tête trop à son goût pour patienter. J'attends de vos nouvelles.

Ann et Mary, aux anges, expulsèrent le malotru et le jetèrent presque dans son embarcation. Médeline vint me prendre la main :

— Celui-là, je t'autorise à me le découper en tranches fines. Mais lentement, je te prie…

Je ne sus que soupirer à la lune, nous maudissant collectivement pour nos emportements et me demandant si je savais encore manier l'épée.

4

Cul-de-sac royal, Martinique, septembre 1722

Le Clieu transpirait déjà sous sa chemise. De larges auréoles gâchaient le tissu cotonneux. Il avait amené à bord un coffret longiligne et un sac d'où pointaient deux pommeaux simples en acier sombre. Le matin même, il était venu se proposer pour être mon témoin. Je le remerciai chaleureusement, acceptai, mais précisai que mes derniers duels furent au sabre et qu'il fallait remonter loin pour me voir avec une épée à la main. Je ne doutais point des qualités de maître d'escrime de mon père, mais enfin je n'avais plus pratiqué la discipline depuis la fin de mon adolescence.

— Qu'importe, chevalier, me répondit-il, il est des exercices qui ne s'oublient point. Par ailleurs, votre adversaire explique à qui veut l'entendre qu'il est de la fine fleur de l'aristocratie locale en oubliant qu'il n'a gagné ses titres qu'en devenant planteur – certes, le plus important de l'île – et mari d'une héritière, fort peu gracieuse et franchement revêche, par ailleurs.

Il sortit de son barda deux fleurets d'entraînement, mouchetés, m'en tendit un :

— Voyons donc ce qu'il vous reste, et ce qu'il nous faut vous apprendre.

Le pont de l'*Oroun* devint salle d'entraînement. Quelques tonneaux furent roulés pour le séant et le confort de mon équipage, ravi de pouvoir tout à la fois participer au spectacle, se gausser, voire me faire profiter de conseils, pas toujours avisés. Notre nouvel invité, Bento, se montra redoutable dans cet exercice :

— Vous baissez trop la pointe, capitaine, me hurla-t-il alors que Gabriel venait d'ajouter un bleu à mon avant-bras en me fouettant de sa lame…

— Tu bouges avec la souplesse d'un menhir et la grâce d'une mouette sur le sable, enchaîna un Finn aux anges.

— Quel balourd, conclut Ann qui reçut l'assentiment désespéré de mes amis…

Seule Médeline semblait vouloir me préserver et se taisait. Ce fut elle qui mit fin à mon calvaire :

— Bien, messieurs, vous n'avez que trop transpiré ici. Avant que vous ne mourriez de soif, cessez, je vous prie, et venez vous désaltérer…

Je la remerciai du fond du cœur et d'un regard : j'étais trop essoufflé pour parler. Ma mie venait de me sauver.

— Et, Yann, fais attention avec ton fleuret, tu vas finir par t'éborgner toi-même…

Au temps pour la compassion. J'avalai ma honte et mon eau d'un air sombre. Mon professeur, dégoulinant sous la moiteur de l'air comme un ruisseau de novembre, me posa une main sur l'épaule :

— Vous saurez faire le moment venu, Yann. Je sens trop que vous ne savez point vous battre pour le plaisir. Il vous faut sentir le goût du sang pour donner votre mieux. Retenez cependant qu'un combat à l'épée est une conversation, un débat, pas un abordage au sabre. Discutez donc, devisez, conversez… Concentrez-vous sur l'homme et oubliez l'arme. Alors vous l'épinglerez proprement. Une dernière chose : vos appuis de marin doivent faire merveille en mer sous le roulis, mais ils sont beaucoup trop ancrés pour la terre ferme. Combattez sur les orteils et dansez autour de lui. Il en perdra la tête, croyez-moi…

Remis à peine de son effort, il ouvrit alors le long étui qu'il avait emporté à bord et me tendit une fort belle lame qui y reposait, au fourreau, sur un velours bleu sombre.

— Ce fut celle de mon père, c'est la mienne aujourd'hui. Elle pèse son poids, mais votre bras de jeune homme s'en accommodera et elle vous servira bien. Ce serait un honneur que vous l'acceptiez pour demain.

Je reçus l'arme sur mes deux mains tendues. L'or de sa garde attrapa un rayon de soleil. J'étais ému. Et ne savais quoi dire. Finn trouva les mots exacts :

— Pour sûr, monsieur, voilà qui est nourrir porcelet avec confiture…

Mon bienfaiteur ne dîna point avec nous sur le pont ce soir-là. Il devait, disait-il, « régler les derniers détails » de mon rendez-vous. Si je tentai de rester sobre, il me sembla que Baruch et Finn se livraient à un concours de chopines afin de savoir qui, du juif ou du catholique, tomberait le premier. Je pariai pour un résultat égal, mais voulus revenir vers notre ami récent :

— Bento, contez-nous votre histoire, voulez-vous ? C'est une tradition à ce bord, et je tiens à ce qu'elle soit respectée…

Nous nous reculâmes. Il eut la théâtralité de rapprocher deux chandeliers de sa place et c'est d'un visage de maraudeur, ombragé par son grand chapeau à la plume sur le rachis, qu'il accepta de se livrer un peu :

— Que dire ? Mon histoire remonte à ce saint démon que fut Tomás de Torquemada. Mes aïeux, paisiblement installés dans le sud de l'Espagne, des négociants, je crois, eurent le douloureux privilège de tomber sous le coup du « décret de l'Alhambra » : soit ils se convertissaient, soit ils mouraient. Ils s'exilèrent au Portugal. Là, ils acceptèrent de se convertir pourvu que personne ne les empêchât de pratiquer discrètement leur religion. Le roi portugais eut des doutes, et ils manquèrent de se faire hacher menu ou brûler vifs lors du massacre de Lisbonne. Ils durent préférer l'exil au climat doux de la péninsule Ibérique et partir sous le ciel gris et pluvieux d'Amsterdam. Mais n'oublièrent point qu'ils étaient liés à l'océan. Saviez-vous que le pilote de Christophe Colomb lui-même était juif et un peu de ma famille ? Non ? Je m'égare… Bref, nous continuions de faire commerce, si possible, par-delà les mers. L'un de mes grands-oncles fut le très fameux Moïse Cohen Henriques. Un homme d'aventures qui perdit sa vie à tenter de retrouver le trésor de Colomb, mais la gagna en assassinant ceux qui se mettaient sur son chemin.

— Un pirate, résuma Mary, passionnée par notre conteur du soir.

— Un pirate, oui. Son histoire me fut tellement narrée par ma mère que j'en vins à la savoir aussi bien que le kiddouch…

— Le quoi ? interrompit un Finn perdu comme le reste de notre tablée.

— Une prière du vendredi soir. Croyez-moi, nous avons une prière pour tout. Je suis surpris qu'un rabbin quelconque ne nous en ait pas inventé une pour que nous puissions nous soulager… Quoi qu'il en soit, bercé par ces histoires salines, je partis vivre ma vie aux Antilles où j'appris à prendre sans être pris.

— Certes, mais de là à devenir espion pour le royaume de France…, lui fis-je remarquer.

— Un étrange concours de circonstances arrangea que je me trouvai par hasard, pendant la guerre entre Angleterre et France, la nuit, fort occupé à ouvrir un compartiment secret du bureau de l'un de vos amiraux quand je fus surpris, la dame que j'avais payée pour lui plaire n'ayant pas assez plu. Le brave homme comprit cependant que je n'étais pas mauvais bougre et que, un tiroir en valant un autre, je pouvais faire de même chez son homologue britannique. Ainsi fut fait. Content de mes services, il les recommanda à sa hiérarchie jusqu'à votre ami le ministre qui, depuis, me garde près de lui.

Une ample et généreuse tournée de rhum conclut ce récit. Mary proposa d'officier et se retrouva, tâche accomplie et forcément par hasard, assise près de notre ténébreux conteur à qui, soucieuse sans doute de paraître sous un beau jour, elle détailla notre découverte du trésor de Morgan[1].

Je souris en descendant vers ma cabine. Puis me renfrognai en songeant que, le lendemain, je devrais danser avec une épingle.

*

Le Clieu vint me chercher aux aurores. Il avait été convenu que nous nous affronterions sur un chemin de terre tassée bordant marais et plantation au fond d'une baie voisine, le Cul-de-sac royal. Mon ami capitaine et botaniste avait le front soucieux et s'en expliqua :

— Je crains le piège, Yann. On me dit que votre adversaire a fait venir ses contremaîtres pour assister au duel. Ce sont des brutes, plus promptes à bastonner qu'à deviser. Si – quand, devrais-je dire – vous gagnez, vous ne serez pas sauf pour autant.

Je le rassurai immédiatement : nous-mêmes avions pris quelques dispositions. Et c'est une compagnie de gens de fortune qui mit pied à terre au lieu-dit. Ann alignait, au côté, sa double rangée de sabres, et je la revis, pour la première fois depuis nos aventures passées, cacher son visage derrière un ample chapeau. Mary, foulard marron sur la tête, portait, en sus de sa rapière, un râtelier de trois pistolets lui barrant la poitrine, à la Barbe Noire. Médeline refusait de gâcher sa taille en la déformant : elle tenait ses armes à la main et le manche de mon couteau de marin, que je lui avais confié pour l'occasion, dépassait de sa large ceinture en cuir. Finn, en plus de sa dague, dérangeait sa démarche sous le poids d'un sac dont le contenu, en se bousculant à l'intérieur, laissait peu de doute. Il avait emporté ses jouets. Henri avait trouvé je ne sais où – peut-être

1. Voir, du même auteur, *La République des pirates*.

un héritage de Charles Vane[1] à qui appartenait le bateau autrefois – une hache d'abordage dont le tranchant, récemment passé à la pierre, attrapait une lumière d'argent clair. J'avais passé le baudrier par-dessus une simple chemise et soigneusement graissé mes bottes, plus par superstition que par nécessité.

Une troupe de pendards nous attendait. Berret tentait d'assouplir ses longs jarrets tout maigres au milieu de gaillards armés de bâtons et de coupe-coupe locaux. Un Noir en livrée tenait à leur disposition un grand plateau portant verres et carafes en cristal. Un mouvement trahit une présence derrière les herbes hautes. Je me raidis, puis souris : une petite bande d'enfants nègres avait déserté probablement leurs cases pour venir profiter du spectacle. Je me tournai vers ma femme. Elles les avaient remarqués. Son visage s'éclaira, puis se referma.

— C'est pour eux que tu te bats aujourd'hui, Yann, me dit-elle. Pour eux et pour moi…

Ma poitrine se gonflait encore de détermination quand Gabriel et l'autre témoin nous expliquaient les règles du duel par ailleurs très aisées : nous devions arrêter le combat dès que l'un de nous, blessé ou mort, ne serait plus en mesure de tenir son arme.

Mon opposant retira son habit avec l'aide de l'un de ses domestiques nègres. L'une de ses épaules retint le vêtement et perturba le cérémonial affecté. Il s'agaça. Je lus dans le regard de son esclave une peur panique née de la certitude de devoir payer, et plutôt cher, l'impatience et la maladresse de son maître. Un vent de sang au goût de métal souffla dans mes veines. Il me balaya de l'aine à la nuque, enveloppa mes entrailles, bloqua ma mâchoire puis descendit jusque mes poings. Je plantai mon regard dans celui de l'échalas désormais en chemise. Il fit un pas en arrière et agita son épée. J'étais prêt. Il ne l'était plus.

Par pur mimétisme et respect des convenances, je saluai en miroir l'épée qui se dressait à quelques pas. Lémont prit la

1. Fameux et farouche pirate de Providence.

pose. Les genoux fléchis, la pointe haute, la main libre sur la hanche. Nous croisâmes le fer immédiatement. Je notai qu'il se battait comme un bon écolier récitant une leçon maintes fois répétée, mais sans imagination ni volonté d'adaptation. Malgré moi, je suivais son rythme. Nous fîmes assaut de feintes et de parades comme si nous étions sous le regard d'un maître d'armes pointilleux. Une légère écorchure sur le bras droit me rappela à la réalité. Ann avait senti le danger. Et choisit ce moment pour crier sa formule :

— Bats-toi comme un homme ou meurs comme un chien !

Qu'elle puisse me faire le reproche de ne point me battre me fouetta l'humeur. Puisqu'il fallait danser, nous allions danser. Je tournai autour de lui en poussant mes coups plus fort et plus loin. Je devais me défaire de son allonge supérieure. Je cherchai à me rapprocher. Nos deux épées se trouvèrent engagées jusqu'à la garde. Je poussai. Il se renversa, manqua de tomber, se rattrapa en déséquilibre. J'avançai encore. Je me fendis en prime et le repoussai derechef. Sa lame était moins vive. Le poignet plus faible. Je le harcelai, le contraignant à jouer de l'articulation fatiguée pour compenser la force de mes assauts. Mes petits bonds, résolus mais désordonnés, le désarçonnaient. Son regard concentré et un brin apeuré était gâché par des gouttes de sueur. Je le vis cligner plusieurs fois des yeux pour échapper à leur brûlure. Je me tassai fort peu élégamment sur moi-même, puis me détendis de tous les muscles et torons de mon corps. Je liai ma lame à la sienne restée trop basse. Mon poignet tourna. Je forçai mon bras à suivre, toujours plus haut. Il rompit en trébuchant. Je lui passai mon épée au centre de la poitrine, ajustée entre ses pectoraux. Un bruit de baudruche. Un appel d'air soudain, la bouche ouverte. Une tache de sang comme un carafon de vin renversé sur son vêtement. Les genoux cédèrent en premier et firent se replier jambes et buste comme une marqueterie d'art. Il lâcha son arme pour crisper ses mains sur la blessure. Mon épée se posa sur sa gorge.

— Il suffit, chevalier Kervadec, cria Le Clieu. Il suffit : vous avez gagné, mon ami. Cet homme ne peut plus se défendre.

Dans les fourrés quelques applaudissements de petites mains noires retentirent. Je leur adressai mon plus beau sourire.

Deux hommes et son témoin portèrent Berret vers la charrette aménagée qui lui servait de carrosse. Quatre de ses sbires s'avancèrent vers nous. Ann refroidit leur ardeur en appliquant une méchante entaille sur le ventre, il est vrai proéminent, de l'un d'entre eux. Médeline s'interposa :

— Brisons là. Nous allons les massacrer sans que cela nous rapporte autre chose que des ennuis.

Un homme, brun, les bras velus et le regard gâché par des paupières tombantes, ne supporta point qu'une métisse prît la parole. Il lâcha son bâton pour se saisir du fouet à esclaves qu'il portait à sa ceinture. Ma douce l'étendit raide d'un coup de feu dans la tête. Il n'était pas encore affalé qu'elle se redressa :

— Qui d'autre pour se faire occire par une négresse ?

La troupe recula. J'étais furieux. Je pris la dague de Finn, passai au travers de ces malandrins et m'approchai de mon adversaire qui rougissait désormais sa banquette. Je lui clouai la paume de la main sur le bois du siège. Il trouva la force de crier.

— Voilà, monsieur, un présent de la part de Médeline et Yann Kervadec Bréno de La Barre de Pont Allouët. Puissiez-vous vous en souvenir chaque fois que vous tenterez de lever la main sur un nègre.

*

Le dîner du soir, cette fois avec Gabriel, fut l'occasion de réjouissances fort teintées de rhum. Michel et Étienne eurent la velléité de sortir « un quartaut de la région de Blaye à se croire immortel », mais durent céder à l'humeur pirate. Nous avions besoin d'un remontant plus conséquent que leur trop doux nectar.

Le Clieu nous donna des nouvelles de mon adversaire :

— Il est mal en point, même s'il semble que vous ayez épargné ses organes les plus indispensables. Sa femme est venue se plaindre au gouverneur, très notamment de la blessure à la main. Il paraît que ce stigmate le dérange plus encore que sa poitrine percée. Mon ami Jacques-Charles lui a fait répondre qu'il eût dû y penser avant de vous affronter, vous, Yann, et vous tous qu'il a qualifiés au passage de « forbans des mers ».

— « Pirates » est le mot approprié, l'interrompit Mary, soucieuse de son statut social.

— Certes, mais il souhaiterait que vous déhaliez au plus vite et me charge de vous transmettre ses hommages empressés.

Je lui répondis qu'il pouvait remercier et rassurer le comte, nous partirions dès le lendemain. Je me tournai aussitôt vers Baruch, qui reprenait son petit jeu d'ivrogne avec Finn :

— Il me semble que nous avions été dérangés au moment où vous nous parliez d'un rendez-vous qui ferait progresser notre petite affaire de diamant...

— Si fait, expliqua-t-il, la voix presque pâteuse. Nous allons devoir rencontrer la pire et la meilleure de mon engeance, j'entends des espions, des sycophantes, des mouchards, des fureteurs...

— Halte-là, monsieur l'encyclopédiste, le coupa un Finn intrigué. De qui parlons-nous précisément ?

— D'une guêpe, s'entendit-il répondre. D'une guêpe espagnole. On la nomme l'Avispa[1]. Et celle-là vous pique et vous empoisonne mieux que le pire de tous les serpents de la création, sans aucun espoir de rémission.

— Et pourquoi donc devrions-nous risquer la piqûre ? demandai-je alors.

— Parce qu'elle détient les informations dont nous avons besoin. Et qu'elle ne résistera point, j'en suis persuadé, à une partie d'échecs. Mais ne vous y trompez point, la reine de

1. « Guêpe » en espagnol.

l'échiquier, c'est elle. J'en suis le fou et vous êtes le roi, Yann, et donc vulnérable.

— Diantre ! Allez-vous enfin nous raconter son histoire, s'énerva l'Irlandais en encourageant Bento d'une nouvelle lampée d'alcool.

— Voilà, voilà, j'y arrive... L'Avispa se nomme Carla Burgelesa. Comme son nom l'indique, elle serait née d'une famille aisée et érudite de la région de Burgos, en Espagne. On ne sait presque rien d'elle jusqu'à son premier mariage. Elle épouse un hidalgo bien en Cour. Celle-ci tombe d'ailleurs très vite sous le charme de cette fort accorte jeune femme : teint pâle, cheveux d'ébène et yeux d'un vert profond s'allient avec un esprit vif et une langue acérée. Elle fit tourner bien des têtes. Notamment celle d'un prince. Étrangement, sa femme à lui et son mari à elle décèdent dans des circonstances similaires : en se tordant de douleur, des bubons plein la figure. La coïncidence intrigue jusqu'au roi qui la convoque et en retient qu'elle dispose d'un savoir-faire qui pourrait être fort utile à la Couronne. Sa première mission sera de s'occuper des détournements de lingots d'or et d'argent pratiqués, plus que d'habitude, par un vice-roi des Indes. Le personnage sera retrouvé dans son lit, nu comme à la naissance, un couteau en épingle à cœur. Elle intriguera ensuite auprès des Cours britannique, portugaise et française. Elle y laissa une cohorte de cadavres qui contraindrait votre cimetière parisien des Innocents à creuser de nouveaux caveaux. Chaque souverain trouva donc le moyen d'utiliser ses services. Ce qui fait que l'on ne sait plus vraiment pour qui elle officie, si ce n'est d'abord pour elle-même. Il se murmure qu'elle est présentement la maîtresse d'Amaro Rodríguez Felipe...

— Ce nom ne m'est pas inconnu, dis-je.

— En effet, il dut vous être confié par monsieur le ministre. C'est l'homme que Philippe V a chargé de la pierre. C'est aussi un être sans humanité et une âme noire. Les deux tourtereaux doivent, aux colonies, faire figure d'Hadès et Perséphone pour qui les fréquente…

— Et où sommes-nous supposés nous rendre pour rencontrer cette délicieuse fleur de cactus ? demanda Henri qui ne souriait plus du tout.

— À Nassau, sur l'île de Providence. Il me semble que vous connaissez l'endroit mieux que personne. Cela m'a semblé une bonne idée…

Médeline battit littéralement des mains, tout à la joie de revoir son oncle Abiola. Ann et Mary baissèrent la tête et soupirèrent. J'expliquai à notre nouvel ami que l'attention pouvait être touchante, mais qu'il n'y aurait que prison et corde pour nos deux compères si nous avions le culot de nous montrer là-bas.

Nous restâmes un long moment en silence. Les deux femmes pirates se tenaient en retrait et conversaient à voix basse. Ann vint enfin, debout devant la tablée, nous donner la teneur de leurs délibérations :

— Il est vrai que nous risquons beaucoup à revenir sur notre île. Mais enfin, c'est *notre* île. Nous y avons bien vécu même si nous en avons vu beaucoup, et non des moindres, y mourir. Nous tenterons de rester discrètes et ne point trop quitter le bord. S'il le faut, nous userons de déguisements pour les virées à terre.

Elle lança un regard adouci à ma femme :

— Et personne ne nous privera du rhum d'Abiola. Pas même le diable ou je ne sais quelle triste catin espagnole.

Finn arbora une moue dubitative. J'insistai sur le danger. Rien n'y fit. Nos deux sabreuses étaient décidées. Le lendemain, avec la marée, nous ferions cap au nord, vers notre ancienne île aux pirates.

5

Nassau, île de Providence, Bahamas, octobre 1722

Médeline me chavirait deux ans en arrière. Elle se préparait dans notre étroite cabine avant de descendre à terre et avait déniché dans son coffre une robe jaune qui ressemblait à s'y méprendre à celle que je l'avais vue porter lors de notre première rencontre. Elle poussa même le souvenir jusqu'à nouer, comme autrefois, dans ses épais cheveux crépus un bandeau de la même couleur. Ses pieds nus battaient le sol d'impatience alors qu'elle peinait à l'attacher derrière sa tête. Je ne bougeais plus. Je la regardais, et tous les ouragans de cette maudite terre ne m'auraient pas fait mouvoir d'un pouce.

— Ferme la bouche, Yann, me dit-elle de son rire délicieux découvrant des dents en perles de lait sur un écrin de pétales de rose. Et ne le prends point mal, mais c'est pour Abiola que je m'apprête ainsi. Tu ne voudrais pas qu'il imagine que tu as changé sa nièce favorite au point de lui faire oublier qui elle est ou ce qu'elle fut ? Il a cassé bien des têtes pour beaucoup moins que ça…

Je bafouillai piteusement, farfouillai dans son coffret à bijoux sans rien y chercher ni y trouver, puis décampai comme un chenapan pris la main dans la farine. Je l'attendrais sur le pont. Notre chaloupe était prête…

Ann et Mary resteraient à bord, le temps que nous humions l'air du moment les concernant. Bento lancerait ses filets pour capturer quelques informations utiles. Finn et Henri nous accompagneraient dans la taverne de l'oncle, étrangement nommée Le Jolly Cœur.

Nous avions amarré l'*Oroun* entre le vieux fort espagnol et la petite île de Hogg. Un mouillage qui nous permettrait de nous échapper au nord si les événements le réclamaient, mais de reposer en eaux paisibles le temps de notre présence. La rade elle-même n'avait point été modifiée : les mêmes pilotis branlants, le chemin de terre qui remontait en tranchée sablonneuse, au travers des cabanes et des maisons, jusqu'au cœur de Nassau. La plage paraissait toujours encombrée de tentes en voiles et de chaloupes retournées, autant d'estaminets de fortune. Les braseros empuantissaient encore l'air de leur odeur de lard grillé et de poils de chèvre brûlés. Au large, un gros deux-ponts de la Navy veillait, pataud et imposant, sur une armada de vaisseaux marchands et le ballet sans fin des embarcations d'achalandages ou des canots des capitaines.

— Quelque chose a changé, lança soudain Finn.

— Pas qu'il m'y paraisse, rétorquai-je. Bien sûr, il manque notre forêt de mâts pirates et leurs coiffes noires, mais enfin…

— Tends l'oreille, veux-tu ?

— Des bruits de port, des haubans, des tonneaux et des rames qui s'entrechoquent, des bateliers qui s'agitent… Quoi d'autre ?

— Précisément : où sont les lames qui se croisent, les coups de feu et les gueulantes des femmes faciles et des hommes indociles, les disputes et les rires ? Cette île ressemble à toutes les autres, et c'est une honte si l'on veut bien se souvenir de ce qu'elle a été. Cette terre a tout simplement appris à se soucier de l'avenir et à craindre le présent. Elle ne vit plus comme si c'était son dernier jour.

Il cracha dans l'eau. Je lui donnai une bourrade, épaule contre épaule.

— Ce n'est qu'une étape pour nous, le rassérénai-je. Et un piège à souvenirs. Ne te laisse pas prendre…

Il allait répliquer quand une barque locale, un officier en bleu marine à sa proue, se dirigea clairement droit sur nous.

Le gouvernorat de Sa Très Gracieuse Majesté venait aux nouvelles. Par pur réflexe, je jetai un œil à notre pavillon pour vérifier que nous ne nous étions point égarés et que la fleur de lys, et non une tête de mort, flottait bien au mât.

Le lieutenant Jonas Anderson avait des bras trop longs et l'estomac proéminent des amateurs d'ale. Ses yeux bleus sans caractère surmontaient un nez fin et droit englouti dans des bajoues veinées de couperose à faire envie au plus consciencieux des ivrognes de mon village. L'ensemble en faisait un garçon sympathique, pourvu que l'on ait prévu d'aller arsouiller sur la côte.

— Mes respects, capitaine, débuta-t-il du ton pénétré de ceux qui ont un message appris par cœur à délivrer. Le gouverneur, monsieur Woodes Rodgers, vous transmet ses amitiés et souhaiterait s'entretenir avec vous. Il vous propose de le rencontrer demain, chez lui, à l'heure qu'il vous conviendra de me confier.

L'invitation était suffisamment polie pour effacer la convocation, réelle, en bonne et due forme. Je m'inclinai et proposai de ne point faire languir un si important personnage en suggérant de le rencontrer de bonne heure le matin.

— Merci, capitaine, je transmettrai, dit, visiblement soulagé, notre très joufflu interlocuteur. Puis-je ajouter que monsieur vous demande, s'il est à bord, de venir le visiter avec un certain docteur O'Flahertie. En souvenir du bon vieux temps, a-t-il précisé.

Finn releva la tête, piqua l'air le plus innocent de sa palette :

— Mais répondez-lui, très cher, que je serai honoré et ravi de le revoir… Pourvu qu'il range les cages en fer dans lesquelles il a pris, dans le « bon vieux temps », la fâcheuse habitude de faire boucaner au soleil les corps de mes amis.

Les yeux déjà passablement globuleux de notre visiteur manquèrent de tomber sur le pont. Il cherchait à trier le trait d'esprit de la provocation. Je le rassurai.

— Veuillez juste dire au gouverneur que nous y serons, conclus-je de peur que mon ami n'ajoute à notre situation une difficulté supplémentaire.

Il salua puis s'effaça. Il était temps pour nous de nous rendre à terre.

Je grondai encore mon incorrigible Dubliner sur le chemin qui nous menait vers le centre de la ville. Médeline, primesautière, nous devançait de quelques pas et ignorait, altière telle une reine de Saba, les regards salaces qu'elle attirait comme, la nuit, une chandelle appelle les papillons. Henri, néophyte en ces terres, semblait vouloir en graver céans toutes les particularités dans sa mémoire, d'une vieille charrette sans intérêt ni essieu, aux immondices qui encombraient la chaussée en passant par les poules et les coqs, étiques, qui semblaient avoir prospéré depuis notre dernier passage.

Le Jolly avait lui aussi progressé dans son allure. Les marches de la grande maison en bois avaient été retapées et repeintes d'un vert d'eau assez élégant. Une porte d'entrée à double battant – munie d'un heurtoir en étain figurant la tête d'un monstre fort barbu dont je soupçonnais l'origine « teachienne[1] » – obstruait le trou béant d'autrefois et une enseigne rouge remplaçait les anciennes grosses barriques qui servaient de sentinelles et de bornes à l'endroit.

Médeline se figea sur le seuil. Elle chercha mon regard. Elle trouva un sourire en sus et un léger geste de la main pour l'inviter à entrer. C'était son domaine, le seul antre familial dont elle disposait avant notre demeure bretonne. Elle avait la préséance. Elle se frotta les mains sur sa robe, se redressa, puis disparut dans la pénombre où nous la suivîmes.

La salle principale tenait toujours un grand bar, assemblage de bois flotté et de palissades de navires, et son étalage de flacons de tord-boyaux en tout genre. Les chaises avaient supplanté les tabourets, les tables évincé les tonneaux, et la vieille

1. Edward Teach : le vrai nom de Barbe Noire.

banquette avachie sur laquelle patientaient les dames de mauvaise de vie avait disparu au profit d'une longue marquise bleu clair du plus bel effet sur laquelle s'alanguissaient quelques ladies mieux habillées de fard que de vêtements.

Le brouhaha des clients cessa à notre entrée. Une tornade brunette vint nous tourmenter. Fiona, autrefois tire-laine à Glasgow, femme de petite vertu puis mère maquerelle aux Antilles, une amie chère et jolie comme un pinson de son Écosse, se précipita dans nos bras en pleurant et en frottant plus que nécessaire son décolleté sur la chemise d'Henri, que pourtant elle ne connaissait point.

— Médeline, Yann, Finn ! s'époumona-t-elle avec son accent de pierres de torrent. Mais qui vous a prévenus ? Comment savez-vous ?

Devant nos figures effarées, elle prit d'autorité le bras de ma femme et la mena par l'escalier à l'étage, vers le bureau-chambre de son oncle. Notre géant nègre était allongé sur son lit, le teint plus gris que mes mégalithes, les yeux mi-clos, le poitrail oppressé comme s'il servait de cale à un navire au sec. Abiola n'eut que la force de saisir la main de Médeline et de tenter un pâle sourire qui s'acheva en grimace. Il me semblait que la température de l'air s'échauffait aux simples effluves de sa fièvre. Finn prit le relais et ausculta notre ami.

— Depuis quand est-il malade ? sanglota ma belle au désespoir.

— Deux jours seulement, d'où ma surprise de vous voir si vite. Il s'est effondré d'un coup. J'ai dû faire appel à toutes les filles pour le monter jusqu'ici. Le chirurgien particulier du gouverneur lui-même est passé. Puis reparti bien vite : il proposait une saignée sur ce pauvre Abe déjà si faible. Je lui ai fait comprendre que je le saignerais moi, et tout vif, s'il ne remballait point son scalpel…

— Et vous avez bien fait, approuva Finn, visiblement inquiet. Essayez, je vous prie, de me trouver du bleu de laudanum[1] pour le soulager et une eau très claire pour le faire boire. Et apportez force couvertures. Transpiration et eau pure. Je ne vois que cela à faire en l'état.

Nous faisions les cent pas sur la terrasse adjacente, naguère repaire de nos agapes et de discussions joyeuses, quand Baruch vint nous rejoindre. Il s'enquit d'abord de ce qui nous préoccupait, eut un regard compatissant pour notre titan vaincu par les mauvaises humeurs, puis enchaîna :

— Nous voyons l'Avispa ce soir. Ici même. Elle a expressément demandé que Yann, Finn et vous, Médeline, soyez là.

Il écarta les bras :

— Je n'en sais pas plus, croyez-moi, mais cela ne laisse de m'inquiéter. Elle en connaît déjà beaucoup trop sur la composition de notre équipage. Et, dans ma profession, savoir d'abord, c'est vaincre déjà.

*

Sous prétexte de retrouvailles familiales, nous avions décrété la taverne en vacances. Ces dames furent également mises en congé. Certaines d'entre elles parurent satisfaites, les autres se consolaient en envisageant des « visites à domicile ».

Chaises et bancs contre les murs, nous nous étions réservé le centre de la salle et de simples tonneaux en guise de tables et d'assises : si l'Espagnole venait du grand monde, je trouvais pertinent de la placer dans l'inconfort des « gens de fortune ». Je réclamai à Fiona également son rhum le plus fort et le plus âpre, tant il est vrai que certains combats se gagnent parfois à la force d'une liqueur.

Pour l'occasion et profitant de la nuit précoce de ces régions, Ann et Mary, affublées de la tenue complète de l'égorgeur masculin, étaient discrètement venues en renfort. Notre fin chardon des Highlands veillait, elle, derrière les bouteilles, sur

1. Solution opiacée qui servait d'anesthésiant à l'époque.

le casse-tête favori de son patron, un engin presque aussi grand qu'elle et certainement plus lourd.

Je me postai au centre, Médeline à ma gauche, Finn à ma droite. Bento s'était allongé sans vergogne sur le sofa des catins. Je le soupçonnais de dormir quand l'on frappa à la porte discrètement puis qu'elle s'ouvrit.

Une jeune femme fit quelques pas vers nous, habitua ses yeux à la lumière, eut un sourire avec une légère torsion de la bouche, assez disgracieuse, comme si la commissure bâbord voulait remonter au nord mais que son homologue tribord souhaitait tirer vers le sud. Il fallait cependant chercher ce détail pour trouver défaut à son allure. De petite taille mais remarquablement bien proportionnée, elle dévoilait une peau blanche et une poitrine à en oublier Dieu dans un pourpoint d'homme vert sombre à l'ancienne mode. Elle chaussait des bottes hautes, à la cavalière, qui ne parvenaient point à cacher la finesse et le galbe de ses jambes. Ses hanches dessinées acceptaient de se laisser battre par un court poignard espagnol ouvragé. Sa chevelure noire, longue, ondulée et épaisse, encadrait un visage déterminé et fin où deux émeraudes, comme perlées de bruine, observaient notre assemblée. Son regard semblait porter toutes les tempêtes d'une mer déchaînée que retenait la forme de ses yeux, légèrement en amande.

La cadence très rapide de sa voix, légère et mesurée, gardait trace de son ascendance ibérique :

— Que d'honneurs pour une simple promeneuse, nous salua-t-elle en lorgnant ostensiblement Ann et Mary, visiblement prêtes à la larder sur-le-champ.

— Bienvenue à vous, lui dis-je en lui désignant un siège face à nous et en lui tendant un gobelet qu'elle attrapa en me frôlant la main, provoquant un frisson que je regrettai immédiatement. Que pouvons-nous faire pour vous ?

— À ce qu'il me semble, il vous faudrait renverser la question : que puis-je faire pour vous ? Je sais que vous venez tenter de récupérer la pierre que le régent fit acheter une somme colossale au roi d'Espagne. Je connais également votre valeur et certains de vos exploits, notamment votre faculté à vous emparer d'un trésor ou à travestir les cadavres…

Je frémis encore. Elle mentionnait, sans nul doute, le tour de passe-passe que nous avions joué à la Jamaïque pour éviter que le corps de Charles Vane ne soit exposé à la curiosité malsaine de ses habitants. Existait-il quelque chose de nos vies que cette femme ignorait ? Elle perçut notre surprise :

— Eh quoi, monsieur Kervadec, ignoriez-vous qu'on ne peut s'échapper de l'une de nos forteresses, San Juan, ce me semble, sans que l'on se pose quelques questions à votre sujet ? Il s'avère par ailleurs qu'un certain *capitán* Reverte n'a point tari d'éloges sur vous dans son rapport…

Bien des mois auparavant, il nous avait en effet fallu bouter le feu à ma geôle et une certaine complicité de marins avec un capitaine espagnol pour que je puisse m'échapper d'un piège triste et puant. Le souvenir doux de cette évasion rocambolesque se teintait d'amertume désormais à le savoir éventé aux quatre coins du royaume d'Espagne.

— Parlons du diamant, repris-je brusquement. En quoi pouvez-vous nous aider et à quelles conditions ?

— Enfin une question sensée. Et directe. Bien. Commençons par ce qui a été porté à ma connaissance ; j'entends : le lieu où il se trouve et le nom de son gardien…

— Cela, nous le savons déjà, la coupa Finn, peu susceptible, lui, de tomber sous le charme d'une femelle, et encore moins sous celui d'une espionne.

— Certes, mais je dispose d'un accès à l'un et de la confiance de l'autre… ainsi que de certaines informations qui laissent penser que le vice-roi aurait demandé le joyau pour en orner le pommeau d'un sceptre en or qu'il souhaiterait promener avec lui comme les licteurs romains leurs faisceaux. *Vanitas vanitatum, omnia vanitas*, n'est-ce pas ? Pour le présent, le dépositaire de la pierre procrastine et la conserve par-devers lui, mais il est malaisé de ne point céder aux caprices des puissants.

Comprenez donc bien que, sans moi, vos tentatives se révéleraient fatalement aventureuses… Il paraîtrait donc que je vous suis indispensable.

— À quel prix ? demandai-je brutalement.

— C'est ce que je suis venue déterminer ici, expliqua-t-elle, sibylline. Pour cela, il me fallait vous voir en chair et en os. Et je ne me sens point flouée…

Elle me détaillait maintenant comme elle l'eût fait d'une tenue chez le tailleur. De l'encolure aux emmanchures en passant par l'entrejambe. Longuement. Je sentis, malgré moi, un fourmillement dans les reins, une envie bestiale de saillie… Cette femme vous ensorcelait plus sûrement que les enchanteresses et les fées qui – disait-on – hantaient encore les bois sombres de mon pays. Je ne sus m'abstenir de lui renvoyer un sourire immature de mâle convaincu de la force de son charme.

D'un mouvement preste, Médeline lui mit un pistolet sur la gorge. Je vis la rougeur immédiate provoquée par le canon sur la peau pâle.

— Madame, dit-elle d'un ton à peine contenu, soupesez mon mari encore une seule fois ainsi et la seule pierre que je vous offrirai sera tombale.

Notre invitée sourit sans ciller. Ann et Mary se rapprochèrent. Du fond de sa banquette, Bento se décida enfin à sortir de sa torpeur avec son ton enjoué :

— Voilà, très chère Carla, tu voulais jauger de leur caractère. C'est fait. Puis-je te suggérer de nous indiquer notre prochain lieu de rendez-vous, près de l'objet de notre quête, cela va de soi, avant de mourir stupidement d'une balle dans un bordel de Providence ?

Sans lâcher ma femme des yeux, elle décala lentement, d'un doigt fin et sans à-coup, la mire pointée sur elle.

— Tu as raison, mon très hérétique ami. Voyons-nous donc aux alentours de Carthagène dans un mois ou plus. Je saurai bien vous trouver pour vous confier la date et l'endroit exacts. Vous connaîtrez alors ce que je vous réclamerai en retour.

Elle vida son gobelet d'un trait comme s'il se fut agi d'un lait de chèvre frais.

— Excellent, ce breuvage, minauda-t-elle légèrement en reposant délicatement son godet. Saviez-vous que, dans certaines colonies, les indigènes fabriquent un alcool blanc à base de cactus qui ferait passer ce rhum pour l'eau de la fontaine ?

Elle se remit très souplement debout alors que ma douce s'autorisait à poser son arme devant elle. Un sourire de glace rencontra un regard de feu. L'espionne, lentement, tira une petite fiole de son corsage en dentelle. Elle la posa à côté de la pétoire.

— Voici pour votre oncle. Souhaitez-lui un prompt rétablissement de ma part. Et rappelez-lui que la première règle du tenancier tient à ne boire que ce qu'il a lui-même mis en tonneau…

Elle s'échappait de son pas léger quand Médeline comprit qu'elle avait sans doute empoisonné Abiola. Il fallut ma main et celle de Bento en étau sur la sienne pour qu'elle ne reprenne point son pistolet. La porte se referma sur ses insultes. Et ne put atténuer le bruit de celles qu'elle me déversa à la figure. Baruch, pourtant mon complice, l'apaisa un tant soit peu :

— Madame, vous devez souffrir pour l'instant de laisser cette personne en vie. C'est peut-être notre unique chance de s'approcher de notre diamant. Et la façon dont elle a su mettre à terre ce colosse qu'est votre oncle devrait, à elle seule, vous inciter à la prudence…

Finn s'empara du délicat flacon, l'ouvrit, y apposa son nez puis tordit la bouche :

— Médeline, je comprends mieux pourquoi je n'entendais rien à la fièvre d'Abe : je ne m'y connais point en poison. Il me paraît que cet antidote représente notre unique chance de le sauver. Mais tu conviendras aussi que c'est là faire confiance à cette Avispa et à ses mots. Mon avis serait de tenter l'aventure, faute d'alternative, mais c'est à toi de décider…

Ma femme fit un triste signe d'assentiment de la tête, avant de m'occire proprement de ses iris noirs. Elle fit un effort pour ne pas hurler et détacha singulièrement ses mots en me prenant à partie :

— Tu vas aider à sauver Abiola et tu t'installes sur la terrasse. Le coup de feu que je ne le lui ai point donné à elle, je te l'offre, à toi, s'il te prend la douteuse idée de venir dans ma chambre. Sommes-nous au clair tous les deux ?

Je baissai la tête et fus reconnaissant à Finn de venir me tirer par la manche pour monter à l'étage et l'assister à maintenir l'oncle de ma furie pendant qu'il lui ferait avaler sa drogue. Henri me poussa dans le dos lorsque nous montions les marches. De peur, sans doute, que ma tendre compagne ne change d'avis et ne me glisse un plomb entre les omoplates. Bento nous rejoignit, un étrange sourire aux lèvres.

Les femmes restaient entre elles en bas, et je sus que mes oreilles saigneraient de ce qu'elles avaient à dire de mon comportement avec la redoutable Espagnole. Henri tint les jambes du géant, je m'occupai de ses bras. Baruch lui pinça le nez, le contraignant à ouvrir la bouche et à accueillir le liquide sirupeux que versait son médecin d'occasion. Un soupir. Un râle… Une longue attente, puis Abiola prit une inspiration à déraciner un chêne. Deux gargouillis et un ronflement comme l'arrivée du tonnerre disaient aussi bien qu'un oracle de la Faculté que notre ami allait déjà mieux.

J'étais affalé sur le grand balcon bordant la chambre quand, sans mot dire, mes compagnons s'assirent près de moi. Baruch déboucha un carafon, posa quatre chopines à même le sol, les emplit, puis s'autorisa à rire :

— Yann, vous ne marchez pas encore vers la potence. Ou, pour être tout à fait clair, voilà longtemps que Médeline vous a passé le nœud coulant autour du cou. Elle vous a juste rappelé aujourd'hui qu'elle tenait la corde. Elle a serré un peu. Votre mine contrite desserrera l'étreinte. Rien de grave. Que tout cela ne nous égare point, nous avons appris une excellente nouvelle aujourd'hui.

Je me renfrognai et lui répondis d'une voix morne :

— Certes, me voici pendu par la femme que j'aime, mon mariage en miettes à mes pieds… Ai-je oublié quelque chose ?

— « Où règne l'amour, là une jalouse inquiétude s'établit comme sentinelle », pérora mon Irlandais lettré en me donnant une tape sur l'épaule. Tu t'es fait prendre par le guet. Rien de plus. À vous, Baruch, j'ai du mal à entrevoir quoi que ce soit de bon dans ce que nous avons appris…

— Ne nous a-t-elle point avoué que le vice-roi souhaitait enserrer le diamant dans un bâton en or, demanda-t-il à l'encan, ses grands yeux noirs légèrement plissés. Or, mes amis, il s'agit là d'une opération de joaillerie complexe que l'on ne peut confier au premier artisan venu. Si ? Non, je vous l'assure. Et qui se pencherait donc sur ce délicat travail d'orfèvrerie ?

— Trêve de questions, l'interrompit, Finn un peu agacé, nous voulons des réponses !

— Certes, j'y viens. Il ne me paraît pas envisageable que cet important personnage puisse se passer des services des artistes en la matière, c'est-à-dire des Juifs de Hollande. Et je parierais même que l'un d'entre eux doit, en ce moment même, voguer vers nous. Et je suis absolument certain que je trouverai bien un lien de cousinage avec lui, dussé-je remonter à Salomon… Bref, nous sommes dans la place, ou peu s'en faut.

Mes comparses se chamaillaient gaiement encore quand le rhum et les émotions de la journée me firent très vite basculer vers un sommeil empesé et des rêves étranges : un grand roi hébreu me pourfendait en deux de son épée sous les rictus sadiques et amusés d'une hautaine guerrière nègre et d'un démon espagnol, mi-femme, mi-guêpe.

6

Maracaibo, Indes espagnoles, novembre 1722

Je sentais l'acier de mon songe sur mes côtes quand j'ouvris les yeux. Médeline, belle comme l'aurore, terrifiante comme la nuit, en simple chemise, me poussait du genou sur le ventre. Mes yeux, encore collés d'un sommeil difficile, m'autorisèrent à être surpris, enchanté, puis à ressentir la morsure d'une culpabilité aux relents, fort désagréables, de rhum mal digéré.

— Yann, me dit-elle doucement de sa voix grave, tu as rendez-vous avec Rodgers. Finn t'attend. Habille-toi. Et je veux te parler…

Le borborygme de lendemain de libations que je lui renvoyai lui fit plisser le nez.

— Écoute-moi bien : je peux comprendre qu'une belle femme te fasse de l'effet, je peux même envisager que la bête qui sommeille en toi ne se réveille pas seulement quand elle sent le goût du sang, d'un combat… Même si cette bataille-là, vous les hommes, vous ne la gagnerez jamais. Mais je n'accepterai jamais que tu ne m'aimes pas assez pour ne pas me le cacher. Oui : je sais que tu m'aimes. Il est peut-être temps que tu le saches aussi.

Elle se leva et repartit. Je saisis le seau d'eau qu'elle avait apporté pour me le retourner sur la tête sans cérémonie. Je m'habillai, convaincu d'être sot comme une huître morte et aussi piégé qu'un crabe au casier.

Finn patientait en bas et eut l'amitié de ne pas me poser de questions. Nous traversâmes Nassau épaule contre épaule, perdus dans des pensées que nous partagerions plus tard. Peut-être.

Le palais du gouverneur avait été remis en état, et n'était-ce une peinture franchement écaillée et des volets hésitants, il eût pu passer pour la plus belle bâtisse de l'île.

Un factotum en uniforme rouge, barré d'un baudrier blanc sans sabre, nous fit patienter puis claqua trop fort ses talons sur le parquet pour aller prévenir le maître des lieux. Une ride inhabituelle creusait le front lisse de mon ami. Sa main amputée laissait s'impatienter ses doigts sur sa dague. L'Irlandais sentait venir une tempête qu'il tentait de contrecarrer avec des soupirs à déventer les alizés. Une double porte s'ouvrit. Nous nous retournâmes. Au fond de la pièce dévoilée, Woodes Rodgers se tenait debout derrière un bureau sombre. Sa canne appuyée sur l'un de ses côtés. La cicatrice de sa joue, souvenir d'une balle de pirate, tressautait un peu sur un visage de marbre. Un léger sourire semblait nous souhaiter la bienvenue.

Le ton de notre hôte dispersa nos quelques doutes : franchement amical et un brin déplacé pour un homme ayant voué sa vie au joug de la discipline militaire et d'une rigueur de huguenot.

Nous échangeâmes quelques civilités sans importance, puis il se saisit de son soutien en bois d'ébène, pommeau en argent proprement poli, pour faire les cent pas.

— Messieurs, j'ai une fâcheuse nouvelle, commença-t-il de sa voix sèche rythmée par les trois temps de sa démarche. J'avoue que, si j'ai été surpris de votre venue, elle me paraît aujourd'hui don du ciel. Je suis dans une impasse.

Nos regards l'invitèrent à être plus précis.

— Je ne doute pas que vous vous souveniez fort bien du capitaine Charles Leister…

Finn se raidit. Il avait tissé des liens tendres avec ce lord anglais, ancien compagnon de nos aventures.

— Charles, donc, reprit Rodgers, fut chargé par mes soins, voilà déjà quatre mois, d'escorter quelques bateaux marchands vers la Jamaïque. L'Espagnol, vous le savez, harcèle nos vaisseaux sans trêve ni repos. Ces damnés *Spaniards* ont attaqué le convoi. Leister s'est battu jusqu'à risquer de couler avec son bâtiment. Il a survécu cependant, ainsi que, me semble-t-il, six de ses marins. Mais enfin il a dû se rendre. Il a été emmené sur un ponton[1] de Maracaibo. Il y est retenu depuis dans des conditions que je vous laisse imaginer. L'Angleterre ne veut rien céder à Philippe V, et l'on m'a formellement interdit de réclamer un échange ou même de payer la rançon – il est vrai tout à fait extravagante – réclamée par ses geôliers.

— Et vous attendez de nous que nous le sauvions du mauvais pas où vous l'avez mis, demanda, non sans agressivité, un Finn que je sentis désemparé.

— En effet, s'entendit-il répondre. Qui d'autre ? Vous naviguez sous pavillon français et nous savons, vous et moi, qu'il peine à en dissimuler un plus sombre que vous n'avez jamais vraiment abandonné. Par ailleurs, je tiendrai à votre disposition une petite force d'expédition, mes meilleurs soldats d'infanterie, si vous le désirez. Croyez bien enfin que je saurai me souvenir du service que vous rendriez à la Couronne. Nassau pourra redevenir votre repaire sans que je me mêle de votre équipage ou de vos activités.

Je regardai Finn. Ses lèvres, devenues blanches, ne dessinaient plus qu'un trait. Ses yeux désespéraient de ne point être secs et ses épaules s'étaient voûtées.

— Nous irons le chercher, dis-je avec autorité. À nos conditions : vous garderez vos hommes : ils se battent sans doute très bien, mais enfin ce sont des soldats. Il nous faut des pirates. En revanche, vous nous ouvrirez en grand vos magasins de poudre et de munitions, ainsi que tout ce dont vous disposez pour achalander un vaisseau. Vos voiliers et charpentiers viendront travailler sur l'*Oroun*. Ils auront trois jours pour le remettre en état. Nous partirons le quatrième. Et enfin et surtout, vous me

1. Navire désarmé mis à quai dont la coque servait de prison.

signerez une grâce royale aux noms de Mary Read et Ann Bonny…

— Mais elles ont été dûment condamnées à la corde par contumace…

— Peu me chaut. Cette exigence n'est pas négociable ! Je vous promets en retour de sauver vos hommes, en tout cas ceux qui auront survécu. Avons-nous un accord ?

Mon interlocuteur planta sa canne dans le plancher, me regarda longuement. Je ne cillai point. Ses yeux noirs soupesaient ses options. Ils s'égarèrent vers mon cœur comme pour en sonder les intentions. Un sourire se dessina.

— Vous avez bien appris de vos mentors, chevalier, me dit-il. Barbe Noire serait sans doute fier de vous. Il se dit qu'il vous tenait en haute estime. Je comprends pourquoi. Certes. Je me rends. Vous avez gagné. Revenez avec mes hommes, et vos maudites femelles sauvages auront leur pardon… Comptez sur ma parole.

— Elle nous suffit, concédai-je.

Le dos de mon Irlandais s'était redressé. Ses lèvres avaient retrouvé un peu de couleur. Nous prîmes congé. Le gouverneur nous arrêta à mi-chemin de son antichambre :

— Messieurs, nous héla-t-il, est-il vrai que Teach vous surnommait le shamrock et la grenouille ? Et auriez-vous refusé d'aider Charles si je n'avais point cédé à vos demandes ?

Finn se retourna, son sourire triste en meurtrière :

— Oui et non. Bien le bonjour, monsieur.

*

L'*Oroun* chantait de toutes ses membrures. Le navire, heureux de s'être fait cajoler pendant quelques jours, sifflotait son contentement en laissant le vent caresser ses haubans comme les doigts d'un gitan sa guitare.

Médeline semblait avoir oublié sa fâcherie avec d'autant plus d'aisance qu'Abiola, ragaillardi, s'était enrôlé d'office en tant que coq[1] et « écrabouilleur d'Espagnols ». Ann et Mary savaient qu'un – nouveau – pardon les attendait au bout du voyage et paraissaient apaisées. Henri persistait à découvrir l'océan avec ses yeux de grand gamin sans jamais songer à cacher sa naïveté. Étienne et Michel pestaient contre l'absence de bon vin à bord et se vengeaient en estourbissant des litres de rhum.

Seul Baruch avait tenté de nous dissuader, arguant que le sauvetage – « s'il était couronné de succès » – nous coûterait un temps précieux. Un seul regard de Finn avait suffi à faire valoir nos arguments. Le maître espion s'était bien vite rattrapé en dénichant, le diable sait où, quelques cartes relativement récentes de Maracaibo et de son golfe.

Je détestais ce que j'avais sous les yeux :

— Comment passer ? Il y a là une triple frontière naturelle : d'abord la baie gardée par ces deux pinces de terre, puis ces îles qui bloquent la passe vers la ville elle-même et enfin ce lac en cul-de-sac qui ne nous laissera aucune chance de fuite…

— Peu importe le lac, les pontons n'y sont point, me rétorqua notre ami juif. Mes maigres renseignements indiquent qu'ils seraient là et là.

Ses doigts fins et bronzés se posaient sur une succession d'îlots au nord de la cité, à portée de canons de sa forteresse.

— Sait-on au moins combien de ces prisons puantes ont-ils amarrées là, demanda Finn. Et où se trouve Charles ?

— Pas plus de trois, et elles sont toutes au même quai, lui répondit Bento du tac au tac.

Nous sursautâmes de concert quand Abiola vint nous interrompre pour nous annoncer que le souper nous attendait et qu'aucune réflexion « ne saurait être menée à terme sans quelque chose dans le ventre ». Nous regardâmes alors sa panse de golgoth qui eût pu nous accueillir tous pour une très longue gestation. L'éclat de rire qui s'ensuivit éteignit un temps nos inquiétudes.

---

1. Cuisinier sur un navire.

Le dîner cependant fut l'occasion de parcourir toutes les options dont nous disposions pour notre sauvetage. Il apparaissait clairement que nous ne pouvions point prendre d'assaut la ville comme l'avaient fait en leur temps les pirates Morgan ou François l'Olonnois. Il nous faudrait tromper notre monde et agir vite. Nous ne pourrions résister longtemps à la garde et aux bâtiments de guerre de l'endroit. Je répugnais, par ailleurs, à mettre l'*Oroun* en danger. Finn proposa de construire un trébuchet et de «balancer des tonneaux de poudre sur la ville». Il dut, à contrecœur, reconnaître que la discrétion risquait de manquer. Bento suggéra de s'attarder dans les tavernes, d'obtenir des informations fiables puis de passer à l'action. Je lui rappelai qu'il avait lui-même souligné que nous manquions de temps. Abiola écrasa soudain le plat de sa main sur la table et envoya pichets et carafes aux quatre vents. Il avait notre attention.

— Tu te souviens, Yann, de tes serpents dans le panier?

La cicatrice hideuse qui rampait sur mon avant-bras me servait d'aide-mémoire. J'avais failli mourir, non loin des parages où nous croisions, mordu par l'un de ces démons de l'enfer à la langue fourchue.

— Tu avais tenté de les attirer d'un côté en tapant contre le sol…

— Certes, répondis-je en lui montrant la boursouflure sur mon bras, et je te rappelle que, sans les soins de Finn, je ne naviguais plus que sur le Styx… On ne peut pas dire que ma stratégie ait superbement fonctionné.

— C'est un détail, sourit le géant. Je propose de nous en inspirer : faisons-les courir à l'autre bout de la ville et agissons discrètement quand ils seront occupés ailleurs.

— Je m'engage volontiers à faire sauter un petit bout de leur forteresse, se réjouit Finn qui en battait presque des mains.

— Elle est encore trop proche de votre ami, objecta Baruch. Laissez-moi consulter la carte, réfléchir et proposer une cible dès demain matin.

Nous partîmes tous nous reposer sur ces bonnes paroles. Je m'apprêtais à suivre ma femme vers notre cabine quand son oncle posa une patte d'ours sur mon épaule.

— Yann, reste un peu, veux-tu ? Nous avons à deviser, toi et moi.

Je me doutais bien qu'il avait dû avoir vent de ma dispute avec Médeline. Je m'assis, prêt à lui expliquer qu'il était préférable qu'il ne se mêle pas de nos histoires.

— Mon fils, dit-il, transformant mon humeur par ces simples mots, ma nièce veut un enfant et elle souffre de ne point y arriver. Terriblement. Elle va être plus exigeante avec toi. Sans doute t'en vouloir, même si elle sait que tu n'y es pour rien. Tu dois être patient… Et lui apprendre à l'être aussi.

Je lui confiai qu'une rebouteuse de mon village avait diagnostiqué que ma belle devait d'abord faire la paix avec son passé avant de songer à enfanter.

— C'est sans doute vrai… mais pas suffisant. Un jour, et tu sauras quand il arrivera, elle sera prête. Le chemin sera long et difficile, et je compte sur toi pour l'accompagner et ne pas céder aux sirènes, même quand elles ont des écailles espagnoles d'un vert magnifique, m'a-t-on dit…

Je plantai mon regard dans le sien. Il y lut ce qu'il y avait à savoir de mon âme. Je partis enfin me reposer.

*

Une fine barre sombre obstruait l'horizon. La terre pointait devant notre étrave. Nous arriverions, comme nous l'avions prévu, à la nuit tombante. Je voulais que le navire soit paré à appareiller le plus vite possible après notre expédition. Je demandai donc aux jumeaux, à Henri, Médeline et Mary de bien vouloir rester à bord. Abiola décréta qu'il n'était pas encore suffisamment remis pour une nouvelle aventure. Je le soupçonnais de fadaises afin de ne point quitter sa nièce et renonçai à regret à profiter de sa force herculéenne.

Finn débarqua sur le pont avec deux sacs.

— Halte-là, lui dis-je, il ne s'agit point d'effacer la ville de la carte…

— Et crois bien que je le souhaiterais… Mais celui-ci est pour toi.

Il déposa l'un de ses paquets à mes pieds.

— Nous avons vécu bien des petites aventures, m'expliqua-t-il, mais tu n'as jamais été torturé ou privé d'eau et de nourriture pendant des mois. Je te prie d'entendre que cela brise le corps et l'esprit. Tu trouveras là-dedans de l'eau fraîche, des fruits, une écorce d'arbre que j'ai réduite en poudre et divers instruments qui devraient t'aider à soigner nos amis si par hasard je ne suis pas revenu à temps de mon spectacle flamboyant. Fais-en bon usage. Et n'oublie pas : point trop n'en faut. Tu les tuerais si tu leur donnais trop à boire ou à manger. Par petites doses. Uniquement par petites doses !

Nous avions amarré l'*Oroun* à l'abri de la première baie, un peu à l'écart des autres navires qui attendaient le passage des douanes de Sa Majesté très catholique pour pouvoir accoster officiellement. Sitôt à terre, Étienne et Michel souquèrent ferme pour revenir vers notre bâtiment. Je tentai de me repérer. Baruch vint à mon secours :

— On distingue la forteresse, là-bas. Les pontons sont devant nous, tout près. Finn, les entrepôts se situent à une lieue et demie vers le sud. Nous allons longer le rivage et nous y serons.

Je regardai mes deux compagnons s'éloigner. Ann vint me frapper de son chapeau.

— Il n'est plus temps de réfléchir, capitaine, on déhale maintenant !

Nous progressions en silence le long d'une grève qui eût pu, en beaucoup plus imposante, être celle de Nassau. Elle aussi était grêlée de cabanes de fortune exhalant l'odeur rance de feux consumés et de corps endormis. Quelques ronflements nous mirent à l'aise, et nous décidâmes de marcher bras dessus, bras dessous, comme deux compères partis pour une soirée arrosée.

Une demi-lune, presque jaune, nous permettait de voir suffisamment et d'éviter les écueils et les ivrognes. Un quai se dessinait devant nous. Il s'adossait à une légère hauteur et s'enfonçait loin sur la mer. Une guérite barrait un escalier qui permettait d'y monter depuis notre plage. Un groupe de trois soldats faisait les cent pas sur l'appontement. Le vent nous apporta des effluves qui n'appartiennent qu'aux bateaux négriers ou aux prisons. Un seul garde semblait occuper le pied des marches.

Nous persistâmes dans notre comédie, et c'est en français, avec toutes les hésitations du soûlard, que je m'adressai à lui. Je compris de sa réponse, en espagnol, qu'il ne portait pas forcément mes compatriotes dans son cœur et de son mouvement de fusil qu'il nous fallait déguerpir au plus vite. Ann se positionna entre l'arme et moi, comme pour me convaincre de faire demi-tour. Le temps de cligner des yeux et elle avait flanqué son coude dans la tempe de notre vigile qui s'effondra comme une pomme mûre de sa branche. Nous le traînâmes dans son petit abri et le bâillonnâmes. Ma comparse se porta volontaire pour le réveiller. Elle se contenta d'apposer la semelle de sa botte sur ses parties puis de descendre lentement le pied. Un couinement nous rassura : l'homme était encore en vie. Je lui demandai, toujours en français, puis en anglais, où se trouvaient les marins de la Royal Navy. Un « non » de la tête nous permit de passer outre les subtilités du langage. Ann détendit encore un peu la jambe. Le sable crissa sous l'entrejambe écrasé. L'homme cria. Il tenta de parler à travers son bâillon en désignant de la tête une direction. Je lui mis la pointe de mon sabre sous la gorge et desserrai son entrave en lui mimant, doigt sur la bouche, de ne point se mettre à hurler. Un flot d'ibère se libéra, trop rapide pour notre compréhension. Il répéta. Ann sembla avoir saisi et adopta un sabir hispano-anglais pour se faire confirmer ses impressions. L'homme hocha le chef : elle avait compris.

Son interlocutrice le remercia chaleureusement en lui donnant un coup de talon sur son intimité qui le fit se pencher et proprement s'égorger sur ma lame.

— Ils sont dans le premier ponton, me traduisit-elle en s'écartant sans plus d'émotion de la mare de sang qui menaçait ses souliers…

— Il ne reste que trois à régler, là-haut. Passe-moi son chapeau et reste cachée derrière moi sur les marches…

Je coiffai le tricorne déformé et le laissai apparaître au sommet de l'escalier en criant des mots, essentiellement des noms propres, tirés de mon cher *Don Quixote*. Les sbires firent demi-tour et se rapprochèrent. L'un d'eux, plus leste que les autres, arriva en premier et se pencha pour tenter de saisir de quoi il retournait. Je lui passai mon poignard, cette fois volontairement, en travers de la gorge. Et le fis choir en contrebas. Les deux autres accoururent. Je montai seul sur le quai. Ils tirèrent leurs sabres. L'un d'entre eux s'affala, les jarrets coupés net par Ann qui montait à son tour. Elle l'acheva dans un bruit répugnant. Je décidai que nous avions été assez sauvages cette nuit et assommai simplement le balourd qui tentait de lever son arme bien trop au-dessus de ses épaules. Je le jetai sans ménagement pour qu'il rejoigne ses confrères sur la plage. La voie était libre.

Le quai trembla sous nos pas. Une boule de feu cracha son souffle jusqu'à nous. Un bruit d'apocalypse gronda, puis éclata sur la ville soudain aveuglée par une lumière satanique. Finn et Baruch venaient de trouver les magasins de poudre du port et nous le faisaient savoir. Une dizaine d'hommes quittaient les pontons. Certains tenaient leur culotte à la main. Beaucoup trébuchaient. Tous parlaient vite et fort. Ils se dirigèrent vers les flammes. Cette fois, le piège de la diversion remplissait son office. Une autre explosion acheva de les faire se hâter.

Nous pénétrâmes dans la première prison. Ann se figea. Dans une odeur insupportable et la désolation d'un navire sans autres armatures que sa simple coque, on avait dressé des parois de bois à tribord et à bâbord. Des grilles en fer condamnaient les « cellules ». Les déjections humaines recouvraient ce qui fut le pont inférieur d'un bateau. Les rats semblaient plus apeurés par le bruit au-dehors que par notre présence. Un chuchotement nous atteignit. En anglais. Je me précipitai. Dans une cage, trois hommes encadraient un malade couché et paraissaient l'aviser des événements. Ann me suivit dans un tintement de clés rouillées. Elle s'acharnait désormais sur la serrure. Je parlai enfin :

— Yann Kervadec, je viens sur mission du gouverneur Woodes Rodgers pour trouver le capitaine Leister et son équipage...

— Nous sommes là, répondit simplement un lieutenant à la veste plus trouée qu'un filet de pêche et au regard éteint. Le capitaine est malade depuis des jours, ajouta-t-il en me désignant l'homme à terre.

Charles Leister respirait à grand-peine. Il ne semblait plus être habité que par la fièvre et ses os. Sa peau, tendue en parchemin, avait une teinte gris-vert comme si elle souhaitait s'accorder à la couleur de ses yeux. Un mouvement de ses lèvres craquelées me fit comprendre qu'il voulait me parler. Je l'en empêchai.

— Charles, vous êtes trop faible pour que nous devisions. Je vais vous soigner d'abord ici, puis nous vous porterons jusqu'à l'*Oroun*. Vous êtes sauvé, mon ami.

Je ne reçus qu'un faible soupir en réponse. Les autres cellules ne comptaient que des cadavres, dont deux Anglais. J'ouvris le sac à médecines de Finn quand Ann m'avertit qu'elle allait voir ce qu'il se tramait sur les autres bâtiments. Je donnai chichement de l'eau aux prisonniers et pressai un fruit, dans un lent goutte-à-goutte, sur les lèvres du lord. Je demandai à ses hommes de trouver de quoi construire un brancard de fortune. Ils s'affairaient quand ma comparse revint.

— Yann, me chuchota-t-elle, il faut que tu ailles voir. Je reste avec eux. Le deuxième ponton est vide mais le troisième... Va, je te prie...

Je savais que très peu d'événements pouvaient émouvoir ma pirate. Je craignais le pire en rentrant dans l'autre prison flottante.

L'odeur ne différait point de la précédente. Mais celle-ci était bondée. À six ou huit par cellule, totalement nus ou peu s'en fallait, des Indiens, petits au corps sec, se réfugiaient vers le fond de leur trou, terrifiés de mon apparition. Je parlai doucement en détachant mes mots et en les mimant :

— Je suis Yann. Je viens vous libérer. N'ayez pas peur.

L'un d'entre eux, une cicatrice à peine refermée – un coup de sabre, certainement – en travers de la poitrine, me désigna du bras un recoin sur tribord. Le jeu de clés pendouillait là. Je m'en saisis. J'ouvris la grille puis le confiai à mon balafré pour qu'il officie sur les autres.

Je tournai le dos et m'apprêtai à partir quand mon interlocuteur, très clairement le chef de cette imposante compagnie, me retint par le bras et me fit comprendre que je devais les attendre. Je patientai. Ils me suivirent. Et c'est avec une troupe dénudée et chuchotante que je revins vers Charles.

Finn et Baruch étaient de retour. Le Dubliner se penchait sur son ami, sa tête sur les genoux, il débarrassait son front de ses cheveux crasseux et lui faisait ingurgiter son écorce pilée avec de l'eau. Il murmura. Je l'entendis :

— L'enfer est vide…

— Mais tous les démons sont ici, lui répondit Charles, dans un faible croassement.

7

Village indien, novembre 1722

La ville semblait flamber. Les cris et le ronflement des flammes rendaient écho à une fumée âcre et irritante. Baruch se tenait près de moi sur le quai et toussotait. Nous attendions notre chaloupe.

— Yann, nous ne pouvons pas évacuer ces Indiens, me confia-t-il. Et votre ami me paraît trop mal en point pour supporter ne serait-ce que le voyage en bateau…

— Je le sais. La solution réside sans doute dans l'attente. Peut-être de gagner l'intérieur des terres et de patienter le temps qu'il se remette… Mais les Espagnols vont nous traquer. Je préférerais être en mer quand ils verront leurs damnés pontons débarrassés de leur cargaison.

La chaloupe de l'*Oroun* approchait. Il était difficile de ne pas remarquer Abiola, qui en occupait une bonne moitié, et, près de lui, belle et farouche, Médeline, ses cheveux crépus dansant au rythme des dames de nage.

Mary et Henri, eux aussi, m'apparurent derrière le dos-mur du géant nègre. L'équipage à terre, le navire sans défense, mes ordres foulés aux pieds… J'étais plus qu'heureux qu'ils ne m'aient point obéi.

Un rapide conseil de guerre se tint sur la plate-forme en bois. Bento y avait déployé sa carte de la région. Près de moi, l'air extrêmement pénétré, le petit Indien hochait la tête comme s'il comprenait notre conciliabule. Je remarquai que l'un des siens avait dû lui retrouver son amulette, un petit bout de tissu ou de corde tressée, qu'il portait désormais en brassard.

— La situation est, hélas, très claire, expliqua d'abord l'espion. L'*Oroun* ne peut tout simplement pas déhaler avec votre lord à bord. Les Espagnols s'empresseront bien sûr de s'assurer que l'attaque ne vient pas de la mer. Et j'imagine sans mal qu'il est le seul prisonnier vraiment important à leurs yeux. Je propose donc de suivre le conseil de Yann. Je veux dire du capitaine. Et de nous cacher à terre en laissant un équipage réduit sur le navire.

— Paradoxalement, cette solution conviendrait le mieux à notre malade, approuva Finn. Dans son état, il peut voyager, mais on doit lui prodiguer eau fraîche et fruits pour compenser les privations qu'il a subies. On les trouve plus facilement dans cette forêt que sur l'océan…

— Il nous faudra quand même nous presser d'atteindre Carthagène, poursuivit l'espion.

Mon voisin s'impatienta et trépigna presque à mes côtés. Il répéta « Carthagène » en le malaxant avec un accent claquant et des mouvements de langues étranges. Mais enfin, il répétait le nom de la ville sans sembler se lasser.

Je lui mis la carte sous le nez et traçai du doigt un trajet qui partait de Maracaibo vers notre destination au travers des terres. Il posa sa main sur le plan comme pour expliquer que ces petits dessins ne lui importaient que peu. Il pointa du doigt derrière lui, montra l'ensemble de ses compagnons, puis mon poitrail, et tendit les deux mains vers l'ouest comme pour nous inviter à partir…

Il paraissait clair qu'il pouvait nous accompagner jusqu'à notre but. J'hésitai : la végétation et les animaux qu'elle recelait ne promettaient que fièvres et morsures…

Médeline se redressa :

— Je pense qu'il vaut mieux être avec ceux qui sont nés dans cette jungle pour la traverser. Pourquoi pas ? Yann, peut-on laisser l'*Oroun* sous un faible équipage ?

Je regardai le plan derechef, m'adressai à Baruch :

— Vous êtes déjà venu dans ces eaux. Peut-on se fier à un mouillage par là ?

Je lis en espagnol :

— Punta de canoas…

— La pointe des pirogues…, traduisit-il. Oui, c'est suffisamment au nord pour rester discret. L'on peut même envisager de trouver un refuge ici, sur les terres basses, il existe un port naturel, une petite baie, tout à fait discrète…

— C'est décidé, conclus-je, nous voyagerons avec nos nouveaux amis. À qui laisserons-nous le soin de mener notre bateau jusque-là… ?

— Capitaine, me salua fort militairement, la main portée à un chapeau imaginaire, l'un des Anglais que nous venions de libérer. Permettez-moi de me présenter : lieutenant John Cassidy de la Royal Navy. J'ai l'honneur de servir sous les ordres de lord Leister. Mes hommes et moi sommes parfaitement capables de vous y retrouver avec votre navire. Pourvu que vous nous laissiez ce papier et un ou deux marins pour nous aider.

Il regarda son commandant, désormais alité sur sa civière en planches et en branchages. Celui-ci hocha la tête en assentiment. Baruch se proposa de leur servir de pilote, et les Bordelais, que la perspective d'une balade au milieu des moustiques et des bêtes féroces ne ravissait guère, se portèrent volontaires pour rester à bord.

Je posai une main sur l'épaule de mon nouvel ami indien.

— Notre sort ne dépend plus que de vous, lui dis-je. Menez-nous à Carthagène et faites en sorte que ce soit en un seul morceau, je vous prie…

Le petit homme me mit la paume de sa main sur ma poitrine et prononça des mots qui ressemblaient fort à un serment. J'avais sa parole. Je me sentis étrangement soulagé et confiant.

*

Je m'attendais à une longue et pénible marche à travers marais et bois à la moiteur étouffante. J'avais tort. Depuis trois jours, nous avancions à flanc de montagne, sur des sentiers invisibles, protégés de l'humidité que nous ressentions très fortement dès que nous redescendions. L'état de Charles s'améliorait. L'air sain des hauteurs semblait le ragaillardir bien mieux que les fruits aux couleurs vives que lui faisait avaler, de force, un Finn plus précautionneux envers lui qu'une mère louve avec sa portée. Nos compagnons locaux se révélèrent de redoutables chasseurs et s'assuraient de notre pitance. Ils s'étaient taillé, en m'empruntant mon couteau, de courtes lances qu'ils maniaient avec une dextérité impressionnante. Nous eûmes même droit à une scène de liesse quand l'un d'entre eux nous rapporta trois gros lézards et les fit rôtir sur le feu. Puisque j'étais désigné capitaine de la troupe des hommes blancs, j'eus le privilège de devoir mordre en premier dans la bestiole. Leur chef, qui ne me quittait point, eut la grâce de me montrer comment y planter les dents. La chair me parut presque savoureuse. Je passai la main sur mon ventre avec force onomatopées pour signifier mon contentement. Les Indiens rirent franchement, puis se jetèrent sur la viande comme chats sur restes de pêche.

Nous arrivâmes au pied d'une haute colline. Cette fois, le chemin était clairement tracé sur un sol jaune orangé. L'on devinait des huttes rondes, assez grandes, aux toits de palmes, sur un plateau où poussaient de grands arbres au feuillage d'un vert profond. Une marmaille à demi nue vint nous souhaiter la bienvenue. Puis de très jeunes hommes, lances et arcs au poing, nous laissèrent passer en jetant dans leurs regards toute la – fausse – assurance des guerriers en herbe. Un vénérable vieillard s'appuyait nonchalamment sur un bâton noueux, à l'extrémité lissée par les ans, au beau milieu de la « route ». Ses bras étaient encombrés de rubans, son front ceint d'une cordelette qui retenait des cheveux blancs plus longs que les miens. Ses yeux noirs, fort expressifs, paraissaient habités de toute la perspicacité du monde. Ils semblaient amusés, voire ironiques. De nombreux colliers battaient une poitrine nue à la peau fripée et glabre. Une dent de fauve pendait à l'un d'entre eux. Un simple pagne laissait apparaître des jambes fortement arquées. Sur l'une, un animal avait laissé une méchante griffure. Trois cicatrices creusaient en parallèle, plus que les rides des ans, sa cuisse droite.

Il fallut nous arrêter à distance. Notre ami et guide s'approcha. Ils se parlèrent. Nous fûmes clairement au centre de ces palabres. Le vieux me fit signe d'approcher. La petite troupe de notables, sans doute sa suite, qui patientait derrière lui, fit quelques pas pour entendre ce que je pouvais bien raconter. À ma grande surprise, il s'adressa à moi en espagnol. Abiola se proposa pour traduire. La «cour» recula instinctivement quand le colosse noir vient me rejoindre.

Notre hôte se présenta comme le *mamo* du village. Abe, qui aurait toujours son Afrique et ses rites au cœur, m'expliqua qu'il s'agissait sans doute d'une variété de sorcier, chef tout à la fois spirituel et militaire de l'endroit. Il nous remercia d'avoir aidé son fils et nous proposa de nous reposer dans une grande case vide qu'il désigna de sa canne. Il conclut en nous promettant une longue discussion le soir au coin du feu en dégustant un mets qu'Abiola fut bien incapable de décrire. Il avisa enfin le brancard et se rapprocha de Charles. Finn fronça les sourcils, mais le laissa faire. Il éleva la voix. Je vis deux ou trois membres de sa suite s'échapper et, très apparemment, obéir aux ordres donnés. Notre bon géant décida de nous rejoindre plus tard et suivit le vieux chef tandis que nous nous effondrions dans une hutte propre, aux murs de pisé renforcés par des pierres. Les nattes au sol me parurent aussi douillettes que de la plume d'oie. Je m'endormis, Médeline calée contre mon dos, son souffle d'ange caressant ma nuque.

Son oncle nous réveilla tous très vite dans un claquement de main retentissant. Il avait, disait-il, suffisamment conversé avec notre hôte pour savoir à peu près où nous avaient menés nos pas. Et le meilleur, promettait-il, était encore à venir :

— Nous sommes chez des Indiens un peu particuliers, commença-t-il en s'asseyant sans plus de façons sur le sol. Leur chef s'appelle Nakogi. Il a été emmené très loin par des Espagnols pour travailler dans des mines que je pense d'émeraudes. Voilà pourquoi il parle leur langue. Il s'est échappé. Sur le chemin du retour, une bête, un gros chat, peut-être un lion – ce n'est pas clair – lui a presque arraché la jambe. Il s'en est remis aux dieux. Il a survécu et acquis une réputation de puissant sorcier. Imaginez que ces hommes pensent que la terre est un corps et qu'il doit être traité comme tel. Les rivières seraient ainsi les veines de cette divinité, l'herbe ses cheveux, la forêt sa respiration… Bref, ceux que nous avons sauvés ont tenté de s'enfuir. Les gens de Maracaibo les traitent ni plus ni moins comme des esclaves.

À ces mots, sa mâchoire se crispa. Je ne pus m'empêcher de regarder la trace au fer rouge sur son épaule. Une cicatrice en forme de P, la marque de son ancien «maître».

— Si j'ai bien compris, reprit-il, chaque décision est collégiale. Et voilà pourquoi, Yann, nous sommes invités à discuter de notre sort ce soir.

— Qu'à cela ne tienne, répondis-je, pourvu qu'ils consentent à nous emmener à Carthagène. Mais où sont les femmes? Je n'en ai vu aucune en arrivant.

Un sourire énorme vint trancher de blanc les joues d'ébène de mon ami :

— C'est ce que je m'apprêtais à vous dire : des Espagnols nous auraient suivis à la trace. Ils arrivent. Ils leur préparent un piège à leur façon. Ann, Mary, vous allez adorer leurs aménagements…

*

Nous apprîmes très vite que les gentes dames locales s'en étaient allées se réfugier dans la montagne. Les habitations désertées, nos amis indiens nous avaient recommandé de rester calfeutrés dans l'une d'entre elles et de ne point en bouger. Ils avaient acté qu'ils devaient nous faire une sorte de démonstration du pouvoir des « grands frères », eux, sur les « petits frères », nous, et globalement tous ceux qui n'étaient point de leur race. Le chamane avait fait administrer à Leister une concoction très parfumée qui semblait l'avoir définitivement guéri, même s'il demeurait fortement amaigri. Nous étions comme devant les tréteaux du village, prêts au spectacle. Abiola, qui en connaissait le fin mot, riait en solitaire, la panse secouée de hoquets, et refusait obstinément, à notre plus profond désappointement, de nous dévoiler quoi que ce soit.

Une étrange pantomime se mettait en place. Nos Indiens mâles s'étaient recouverts de tuniques au tissu clair comme du coton épais. Ils avaient glissé force feuilles et branchages dans leurs cheveux pour dissimuler leurs visages. Certains arboraient une poitrine faite de bric et de broc sous leurs tuniques. Ces « dames » se tenaient à l'entrée des quatre cases sur lequel débouchait le sentier que nous avions emprunté pour arriver. Finn tordit la bouche :

— Point n'est besoin de ressembler à une donzelle pour attirer un Espagnol. Je me souviens, personnellement, d'un hidalgo de la Jamaïque qui…

— Je ne suis pas assez remis pour entendre vos histoires de fornications tout à fait déplacées, l'interrompit Charles dans un sourire en lui heurtant l'épaule.

Nos hôtes minaudaient devant l'entrée de leurs maisons. À l'intérieur, des guerriers armés d'arcs longs, portant carquois sur le dos, se gaussaient apparemment d'eux. Le fils du chef, notre guide, les rabroua d'abord, mais ne put s'empêcher d'en ajouter puisqu'un éclat de rire à peine maîtrisé parcourut la troupe.

Nos ennemis ne cherchaient pas à se cacher. Nous les entendîmes avant de les voir. Sûrs de leur supériorité, ils parlaient à voix haute et forte. Quelques gloussements gras nous parvinrent. Abiola referma le poing et eut un sourire de coupe-jarret :

— Ils se demandent combien de femmes sont à « convertir » dans le village – c'est ce qu'ils disent. La messe va leur sembler amère…

Une bande dépenaillée de huit hommes arrivait. Un seul portait encore une veste d'uniforme. Tous transpiraient abondamment. Je m'inquiétai de les voir armés de mousquets. Après tout, nos « guerrières » n'avaient que lances et flèches à leur opposer. Comme si nous pensions tous en chœur, Finn partit chercher quelques grenades dans son barda, et nous tirâmes qui un sabre, qui un pistolet de nos affaires. Henri se promenait encore avec cette satanée hache d'abordage. Je doutais très sérieusement qu'il eût la moindre idée de la façon de s'en servir.

La soldatesque approchait. Les Indiens badinaient de plus belle d'une voix de fausset affreusement mal imitée. Les Espagnols se regardèrent brièvement. Le chef, celui qui portait ce qui fut, avant qu'il soit totalement défraîchi, un habit d'officier, baissa le menton en signe d'autorisation. Les mousquets furent rapidement établis en faisceau, crosses à terre. Ils s'approchèrent des habitations et de leurs « occupantes ». Je surveillai plus particulièrement le fils du chef. Tête baissée, assis, il fit signe de la main droite à un soldat de venir le rejoindre. La gauche restait invisible derrière son dos. L'Espagnol se pencha. Je devinai sans le voir un mouvement. Il se révulsa puis tomba à la renverse, un pieu en bois dans la gorge. Ce fut le signal. Les Indiens décochaient leurs flèches. Elles sifflotaient légèrement dans l'air avant de se ficher dans les corps dans un petit bruit d'estoc. Ils se déplaçaient presque en dansant, furtifs, autour de leurs victimes. On eût dit un essaim de frelons. Leurs courses semblaient portées par l'air.

Sept hommes étaient déjà morts ou allaient bientôt l'être puisqu'ils se tortillaient ridiculement sur le sol. Le capitaine de la compagnie tentait de s'approcher de son fusil, ses mouvements entravés par deux traits dans la jambe droite. Ann et Mary se précipitèrent sabres au clair. L'homme n'eut sans doute que le temps de s'étonner d'être occis par deux vraies femmes avant de quitter notre monde… Les cris de victoire n'eurent nul besoin de traduction. Nos amis entourèrent très vite nos femmes pirates. La plupart leur arrivaient à peine aux épaules. Une danse s'improvisa. Médeline s'y joignit. Je songeai qu'il était bien dommage qu'il n'existât rien de mieux qu'un massacre pour lier l'humanité dans le bonheur.

Le dîner fut l'occasion d'un échange de mimes et de gestes dans une langue de Babel que le Seigneur lui-même n'eût point saisie. Chacun singeait le combat ou ce qu'il en avait perçu. Il était clair qu'ils avaient affronté des titans et que l'Olympe ne serait jamais suffisamment élevé pour atteindre leur propre grandeur. Les femmes de la tribu nous avaient rejoints. Je tentais d'expliquer au chef que nous étions désormais pressés d'arriver à notre destination quand je remarquai ma belle en grande discussion avec une petite Indienne, une jeune adulte aux traits très fins, un bandeau bleu dans les cheveux, la poitrine dévoilée. Nakogi suivit mon regard. Il plissa les yeux, sourit, puis se leva en me tenant la main pour que je le suive. Nous nous approchâmes. Médeline se tut aussitôt. Son interlocutrice s'adressa au chef. Ses paroles semblaient se bousculer. Le vieillard hochait la tête. Il s'accroupit près de ma femme et lui apposa une main sur le ventre. Médeline me regarda. Ses larmes tombaient en acide sur mon cœur. Abiola s'approcha à son tour. Le vieux s'adressa directement à lui. Il traduisit au fur et à mesure :

— Il dit qu'il y a un blocage… C'est comme un barrage dans un cours d'eau. C'est dangereux. Il sait comment s'en débarrasser… Attends !

Les deux hommes discutaient ensemble désormais, et je ne saisissais rien de leurs propos, partie en gestes désordonnés, partie en espagnol simplifié. Ma femme pleurait doucement, les genoux ramassés sous le menton. Je hurlai :

— Pour l'amour du Christ, allez-vous me dire enfin ce qu'il faut faire !

J'avais crié de toutes mes forces. L'assemblée s'était figée. Les conversations suspendues.

Le chef se redressa, me mit une main sur l'épaule. Il s'adressa cependant à toute la communauté d'une voix hoqueteuse gâchée par l'âge. Un murmure. Les femmes se rapprochaient. Elles entourèrent ma femme, la firent se lever, puis l'entraînèrent plus loin. Je me dégageai, prêt à la suivre. Abiola se dressa devant moi :

— Non, Yann, tu ne peux pas la rejoindre. Si j'ai bien entendu, elles vont la préparer pour un rituel de passage à la vie adulte. En fait, elle serait, selon eux, restée prisonnière de son âme d'enfant. Demain, au petit jour, nous partirons avec eux la baigner dans une rivière pour que le sang de la terre la bénisse, en quelque sorte… Considère qu'il s'agit là d'une forme de baptême.

Je savais mon ami sensible aux sorcelleries africaines, mais il accordait clairement trop de crédit à la magie de ces Indiens. J'ouvris la bouche pour l'insulter. Finn à son tour s'interposa.

— Yann, souviens-toi que vous avez d'abord été mariés par Mami Wata sur une île aux enchantements étranges. Je ne crois pas plus que toi à ces billevesées, mais ce que toi ou moi pensons n'a aucune importance si Médeline, elle, y croit. C'est tout ce qui importe. Viens, mon ami, laisse-lui cette chance…

Je repartis vers ma hutte. Seul. J'attrapai à mon cou le pendentif en pierre qui ne me quittait jamais. Un cadeau d'Armel. Adolescents, nous avions choisi, comme c'est la tradition, chacun notre menhir parmi les nombreux mégalithes de mon village. Le mien sonnait étrangement creux et nous avait passablement intrigués. Mon ami avait inauguré ses talents de tailleur de pierre en en prélevant un morceau et en me l'offrant en bijou, comme une amulette. Je l'étreignis de mes deux mains, le rapprochai de ma bouche et fermai les yeux. Je priai tous les dieux, les démons et les sorciers de mon pays d'accorder à ma femme le droit d'avoir un enfant. Je me proposai en sacrifice… Je pleurai. Un bruit me fit rouvrir les yeux. Finn s'assit devant moi et déposa un flacon et deux gobelets sur le sol :

— J'avais prévu de fêter notre arrivée à Carthagène avec cela, mais qu'à cela ne tienne : tu en as besoin maintenant. Et moi aussi, d'ailleurs. Et, mon très cher fils de curé, sais-tu que tu ne vaux pas mieux que nos petits compagnons très dénudés à prier un caillou plutôt que notre Sauveur ? Damné païen, va ! Sache que je n'hésiterai point à en informer le recteur…

Je le mis proprement sur le dos d'une gentille bourrade. Je ne savais plus clairement où se trouvait ma femme, mais très bien qui était mon frère.

8

Tierrabaja, décembre 1722

Nous marchions depuis quatre jours entre vallées et hauts plateaux. Je ne cessais de m'inquiéter pour Médeline. Elle avait été, comme promis, immergée dans une rivière, quasiment nue, à peine langée dans une étoffe de coton. Les femmes qui l'avaient emmenée puis préparée à la cérémonie lui avaient fait ingurgiter un mélange de coquilles concassées, de feuilles vertes et de salive. Un très inquiétant sourire aux lèvres, ma belle les avait suivies comme un spectre, le regard vers un ailleurs que nous n'atteindrions jamais. Le *mamo* avait psalmodié, beaucoup. Sans doute pour me consoler, il m'avait offert son collier à la dent de fauve. L'ornement battait mon poitrail de concert avec mon « menhir ». Les membres de la tribu, y compris le fils du chef, arboraient une mine de Toussaint qui n'augurait rien de bon. Elle avait été sortie de l'eau. Toujours absente. Nakogi m'assura, le jour de notre départ, que tout irait pour le mieux désormais. Je crus que Finn et Henri allaient le découper vif. J'avais tenté de lui parler. Elle avait posé sur moi ses yeux aux éclats d'or, légèrement penché la tête. Ses longs cils avaient battu dans le vide. Mais aucun geste, aucune parole. J'étais au désespoir. Abiola tentait de se rasséréner en m'expliquant qu'il avait déjà assisté à ces transes étranges, qu'elles ne duraient jamais longtemps, qu'elles n'étaient que mal pour bien... Mais je le voyais rouler des épaules et bouger les lèvres dans une prière muette à ses dieux deux ou trois fois par jour.

Nous progressions désormais dans une partie plus basse du relief. La végétation se densifiait. Nous longions un cours d'eau dont les rares bruits de torrent nous annonçaient qu'il franchissait un barrage ou un amas de rochers. Les moustiques nous abordaient en nuages et ne repartaient qu'avec leur comptant de sang. J'étais à l'arrière de la file en quête de solitude. Finn vint me rejoindre en s'administrant de vigoureuses claques. Il tripotait une plante, une variété d'ortie sans doute, aux jolies clochettes blanches tachées de pourpre.

— Devinerais-tu que, dans certains coins d'Irlande, entama-t-il pour briser mon silence, il existe des régions de lacs et de tourbières envahies par des minuscules insectes suceurs de sang ? Non ? Eh bien, si fait, mon ami. Nous les appelons les *midges*. Figure-toi que nos paysans ont trouvé la parade : ils se frottent tous les matins avec une herbe particulière censée les repousser.

Il me brandit son bouquet assez agréablement odorant sous le nez :

— Eh bien, que je sois damné si je ne viens pas de découvrir cette *Nepeta cataria* au beau milieu de ce jardin de l'enfer ! Il faudrait en arracher d'autres et nous en frotter tout ce qui dépasse de nos vêtements…

N'ayant rien de plus avisé à faire et souhaitant surtout me divertir les idées, je lançai le mot à mes compagnons, eux aussi visiblement très heureux de pouvoir penser à autre chose qu'à la catatonie de notre amie…

Les Indiens regardaient sans comprendre mais souriaient, à leur habitude, de nos facéties de grands enfants. Nous amassâmes assez prestement une botte impressionnante. Nous commencions à nous en écraser de pleines poignées sur le corps quand le fils du chef intervint, le visage déformé par l'angoisse. Il tentait de nous dire quelque chose que nous ne saisissions point. En désespoir de cause, il attrapa la dent sur mon lacet et me la remonta jusque sous le nez. Un mot revenait. Abiola haussa les épaules d'incompréhension. D'autres membres de sa tribu l'avaient rejoint. Tous criaient, se battaient presque et tentaient de se faire comprendre. J'en étais à me dire que la plante devait sans doute être le symbole d'un dieu ou d'une déesse locale que nous venions donc de blasphémer quand l'un d'entre eux se mit à quatre pattes et poussa des grognements étranges en soufflant, lèvres retroussées à travers ses dents. Les grands coups de griffes qu'il assenait à l'air avec sa «patte» avant ne laissaient point de doute : pour une raison ou une autre, cette fleur était destinée à une bête féroce. L'Irlandais se frappa le front et prit l'air contrit de celui qui vient de chaparder le vin de messe :

— Mais bien sûr ! Je vous dois à tous des excuses : chez nous, nous l'appelons aussi «herbe-aux-chats» parce qu'ils adorent la manger… Je crains de nous avoir fait nous-mêmes devenir appâts pour cet animal, assez gros, Yann, si j'en crois la taille de son croc, que ce drôle vient de nous imiter…

Nous resserrâmes les rangs. Nous prîmes le parti des insectes plutôt que du chat et arrêtâmes tout net de nous frotter. Sabre au poing, j'ignorai les protestations de ses «suiveuses» et me postai près de ma femme qui, sans nul doute, ferait une proie de choix, ainsi inanimée, pour n'importe quel prédateur.

La nuit tombait. Nous nous rapprochâmes du cours d'eau pour camper sur sa rive un peu escarpée. La routine de notre expédition reprit le dessus : je préparai le feu tandis que mes compagnons m'achalandaient en bois. Seules Mary et Ann partirent à la chasse avec les hommes. Médeline se laissait guider, asseoir, laver comme une enfant par les femmes de notre troupe. Une araignée plus large que ma paume décida de me rendre visite. Affreuse, velue. Rapide. Elle disparut dans un fourré. Elle me fit songer à celle que j'avais estourbie lors de mon espionnage chez la guérisseuse. Je vins prendre Médeline dans mes bras. La tête nichée dans le creux de son cou, sans vergogne pour l'assistance, je lui murmurai des mots que l'on ne trouve que l'âme à l'échouage, le cœur en épave. Elle ne se déroba pas à l'étreinte, mais ne me la rendit point. Je m'assis devant elle. Je passerais la nuit ainsi. Peut-être ma voix parviendrait-elle à l'atteindre et à faire fondre la gangue de cire qui la cachetait.

Elle s'était endormie sur le flanc, un bras en oreiller. Je saisis l'autre, inerte, et le passai au-dessus de mon épaule. Je me calai contre elle. Un sommeil de plomb fondu me chassa vers une terre sans rêves.

Elle bougeait ! Je me réveillai. Ses doigts s'agitaient. Le reste de la compagnie, éparpillée autour de nos feux, ronflait sans retenue. Ce moment serait le nôtre. Je me retournai. Nous étions nez à nez. Son souffle irrégulier paraissait vouloir expulser une angoisse. Je lui passai une main dans les cheveux. Elle se détendit comme un arc, manquant de m'assommer d'un coup de tête. Elle ouvrit grands les yeux. Et cria :

— Yann !

J'entendis que l'on se levait derrière moi. Je la saisis par l'épaule. Elle émit comme un sifflement de poitrine transpercée. Je crus qu'elle crachait. Un froissement me fit lever la tête. Aucun de ces bruits n'était de son fait. Quelque chose devant moi, invisible dans la nuit, me prévenait qu'il arrivait. Mon sabre était demeuré près des autres. Trop loin. Restait mon couteau, toujours à la ceinture. Je ne pus même pas l'empoigner. Un animal grogna étrangement. Il surgit de la pénombre. Je n'eus que le temps de le voir déjà sur moi tenter de refermer sa gueule directement sur ma tête. J'opposai mes deux bras en protection et poussai très fort. Une brûlure à l'épaule droite. Une vive douleur. Je me retournai. Face à moi, se tenait un chat de la taille d'un énorme chien. Il eut l'amabilité de découvrir ses crocs et de me faire comprendre en exécutant quelques pas chassés et fort menaçants que celui que je portais appartenait à l'un de ses congénères. Ses pupilles flambaient avec nos foyers. Sa peau semblait étrangement tatouée de cercles noirs. Je tirai enfin ma lame de mon dos. L'animal se ramassa sur lui-même. Il allait attaquer. Je fis plusieurs pas de côté pour l'éloigner de ma femme. Les Indiens avaient saisi arcs et lances, mais je songeai qu'ils avaient plus de chances de m'embrocher que de toucher le monstre. Pour la première fois de ma vie, les sabres d'Ann et de Mary, qui luisaient dans un coin de mon regard, me parurent bien inutiles. J'avais promis à la pierre mon sacrifice pour ma belle. Peut-être avais-je été entendu ?

Mais je n'avais pas juré de ne point me battre. Je pliai les genoux, mon avant-bras gauche en – piètre – protection, le poignard lame dressée dans le poing droit. Je le vis tourner brièvement la tête puis se tasser encore sur les pattes arrière. Je serrai plus fort le manche de mon arme. Il se détendit. Et vint presque rouler à mes pieds, distribuant des coups de griffes rageurs et désordonnés vers mes jambes, une hache d'abordage fichée dans le poitrail. Un diable blond l'enjamba d'un bond puis lui planta son couteau dans la gorge. L'animal ne bougeait plus. Le sourire tout blanc d'Henri, sa transpiration et son souffle court firent danser ses taches de rousseur.

— Mes respects, mon capitaine. Quand tu auras fini de me regarder avec des yeux en soucoupes d'étain, je crois que quelqu'un sollicite un entretien…

Il pointa du menton derrière mon épaule. Médeline se tenait debout. Elle aussi souriait. Elle me prit la main et m'embrassa. Elle exhala profondément, puis posa sa tête sur ma poitrine. J'aurais juré voir s'envoler de son souffle une fumée aux contours du marquis de Presles, paternel et violeur de ma belle. Et peu m'importait. Elle m'était revenue.

*

Pour la centième fois, Henri trébucha sur le sentier. Je lui avais offert pour son acte de bravoure et avec l'assentiment de la communauté des Indiens le collier à la dent de « panthère tachée » – c'est ainsi qu'Abiola nous avait décrit le fauve –, et il ne cessait de la regarder au risque de se rompre le cou qui la portait en chutant. Nous descendions très franchement une pente sinueuse. La mer apparaissait au loin. Et un petit point à deux mâts, légèrement penchés comme pour nous accueillir, nous promettait de rejoindre l'*Oroun* avant la nuit.

À quelques lieues d'une plage et donc de notre navire, les Indiens nous firent comprendre qu'ils nous laisseraient là. Ils avaient plus que rempli leur mission. Je ne sus comment les remercier. Je m'inclinai devant le fils du chef. Il apposa encore sa main sur ma poitrine, puis parla très vite. Il désigna Charles, Médeline et Henri… Je devinai qu'il revisitait les épisodes de nos aventures. Il s'approcha de Mary, lui montra du doigt le foulard marron qu'elle portait sempiternellement sur la tête. Le bout de tissu était peu engageant et constellé de taches de sueur. Il pointa son propre bras. Mary éclata de rire, ôta son fichu de pirate et le lui offrit. Tout sourires, le petit homme le noua autour de son biceps. Je lui souhaitai d'avoir hérité ainsi de l'ensemble des qualités de guerrière de mon amie, mais point de la noirceur de certains de nos combats.

Les retrouvailles avec ceux qui étaient restés à bord furent écourtées par notre fatigue. Nous partîmes tous dans nos hamacs avec la promesse de se retrouver pour un dîner gargantuesque, selon Abiola, très bien arrosé, d'après les Bordelais.

Baruch trépignait d'impatience. Ses jambes tressautaient sous la table, et ses grands yeux noirs semblaient en permanence chercher l'occasion de placer son mot. Sans grand succès, tant Finn et Charles nous gratifièrent d'un récit épique et coloré de notre voyage. La conclusion de l'Irlandais à peine prononcée, notre espion prit de concert parole et verre de vin, vide, ce qui le décontenança un brin :

— Je bois à votre résurrection, Charles et Médeline, mais permettez-moi de vous dire que nous avons également avancé ici…

Il avait bien évidemment toute notre attention. Ses traits se détendirent, ses jambes aussi…

— Comme je l'avais imaginé, le vice-roi a bien fait appel à l'un des miens pour orner son sceptre. J'ai pu le rencontrer, et mieux encore : nous avons rendez-vous avec lui à Carthagène.

Je suis resté très mystérieux sur l'objet de cette petite réunion, mais il doit bien se douter que le diamant n'y est pas pour rien. Il nous faudra inventer une histoire, et nous y tenir, pour ferrer plus avant notre poisson et nous rapprocher de l'objet de nos désirs…

— Difficile de badiner avec ce monsieur sans savoir à qui l'on a affaire, remarqua Finn.

— Certes, mais je peux vous raconter son histoire. Elle n'est pas si affriolante que cela et un tantinet longue, voulez-vous m'y préparer le gosier, mon ami ?

Mary ne laissa point au Dubliner le soin de remplir cet office. Elle s'exécuta sous les quolibets bienveillants de notre tablée.

— Merci, ma chère, dit Henriques avant de tremper les lèvres dans le breuvage puis de prendre une grande inspiration. Voyez-vous, cet homme s'appelle Simon Gabirol. Ce nom ameutait certains de mes souvenirs sans que je puisse mettre le doigt dessus. Nous avons donc parcouru ensemble nos arbres généalogiques respectifs. Je vous épargne les détails : les branches y sont plus nombreuses que celles d'un chêne centenaire. Il s'avéra finalement que mon arrière-arrière-grand-père a dû épouser l'une de ses arrière-grand-tantes du côté de sa mère et de Séville. Bref, nous avons trinqué à la famille retrouvée et, passé le premier pichet, déclaré solennellement que nous étions cousins.

— Ils ont la même sorte de parenté chez Yann, en Bretagne, intervint Finn. Si bien qu'il y en a toujours un quelque part pour vous rendre service et vous épauler… ou vous chercher querelle…

— Je vous crois, mon ami, mais là n'est pas la question. Mon « cousin » Simon me raconta donc, à voix basse et gorge humide, les petits secrets de sa vie. Son père fut un rabbin très érudit et écouté de notre communauté aux Provinces-Unies. Il attendait de son fils qu'il assume sa succession. Le petit Simon se trouve donc, dès son plus jeune âge, le nez dans nos bibliothèques ou à sa table à étudier le Talmud…

— Pardon…, dis-je. Qu'est-ce exactement ?

— Notre livre saint. Imaginez la Bible, mais en plus précis et bien plus terrifiant… Où en étais-je ? Oui, le Talmud. Notre ami grandit ainsi sans rien savoir du monde extérieur. Jusqu'à ses douze ans où un oncle à lui débarque dans sa maison. Celui-là venait de se faire expulser de la ville d'Anvers pour avoir trafiqué quelques pierres précieuses et, assurément par mégarde, dérobé certaines d'entre elles à un important personnage. La famille lui accorde l'asile. Il doit rester caché. Il passe des journées entières à raconter ses aventures à Simon qui ne souhaite plus qu'une chose : lâcher ses études religieuses et s'occuper de diamants. Le père refuse tout net, le gamin insiste. Pour le détourner de cette mauvaise pente, son géniteur décide de le marier à un très beau parti : une jeune fille de seize ans, elle aussi héritière d'une longue lignée d'hommes craignant Dieu. Contre toute attente, le mariage se passe fort bien, le jeune couple fait figure de modèle dans notre petite société. Jusqu'au jour, cinq ou six ans plus tard, où les tourtereaux s'envolent et disparaissent. Prudents, ils emportent avec eux tous les bijoux qu'ils ont pu trouver dans leurs familles respectives. Scandale et stupéfaction. D'autant plus que, une année après seulement, l'oncle devient incontournable dans le très discret monde de l'orfèvrerie : il aurait déniché le Michel-Ange de la taille…

— Son neveu, précisa Mary, captivée.

— Tout juste. Lequel se fait à son tour une réputation qui contraint sa famille à ravaler ses livres et bien reconnaître que leur rejeton a réussi. En revanche, les parents de son épouse prennent la mouche, convoquent une assemblée de rabbins venus de l'Europe entière, les couvrent de présents et obtiennent d'eux qu'ils annulent le mariage. Ce sera fait. De désespoir, la damoiselle se suicide. Notre homme ne s'en est toujours pas remis. Et je suis au regret de vous dire qu'il en a conçu une attirance hors de raison pour le genre de maison que vous tenez, Abe, à Nassau.

— Vous voulez sans doute parler d'un club pour officiers de la marine britannique, énonça Abiola avec un sourire plus grand qu'une voile, en faisant un clin d'œil à Charles, un peu gêné.

— Voilà, conclut Baruch. Je vous ai tout narré par le détail. Sachez en outre qu'il œuvre bien, donc, mais vite. Et qu'il le fait sous bonne garde au palais du vice-roi où, tous les matins, un homme habillé en noir, une grande épée au côté – celui-là l'effraie plus que le Golem – lui apporte tout à la fois diamant et sceptre pour qu'il les travaille.

J'appris en cette occasion que notre conteur du soir disposait en ces contrées de sa propre petite armée. Ces « soldats », qu'il appelait ses « vauriens », recrutés parmi les gueux et les hères des colonies, lui fournissaient renseignements, menus services, voire une lame à louer et à planter le cas échéant. L'un de ceux-ci quitta céans notre discret repaire et s'en alla avertir le fameux Gabirol que nous le rejoindrions le lendemain dans son lieu de débauches favori, étrangement nommé Escupidera, ce qui signifiait, nous confia-t-il, un sourire lubrique aux lèvres, le « crachoir » en français.

*

L'établissement méritait son nom peu ragoûtant et ne déparait pas de l'ensemble de la ville. Carthagène des Indes possédait toutes les caractéristiques du coupe-gorge, jusqu'à sa propre géographie. La cité devait, pour les oiseaux, ressembler à une grande faucille, la lame en îles et plages hérissées de petits fortins ou de forteresses ; le manche en lacis de venelles entremêlées où se côtoyaient quelques rares grandes demeures à la façade et aux balcons ouvragés, et des cabanes misérables aux planches de bois disjointes et au sol en sable tassé. Il semblait également que ses habitants avaient dû recevoir l'ordre formel de cracher, tant il convenait de danser et de louvoyer pour éviter les jets de salive. Une population bigarrée arpentait, assez occupée, des ruelles étouffantes de moiteur. Pieds nus et à peine couverts de hardes en coton, les Indiens ou les métis voisinaient avec des Espagnols trapus et dépoitraillés. Quelques calèches ensevelissaient tout ce beau monde de poussière quand elles passaient par là. Les rideaux, soigneusement tirés malgré la chaleur, laissaient deviner ceux dont la bourse devait être aussi grasse qu'étaient maigres les badauds.

Charles, qui nous avait accompagnés, Finn et moi, pour tenter de trouver une embarcation vers la Jamaïque ou Providence, ne put se retenir de quelques commentaires bien sentis sur les saliveurs de l'endroit. L'un d'entre eux ne dut l'intégrité pérenne de sa mâchoire qu'à une intervention résolue de ma part, rappelant à l'un que nous étions attendus et à l'autre qu'un trou dans la glotte le tuerait, même s'il lui éviterait d'avoir à fournir à l'avenir un quelconque effort d'expulsion.

L'Escupidera se révéla ne devoir son poétique patronyme qu'à la présence d'une charmante petite fontaine en pierres blanches, face à son entrée devant laquelle un joufflu en bas-relief postillonnait de rares gouttes d'eau. L'estaminet se signalait par une porte et des volets rouge clair, presque roses. Nous ne décelions rien de particulièrement distinctif à l'intérieur : un plancher sale, des meubles bancals, une pénombre bienvenue, et cette odeur d'hommes en chaleur et d'ivrognerie propre à toutes les tavernes. Baruch n'hésita point et s'approcha immédiatement de la première table sur notre droite. Un homme se leva pour nous saluer. Il était habillé à la mode ancienne, d'un pourpoint marron et d'une culotte assez bouffante de la même couleur, ainsi que d'une chemise blanche qui laissait dépasser quelques dentelles aux poignets. Je m'attendais à rencontrer un artiste aux longues mains capables de ciseler de l'or et de façonner un diamant. Simon Gabirol semblait en fait avoir été taillé avec un emporte-pièce carré. Petit et brun, il eût pu très facilement passer pour un local. Ses doigts eux aussi semblaient faits de cubes ; ils étaient si courtauds que je me surpris à compter les phalanges pour m'assurer qu'aucune ne manquait. Il nous accueillit courtoisement, fit signe à une très accorte serveuse de bien vouloir « dresser la table », puis, en français, nous demanda d'une voix légère mais pincée, comme s'il jouait du fifre, ce qu'il pouvait faire pour nous. Je lui répondis que nous représentions le gouverneur de la Martinique qui, alerté de sa présence, souhaitait savoir s'il aurait la grâce de faire un détour par son île : il avait quelques pierres à travailler pour le prochain anniversaire de sa femme. L'excuse, très moyenne, parut ne le convaincre qu'à moitié. J'ajoutai que notre homme le rétribuerait au prix fort. Simon se détendit.

Baruch, avec sa bonne humeur contagieuse, prit la parole à son tour, félicitant son « cousin » pour cette nouvelle opportunité, mais ajoutant aussitôt :

— À moins, bien entendu que votre œuvre actuelle ne vous permette point d'être libre dans les temps ?

— Que nenni, lui répondit son parent. Tout est prêt ou peu s'en faut : je viens de proposer à Son Excellence quelques modèles de taille pour remettre la pierre dans l'esprit du temps. Voyez-vous, je me targue de pouvoir orner celui-ci de trente-quatre facettes. Quoi qu'il en soit, le grand homme hésite. C'est une seconde nature chez lui…

— Pardonnez ma naïveté, le coupai-je, mais qu'est-ce donc qu'un « modèle de taille » ?

Il cala mieux son dos sur le fauteuil :

— Tout simplement quelques verreries imitant la pierre que je présente à mes honorables clients afin qu'ils puissent choisir *de visu* la forme qui leur convient. Je puis ajouter que je les ai personnellement fait faire à Venise et qu'elles pourraient très bien, pour le profane, passer pour de vrais diamants. Seulement pour le profane, bien entendu…

Son regard s'attarda plus que de raison sur la demoiselle qui nous apportait des pichets. Bento posa mille questions sur le lieu où il officiait. Fort habilement il contraint notre bijoutier à lui décrire par le détail son atelier et ceux qui y avaient accès.

Finn me frappa le pied sous la table. Certain qu'il avait toute mon attention, il regarda fixement la galerie du premier étage qui dominait la salle où nous nous trouvions. Je ne vis rien. Il prétendit alors vouloir s'enquérir d'un rhum «très spécial» et se leva. Je l'accompagnai, laissant les deux cousins ensemble.

— Sur notre vent de travers. Plein travers..., chuchota-t-il.

Un homme et une femme se tenaient côte à côte, appuyés sur la balustrade. La dame ne portait quasiment sur elle que le sourire convenu de celles que l'on paie pour l'arborer. L'homme me paraissait mince et vif, habillé de bleu sombre. Il ne s'était point rasé depuis des semaines, une cicatrice lui séparait un sourcil en deux... Je ne pouvais rien en dire de plus.

— Et depuis quand, s'agaça Finn, un gentleman débarque au bordel, s'offre une prostituée et refuse qu'elle le touche ?

En effet, le mystérieux guetteur venait d'avoir un geste d'humeur de sa manche à l'encontre de sa voisine qui tentait de faire basculer ses yeux vers sa gorge.

Nos regards se croisèrent. D'abord lentement, puis en pressant le pas, il parcourut le balcon et descendit l'escalier. À la dernière marche, il courait. Le temps de nous retourner, il disparaissait dans la lumière vive de l'entrée. Nous rejoignîmes les deux Juifs, un peu penauds d'avoir manqué l'inconnu.

— Messieurs, dit Simon de sa voix flûtée, vous venez de vous signaler au vice-roi : celui-là est l'un de ses sbires. Ou plutôt l'un des janissaires d'Amaro Rodríguez Felipe, son âme damnée. Et cessez, je vous prie, de me prendre pour une vulgaire tranche de pain noir : vous venez de me mettre directement en danger. Soyons clairs les uns avec les autres : je sais que vous en voulez à ce diamant, d'ailleurs je connais son histoire et cela ne me surprend guère, alors, de grâce, dites-moi ce que vous désirez et trouvons un terrain d'entente... Et pressons-nous : je dois visiter une charmante amie et Amaro n'attendra pas longtemps avant de vous retrouver et de vous percer de part en part. Vous paierez donc d'avance.

9

Carthagène des Indes, janvier 1723

Bento décida de poursuivre l'exploration de ses méandres familiaux et de nos préoccupations présentes avec Simon qui dut renoncer, pour un temps, à ses amours passagères. Nous les laissâmes affronter un nouveau pichet, persuadés qu'il éclaircirait leur perspective. Charles avait disparu : l'un de ses marins avait, semblait-il, retrouvé un ancien camarade qui se faisait fort de les rapatrier vers Providence. Nous l'attendrions sur l'*Oroun*. Finn balançait inhabituellement ses épaules de bâbord à tribord.

— Eh quoi, lui demandai-je, que les espions soient espionnés me paraît de bonne guerre. Nous ne pouvons pas tous les occire. Surtout pas ici.

Je lui montrai la ruelle sale et sombre dans laquelle nous marchions. Les toits des maisons se touchaient presque. Seule se distinguait, au loin, la lueur un peu plus vive du port. Une persistante odeur de poisson en décomposition empuantissait l'atmosphère.

— Certes, et c'est bien dommage, me dit-il à voix très basse. Regrettable également d'avoir oublié mes petites compères les grenades. Aurais-tu eu la présence d'esprit de ne point te déplacer tout nu ? Je veux dire de glisser un pistolet dans ta ceinture ? Je ne le vois point…

— Hélas, non. Mon sabre et mon couteau. Pourquoi ?

— Parce que l'on nous suit depuis notre départ de ce triste endroit et que ce cul-de-sac à peine déguisé, avec son coude, là-bas, pourrait avoir son utilité pour un vide-gousset ou pire…

Je tirai ma lame, lui laissai mon couteau qui faisait paire avec sa dague désormais et me retournai brusquement. Une ombre disparut derrière un mur. Trois autres s'allongeaient devant nous au débouché du tournant repéré par mon ami.

— Dos à dos, me dit-il. Un prénom pour se baisser, « droite » et « gauche » pour parer !

Nous les attendions maintenant, collés l'un à l'autre, le souffle serein de ceux qui savent qu'ils mourront en bonne compagnie. Mon ventre seul prit la décision de montrer ma réelle angoisse et déchaîna un tonnerre d'avril de gargouillements.

— Moi aussi, j'ai peur, Yann. Moi aussi..., se contenta de constater Finn en assurant mieux sa prise sur mon poignard. Accroche-toi à elle. C'est notre meilleure alliée ici.

Un rire clair de gorge vint interrompre la probable citation qu'il s'apprêtait à faire. Carla Burgelesa eut un délicieux mouvement de cheveux. Les deux hommes derrière elle, qui la dominaient de plusieurs têtes, souriaient aussi. Un troisième gaillard, notre échalas du bordel, arriva pour compléter la troupe qui se tenait devant nous.

— Messieurs, messieurs, nous apostropha-t-elle avec sa voix rapide et détachée, je vous tuerai certainement un jour, mais je choisirai un lieu plus convenable.

Elle me fit un clin d'œil :

— Une chambre à coucher, par exemple...

— Un cabinet d'aisances vous conviendrait mieux, lui répondit du tac au tac l'Irlandais.

Son sourire décalé dépara son visage régulier. Elle s'approcha, ignorant mon sabre à une demi-brasse d'elle.

— Voyons, monsieur O'Flahertie, ne sombrons pas dans le commun. Bien. Et envisagez ma visite comme une entrevue toute protocolaire. Afin de progresser un peu dans nos projets, je vous ai obtenu à tous deux une invitation au théâtre. Quoi, chevalier, ne jouez point au surpris, même ici l'on aime se détendre. La pièce fut écrite par Lope de Vega et vous comblera. Elle est fort distrayante. Elle sera jouée dans deux jours au palais du vice-roi que je vous présenterai incidemment... Vous serez, en ce qui concerne ce noble personnage, deux investisseurs avides d'émeraudes. Sachez qu'il exploite, par-devers la Couronne, quelques mines pour son grand plus profit. Il recherche des acheteurs.

— Et comme de bien entendu nous devrons venir non armés, remarqua Finn qui refusait de céder un pouce.

— En Irlande, sans doute pourriez-vous être apprêtés ainsi, mais dans nos contrées civilisées, sachez que l'on estime que la silhouette et l'habit en sont gâchés.

— Je ne vois pas à quoi cela nous avancerait, fis-je remarquer.

— « Le moyen souverain, voyez-vous, pour arrêter un duel, c'est de se mettre au milieu des combattants »... Voilà un joli vers de Lope de Vega, et la raison de votre future soirée : je me place « au milieu des combattants ». Je ne perds point espoir de vous faire changer d'avis et de vous gagner à ma cause, monsieur Kervadec. Voire plus, bien entendu...

Elle m'adressa un regard de maquignon pour son cheval, me toisa, recula de quelques pas et nous montra son dos, encadré par ses sbires. Je ne pus m'empêcher de la regarder s'éloigner.

Finn me rendit mon couteau et replaça sa lame à la ceinture :

— Yann, prépare-toi dès maintenant : tu devras la tuer. Cette femme ne vaut que gangrène à l'âme et l'esprit. Tu la tueras et tu en souffriras, mon ami...

*

Médeline s'agaçait. Elle rectifiait la chute de ma veste gâchée par une trop longue station dans mon coffre. Elle avait presque menacé de s'attacher à moi pour m'accompagner. Il m'avait fallu des trésors de patience et l'aide d'Abiola et de Finn pour la raisonner. Je dus jurer par tous les saints de Bretagne de ne point tomber dans les filets de l'espionne espagnole.

L'Irlandais, lui, avait prêté serment de me passer sa dague au travers du corps si d'aventure je me trouvais à moins d'un toucher de bras de la dame. Ma tenue servait d'exutoire, et cela me convenait parfaitement.

Baruch avait lui aussi reçu une invitation, celle de son cousin. Il serait de la partie. Ann et Mary patienteraient dans une taverne et veilleraient non loin de la demeure du vice-roi. Les autres se tiendraient prêts à appareiller. Nous avions disposé le navire en branle-bas de combat. Derrière les sabords encore clos, nos canons avaient été placés et nourris. Nous avions débarrassé leurs routes de recul et le pont supérieur de tout ce qui pourrait gêner une manœuvre d'urgence.

Peu avant de quitter le bord, Bento avait tenu à nous décrire « les sables mouvants dans lesquels nous allions pourtant devoir nous mouvoir ».

— Du vice-roi de la Nouvelle-Grenade, le *señor* Jorge de Villalonga, vous n'avez qu'à retenir qu'il s'agit d'un pisse-vinaigre qui ne croit qu'en Dieu, uniquement en celui des Jésuites, mais plus encore à l'argent. Le faste de son « règne » et ses dépenses extravagantes l'ont fait remarquer jusqu'à la cour de Philippe.

— Cela pourrait être un angle de visée pour nos desseins, intervins-je.

— Certes. Bravo, Yann : vous apprenez vite… Mais il reste un autre triste sire, et celui-ci est bien plus dangereux.

— Amaro Rodríguez Felipe…

— Lui-même… Ou Amaro « Pargo », comme il aime se faire appeler. L'ironie du jeu, c'est que, vu de loin, il vous ressemblerait un peu : marin, corsaire tendance pirate et, pour certains, grand cœur…

— Vous n'avez point l'air d'y porter crédit.

— Si j'étais un pauvre hère de Tenerife, je le ferais. Voyez-vous, cet homme-là sait d'où il vient et gâte les miséreux de sa patrie de naissance…

— Voilà qui paraît noble, s'immisça Finn.

— Pour qui ne sait pas d'où vient sa fortune sans doute. Contre services à la Couronne, il se trouve absolument libre d'attaquer qui il veut et de piller tout un chacun. Il a fortement investi dans les domaines viticoles de son île. Et, récemment, le vice-roi vient d'interdire la culture de la vigne dans les colonies espagnoles pour lui éviter une fâcheuse concurrence. Voici donc les Castor et Pollux de la corruption locale. L'un tient à son rang, l'autre à son épée, les deux à leur bourse et à la Compagnie de Jésus, qui fut créée par l'un de leurs compatriotes, ne l'oubliez pas… Et ne sous-estimez point son habileté de bretteur. Il est redoutable dans cet exercice.

Ce dernier argument avait achevé de me convaincre de prendre mon sabre avec moi en dépit de ce que pourraient bien en dire les convenances. Finn, avait ajouté à son habit une grosse bourse sur la ceinture. «De quoi fumer les poudrés», m'avait-il expliqué, un grand sourire pervers au visage. Ma femme l'avait soutenu vigoureusement. Je la soupçonnais de lui avoir demandé de faire partir l'édifice, et une certaine *señorita*, en poussière quoi qu'il se passe.

L'événement devait avoir son importance : les chemins de ronde de la forteresse comptaient une torche tous les dix pas et deux gardes pour chaque flambeau. Nous arrivions sur une grande place dominée par une église à la mode espagnole, haute comme un grand mur, deux clochers fort joliment ouvragés flanquant l'entrée principale. Ses pierres jaunes ajoutaient encore à l'impression de toute-puissance divine. Finn saisit mon regard :

— Quel étrange compagnon tu fais, Yann. Prêt à estourbir l'humanité entière, mais encore effrayé par les maisons de Dieu… Ton père serait fier de toi : tu es un vrai catholique…

Je m'apprêtais à lui rétorquer que les Irlandais n'étaient pas précisément connus pour leur paganisme quand une voix nous héla par-derrière :

— Quixote et Sancho Panza… À quels moulins allez-vous vous en prendre ? On m'avait dit que Carthagène était une ville dangereuse, mais j'ignorais qu'elle l'était à ce point…

Nous nous retournâmes pour trouver le sourire pâle ombré d'une barbe naissante du capitaine Reverte, celui qui nous avait aidés à nous échapper de la prison de San Juan. En peu de mots et confortablement installé entre nous, il nous expliqua que son navire se trouvait au radoub[1] ici et qu'il avait profité de l'invitation au théâtre pour « échanger l'odeur du goudron chaud et de l'étoupe contre celle des perruques et des cierges fondus ».

— Je ne saurai vous dire à quel point je suis heureux de rencontrer un visage aimable et connu, lui dis-je. Il me semble que nous n'ayons eu droit jusqu'ici qu'à chausse-trappes et faux-semblants.

Je dus bien lui expliquer que nous n'étions là que « pour affaires », invités par le vice-roi lui-même. Il tordit le nez.

— Je vous connais, Kervadec, et je connais le seigneur Villalonga. Vous n'avez rien en commun. Je devine que vous me servez là un pieux mensonge et ne nous en veux point. Un conseil cependant : « Des hommes, les uns sont d'or, les autres n'en ont que l'apparence. » Écoutez notre poète, Cervantes, il est souvent pertinent.

Je lui confiai également que nous devions rencontrer Amaro. Il arrêta net notre promenade pour nous toucher le bras.

— Messieurs, cet homme-là est dangereux, comme tous ceux qui se sont bâti une conscience sans valeurs. Il ne craignait que Dieu. Il a rencontré une femme d'une perversité inouïe… Il l'aime plus que tout. Désormais, il craint de la perdre, ce qui arrivera tôt ou tard, et il n'en est devenu que plus sauvage.

— Carla Burgelesa…, soupira Finn en me regardant de travers.

1. Entretien de la coque d'un vaisseau.

— Vous vous connaissez donc. Prenez garde, chevalier, ajouta Reverte, prouvant qu'il avait vu clair dans l'intervention de mon ami. Cette femme vous aspire l'âme et la renvoie au diable, son créateur.

Nos pas nous approchaient d'une grande bâtisse encombrée de laquais et de calèches, pas toutes de la première jeunesse. On devinait une cour intérieure, passé le porche. Une cinquantaine de personnes s'y pressaient. Une grande salle, ouverte à tous les vents et à des moustiques fort avides, attendait son audience. Quelques chaises étaient déjà occupées. Au premier rang, je remarquai le dos d'un trône hérissé d'une croix sombre. Reverte nous avait quittés et présentait ses hommages à quelques-unes de ses connaissances. Les invités me paraissaient pour moitié militaires, décorés avec moult rubans et épaulettes. Les autres devaient être commerçants ou propriétaires terriens, eux aussi richement apprêtés. Tous transpiraient abondamment. Un ballet de domestiques, certains indiens, proposait un vin lourd et chaud qui ajoutait encore à la chaleur ressentie.

Un homme nous aperçut et fendit la foule sans trop d'efforts pour ne point la bousculer. Très mince, habillé en noir, un foulard de dentelle blanche autour du cou, il semblait souple et déterminé. Une épée au côté laissait apparaître une garde en or très joliment ouvragée. Ses cheveux longs, noirs et lisses, séparés par une raie au milieu, tombaient sur des épaules étroites. Sa figure étirée n'était que dédain apparent : un front haut, des yeux gris aux paupières tombantes et une bouche aux lèvres étrangement humides qui semblait avoir été posée à l'envers sur le visage. Sa fine moustache eût pu mieux appartenir à un adolescent qu'à un adulte que je jugeai dans sa quarantaine. Il ignora superbement un bourgeois venu le saluer, et se planta devant nous en esquissant un sourire tombant qui me parut lié, par un étrange jeu de marionnettiste, à ses paupières qui chutèrent de plus belle.

— Monsieur, chevalier Kervadec Bréno de La Barre de Pont Allouët, dit-il dans un français parfait, et – sans doute –

monsieur O'Flahertie. C'est un honneur pour nous d'avoir de si prestigieux invités en cette soirée.

En peu de mots, et surtout en me donnant mon titre complet, l'homme venait de nous faire entendre qu'il savait tout de nos humbles personnes. Il poursuivit cependant sa démonstration en se tournant vers Finn :

— Sachez, monsieur, que j'ai beaucoup d'admiration pour ceux qui, comme vous, savent soigner efficacement et tuer avec la même précision, tant il est vrai que l'un ne peut se comprendre sans l'autre.

— Certes, répondit mon Irlandais en s'inclinant légèrement. J'ai voué ma vie à donner à chacun les soins qu'il mérite, c'est-à-dire bien souvent à trancher. Dans les deux cas.

L'Espagnol eut un imperceptible geste vers sa lame. La main très légèrement descendue remonta prestement. L'homme était sanguin. Les rodomontades de l'Irlandais l'avaient agacé. Il décida d'oublier. Et fit un signe du bras pour nous inviter à le suivre. Il franchit sans excès de courtoisie un léger attroupement pour nous faire découvrir un petit homme rondelet, perruque grise, habit bordeaux aux parements très richement décorés. Les poches sous les yeux alliées à la trace charbonneuse d'une barbe noire donnaient au personnage une allure de lassitude réelle et non affectée. Nous saluâmes le vice-roi avec tous les égards dus à son rang. Amaro lui glissa discrètement quelques mots. L'homme hocha la tête, nous tourna le dos et nous invita à le suivre. Nous franchîmes quelques portes, puis une grande pièce décorée d'armures, de casques et d'armes datant sans doute de la Conquête. Il se planta au beau milieu. Par une entrée invisible, Carla vint nous rejoindre. Elle avait découvert ses épaules et sa gorge, sa peau blanche laissait sa longue chevelure la caresser. Ses yeux verts me parurent plus tempétueux que jamais. Comme par maladresse, Finn vint buter sur moi, s'excusa. Son regard, impératif, me rappela que nous devions nous concentrer sur notre tâche. L'espionne tendit le poing vers le vice-roi, puis l'ouvrit. Trois pierres rudes et vertes jouèrent avec la lueur des bougies.

— Messieurs, nous dit l'important personnage qui semblait plus que réjoui de cette vision, savez-vous ce qui distingue la parfaite émeraude d'un quelconque caillou vert ?

— Ce qui fait l'attrait de l'humanité, lui répondit, à ma grande surprise, le sieur O'Flahertie : ses défauts… Ce voile de tristesse cachée au cœur de la pierre, c'est lui qui nous renvoie à nos brouillards intimes. C'est lui qui fait sa richesse.

Mon ami ne laisserait jamais de me surprendre. Puis je me souvins de ses longs conciliabules avec Baruch. Notre Juif en savait autant sur les pierres précieuses que sur les tourments de l'Homme. Finn parlait avec ses mots.

Le maître de la Nouvelle-Grenade parut enchanté d'avoir trouvé un complice dans son amour des richesses minérales. Les deux se rapprochèrent et entamèrent une conversation vive sur ces « merveilles de la nature », « preuves inertes que Dieu existe ».

Pargo, silencieux, ne quittait point son seigneur. Carla en profita pour se glisser derrière moi. Nous étions désormais à cinq ou six pas des orfèvres du soir.

— Je suis fixée, chevalier… dit-elle.

— Vous m'en trouvez ravi, répliquai-je, mais à quel propos, je vous prie ?

— Mon prix. Il ne vous paraîtra point trop élevé, et je dirais qu'il pourrait même vous satisfaire.

— Nommez-le, Doña Burgelesa, et j'aviserai.

— C'est vous. Je vous veux. Une nuit entière. Du lever de lune au chant du coq. Je n'imagine pas être déçue et je m'estimerai gratifiée. Vous aurez votre récompense. Et lui (elle fit un mouvement de tête vers le vice-roi) y perdra son jouet scintillant.

— Et lui ? demandai-je en désignant son mince amant du menton.

— «Tant qu'on gagne quelque chose, on ne perd rien», c'est notre Cervantes qui l'affirme. Il y gagne, donc il ne me perd point.

— Mon délai de réponse ?

— C'est déjà une insulte que cette question... Mais je passerai outre. Bien. Vous n'aurez que le temps de ce charmant tête-à-tête entre votre rouquin estropié et Villalonga. J'exige d'être renseignée quand ils en auront fini.

Elle me quitta en laissant ses cheveux balayer mon épaule. Je frissonnai. Une odeur de jasmin m'envahit. Je touchai mon bout de granit, au cou, pour me défaire des sortilèges du philtre enchanteur. Amaro délaissa son groupe et se rapprocha. Carla avait disparu.

— Monsieur, je vous crois marié, n'est-il pas ?

— Je le suis, et heureux de l'être.

— Bien, voilà qui est réconfortant. Ce qui l'est moins, c'est cette réputation que vous, les Français, avez de savoir l'oublier quand bon vous semble...

— J'échappe à ce triste état de fait, monsieur, soyez-en sûr. Mais pourquoi ces questions ?

Le visage de mon interlocuteur perdit des couleurs. On eût dit qu'il s'était poudré de gris. Sa bouche se détendit. Ses yeux me parurent presque clos. Cet homme souffrait et ne parvenait point à cacher entièrement sa douleur.

— Voyez-vous, chevalier, j'estime que rien ne m'est impossible. Dieu m'en est témoin, ce n'est point là forfanterie. Mais, à l'instar du glorieux Achille, j'ai une faiblesse. Et vous venez de vous entretenir avec elle. Entre hommes d'honneur, donnez-moi votre parole de la respecter, elle, quand bien même vous ne me respecteriez pas, moi.

L'aveu me toucha. Je lui mis une main sur le bras. Je le sentis frémir de dégoût.

— Vous me prêtez, monsieur, si j'entends bien, des intentions que je n'ai ni n'aurai jamais. Brisons là sur ce sujet et avançons sur nos négociations.

Finn avait intelligemment contrarié la discussion vers les diamants. Le vice-roi semblait intarissable en la matière. Il s'interrompit un instant, chuchota deux mots à l'oreille de mon jaloux adversaire qui regimba, puis s'en alla, vaincu par l'ordre d'un supérieur.

Très peu de temps après, nous vîmes arriver un Simon Gabirol qui nous fut présenté par son commanditaire du moment comme « un artiste digne de maître Diego Velázquez, lui-même ». Le courtaud orfèvre fit mine de nous rencontrer pour la première fois et nous salua avec la courtoisie prudente de celui qui ne connaît point ses interlocuteurs.

— Messieurs, dit le vice-roi, une main sur le coude du joaillier, je vous propose de m'accompagner dans l'atelier de notre ami. J'ai prévenu les saltimbanques que j'aurais du retard. Nous voilà libres pour un moment. Je souhaiterais vous montrer ma dernière acquisition et le futur flambeau qui éclairera toute la Nouvelle-Grenade... Une œuvre digne d'un roi. Suivez-moi.

Nous empruntâmes la porte dérobée par laquelle la fine espionne était entrée puis sortie. Un corridor sombre, des escaliers irréguliers en descente, l'odeur de la mer, une voûte basse... Nous débouchions enfin sur une petite pièce aux nombreux chandeliers, meublée d'une simple table et d'une chaise haute. Amaro, qui avait disparu au détour d'un couloir, nous rejoignit avec un grand coffret. Il le posa sur le bureau. Simon s'était assis et l'ouvrit. Sur du velours rouge, un long bâton en or, complexement ouvragé de liens figurant une plante, brillait du feu du métal neuf et récemment fondu. À son extrémité, un cercle vide, un anneau, semblait attendre son ornement. Gabirol saisit un petit sac noir dans un coin de la boîte. Le vice-roi poussa presque Finn pour l'approcher. Épaule contre épaule, les deux hommes dominaient le petit bijoutier. L'Espagnol claqua des doigts. Une bougie supplémentaire illumina le sceptre mieux encore. Simon défit les cordons de la bourse qui retenaient le diamant. Il sortit de sa poche une étoffe épaisse, bleu sombre. Il y posa la pierre comme s'il se fût agi d'une sainte relique. Ses facettes capturèrent la lumière pour la renvoyer magnifiée. Des éclats blancs dansaient sur les murs sombres. Simon se préoccupa du bâton. Finn eut un raclement de gorge, fronça les sourcils et demanda l'autorisation de prendre la pierre. Bien en vue, il s'en empara de sa main amputée. Il renifla, l'exposa à la clarté, la tendit à notre hôte, puis au Juif :

— Cette pierre est un faux. Indubitablement. Remarquablement façonné, mais un faux. Constatez par vous-même !

Le vice-roi s'en saisit, tenta de regarder au travers. Simon la lui arracha presque et devint pâle comme les cierges qui l'entouraient :

— Monseigneur, cet homme dit vrai : on nous aura volé le diamant. Voyez ces facettes et ces griffures ! Soupesez… Ce caillou-là n'est que du verre, c'est l'un des échantillons de taille que je vous ai présentés !

10

Carthagène des Indes, janvier 1723

La porte claqua. Amaro en tira ostensiblement le verrou dans un son claquemurant de geôlier. Une main sur la garde de son épée, il prévint :

— Personne ne sort qui n'aura été dûment fouillé. Moi compris.

Je m'inclinai et demandai à être le premier à l'être, par lui. Il s'approcha et ne résista point à me palper avec une certaine vigueur sous toutes mes coutures. Besogne achevée, il écarta les bras :

— À vous, me dit-il.

Je m'exécutai. Rien. Évidemment. Il ausculta le reste de la compagnie à qui notre exemple servit à ne pas regimber. Le vice-roi fut bien entendu exempté. Nous cherchâmes un moment dans la pièce avec la bonne grâce de Simon qui ouvrit le peu de tiroirs de sa table de travail et de multiples coffrets qui regorgeaient d'instruments qui m'étaient totalement inconnus.

— Il faut se rendre à l'évidence, dis-je enfin, la pierre a été dérobée alors qu'aucun d'entre nous n'était dans cette pièce.

— L'équation est pourtant d'une facilité enfantine, enchaîna Finn en se tournant vers notre hôte. Votre Excellence, qui, mis à part nous, Simon et le señor Rodriguez, savait que la pierre était cachée ici, ou tout du moins était travaillée ici ?

La perruque grise tituba sur son occiput. Une moue d'incompréhension s'afficha sur son visage. Puis il s'éclaira avant de se rembrunir immédiatement.

— Monseigneur, vous n'y pensez point, l'interrompit Pargo qui avait apparemment suivi la pensée de son maître. Je me porte garant d'elle comme de moi-même. Et pourquoi…

— Don Rodriguez, le coupa Villalonga, ne prenez pas de crédit que vous ne saurez payer. Je sais vos inclinations pour cette dame qui jouit, vous en conviendrez, d'une réputation contrastée. Mais elles n'ont rien à voir dans l'affaire présente. Le fait est que, mis à part nous, personne ne savait dans ce palais où officiait le sieur Gabirol, excepté cette Avispa. Allez me la quérir. Sur-le-champ !

L'homme en avait presque crié et oublié son affection pour une lassitude affichée. Amaro ouvrit la porte et disparut dans le couloir sombre.

— Bien, reprit Jorge de Villalonga. Messieurs, je vais vous demander comme une faveur de ne point quitter cette maison avant que ce vol trouve son, ou sa, coupable. Deux chambres vont vous être préparées. Simon, je vous prierai de bien vouloir rester à ma disposition pour cette nuit. Quant à moi, je vais assister à cette pièce, et Dieu sait (il se signa vigoureusement) que je souhaiterais ne point y être.

Nous fûmes accompagnés à l'étage. Le dîner avait été servi dans la chambre de Finn. Nous nous y installâmes et en profitâmes pour faire un point de la situation en chuchotant, de crainte des oreilles indiscrètes. L'une des premières mesures à prendre était de rassurer nos deux amies qui devaient trouver le temps long à veiller dans leur taverne. Je griffonnai un mot pour Reverte et priai le serviteur qui reprenait les reliquats de notre repas de bien vouloir le porter au *capitán*. Je ne doutais pas qu'il fît bon office. Je m'inquiétai pour Baruch. Je n'aurais pas dû. Il gratta à la porte, puis entra. Tout sourires.

— Je ne sais quel diable vous a engendrés, mais même le roi d'Angleterre n'eût pu espérer une telle panique chez les Espagnols. Les gardes arpentent les couloirs et rudoient le premier inconnu qu'ils croisent. Je quitte à peine Simon. Il est un peu secoué, mais enfin il se comporte correctement. Je me demande si ce garçon n'a pas simplement besoin d'aventures qui ne soient pas toutes charnelles…

Son humeur légère nous gagna, et il put nous donner sereinement quelques nouvelles de l'équipage et nous confier qu'il avait mandé l'un de ses « vauriens » rassurer tout le monde à bord. Le vice-roi en était, selon lui, à proposer la moitié de sa fortune et de ses terres à qui lui donnerait des nouvelles de la pierre.

— En bref, messieurs, conclut-il, il ne me reste qu'à vous souhaiter une bonne nuit dans les lits de la très catholique Couronne ibérique…

Il eut la grâce d'esquisser un étrange pas chassé en balayant le sol de son chapeau à la plume douteuse et de nous faire un clin d'œil avant de disparaître.

Je suivis son conseil et rejoignis ma chambre, voisine de celle de Finn. Les grandes fenêtres donnaient sur la cour intérieure, puis sur les remparts. Les torches de ces derniers assuraient une lumière douce à l'endroit. La fatigue me gagna. Je pris la peine de retirer mes bottes dans le vestibule, d'accrocher mon sabre à la première patère venue, et m'en contentai. J'approchai d'un grand lit sévère aux baldaquins noirs et torturés. Allongée sur le drap, Carla Burgelesa m'attendait. Nue. Habillée d'un seul fin ruban noir sur le cou orné d'un solitaire en son milieu. La pierre bougeait au rythme de ses mots :

— Chevalier, vous a-t-on déjà dit qu'il est fort discourtois de faire attendre une dame ? J'ai bien cru que vous n'arriveriez jamais. Pire, que vous me négligeriez. Et vous auriez eu tort. Savez-vous que notre poète Lope de Vega, toujours le même, a justement remarqué que « mettre un frein à la femme, c'est mettre une limite à la mer » ? Il ne me reste guère que ce bout de tissu comme « limite ». Je l'ai lesté. Et il est étrangement lourd. Peut-être pourriez-vous m'aider… ?

Elle se tourna lascivement vers moi et m'invita de quelques tapes sur la couche à venir la rejoindre. Je déglutis. L'image de Médeline vint me tourmenter. Je mêlai gorge blanche et long cou noir. Je savais désirer l'un mais aimer l'autre. Je m'assis. Elle posa sa tête sur mes cuisses. Je plaçai une main sur son épaule. Je sentis les picots de sa chair de poule. Et comme un afflux de colère et de passion dans mon entrejambe. Je descendis jusqu'à ses hanches. Elle ronronna.

— Enfin, Yann. Il était plus que temps…

Elle chercha mes lèvres, les trouva. Nous nous enlaçâmes. Ses mains s'arrêtèrent sur mon torse et mon pendentif, jouèrent avec lui un moment.

— Faisons un pacte de plus, chevalier, proposa-t-elle. Vous ôtez votre pierre et j'enlève la mienne.

Je délaçai, pour la première fois depuis très longtemps, le lien en cuir, le retins dans ma paume. Je passai derrière sa nuque et dégrafai l'épingle qui retenait son bandeau. Je me levai pour les déposer sur un meuble à quelques pas. Elle miaula comme pour me faire comprendre que je l'abandonnais. Je remis mon morceau de granit à sa place, allai ouvrir le double battant de la porte de ma chambre. Et laissai entrer un Amaro à la torture et un vice-roi aux anges. Finn suivait.

Le corsaire espagnol fut sur sa maîtresse en quelques grandes enjambées. Ses talons claquaient sa rage sur le plancher. Il la gifla. Violemment. Un filet de sang coula de la commissure des lèvres que je venais d'embrasser. Négligeant sa nudité, elle se releva et lui assena une claque à son tour. Les flammes vertes de ses yeux dansaient une farandole satanique. Il lui attrapa le bras qui s'apprêtait à frapper encore.

Le vice-roi éleva la voix :

— C'est assez ! Cela suffit ! Cessez, je vous prie… Monsieur Rodriguez, sachez que vous aurez tout le temps de vous expliquer avec cette dame. Elle sera sous votre surveillance dans les cellules de la forteresse. Ce que vous ferez avec… cela vous regarde. Je ne veux point le savoir.

Je lui tendis le brillant que je tenais encore dans ma main.

— Merci, chevalier. Merci infiniment. Je dois à l'honnêteté de dire que l'on m'avait mis en garde contre vous.

Son regard glissa vers Amaro.

— Mais il semblerait que certains perdent le sens commun dès qu'il s'agit d'une femme. Nous en reparlerons. Quoi qu'il en soit, tout cela n'a que trop duré. Que l'on aille me chercher Gabirol. Il apportera ses outils ici et y finira son travail cette nuit, ou il rejoindra cette *avispa* dans nos geôles.

Carla s'habillait derrière un paravent. Pargo arpentait la chambre. Finn et moi demeurions silencieux, vaguement mal à l'aise. L'attente ne s'étira point. Simon arriva en actionnant aussi prestement qu'il le pouvait ses courtes jambes. Il eut un sourire poli, chercha du regard où poser son barda. Il opta pour un bureau à l'angle de la pièce, y disposa force bougies et se mit à l'œuvre, les yeux amplifiés par une grosse loupe. Le vice-roi se rapprocha de Finn :

— Bien entendu, monsieur O'Flahertie, cela ne grève aucunement notre accord. Les émeraudes sont toujours à vous, si vous le souhaitez.

— Certes, lui répondit-il dans un bâillement à peine étouffé, mais les événements de la nuit, vous le reconnaîtrez, ont été un tant soit peu déstabilisants, et surtout épuisants. Le chevalier et moi vous demandons l'autorisation de rejoindre notre bord. Nous n'en bougerons point, et vous nous y ferez savoir le lieu et la date de notre prochain rendez-vous d'affaires…

Villalonga s'inclina en signe d'assentiment. Je m'approchai de Simon, qui enchâssait maintenant le diamant dans son pommeau d'or, pour lui faire mes adieux. Un bruit de bois brisé me retint. Carla avait envoyé danser le paravent sur son amant qui tentait de s'en dépêtrer maladroitement. Elle courut vers moi, son poignard à la main, le manche bien calé, la lame à l'horizontale. Cette diablesse saurait s'en servir. Sa bouche déformée, ses yeux rougis et ses cheveux défaits la rendaient comme une harpie. Elle manqua de m'entailler le ventre à la première attaque. La main de Simon hérita d'une sérieuse estafilade. Elle se ravisa et décida de m'étriper proprement, changea sa prise et fit un large mouvement, de bas en haut pour m'ouvrir du nombril à la glotte. Je m'écartai, donnai un violent coup sur le bras qui tenait l'arme. Elle se pencha sous l'impact. Je l'assommai net d'un coup de poing, plus réflexe que prémédité. Elle s'avachit. Sa dague glissa jusque sous la botte de Finn. Le vice-roi en enleva sa perruque de dépit et découvrit une tignasse brune épaisse coupée très dru. Il souffla. Ses bajoues teintées de rouge faisaient ressortir plus encore sa barbe sans cesse naissante. Il s'excusa. Puis tenta un sourire :

— Décidément, cette femme mérite sa réputation. Mais n'est-ce pas le cas de toute son engeance ?

Il eut un regard pour le couteau que l'Irlandais avait ramassé.

— Gardez-le en souvenir, monsieur. Puisse-t-il vous rappeler de vous méfier d'une colère féminine presque autant que du courroux divin.

— Sachez, Votre Excellence, que je me le tiens pour dit et que je ne m'y frotterai point, lui répondit-il sans résister à l'envie de m'adresser un clin d'œil discret.

Il s'approcha de Simon dont il déchira l'une des manches de chemise et entreprit de lui faire un garrot. Lorsqu'il eut fini, il laissa promener ses doigts sur les échantillons de verre de l'orfèvre.

— Me permettrez-vous, demanda-t-il au vice-roi, de prendre l'une de ces verroteries ? « En souvenir » de cette soirée, précisément.

Gabirol en avait terminé. Il tendit le sceptre à notre hôte, les deux mains à plat. Villalonga s'en saisit, le soupesa, observa l'éclat de feu pâle du diamant qui l'ornait. Perruque de travers, il nous fit un signe de tête, puis partit certainement parader dans les couloirs. L'Avispa tentait de se redresser en geignant ; une vilaine marque lui grossissait déjà la pommette. Amaro la releva brutalement par un bras, puis la poussa devant lui comme un tas de chiffons. Il se retourna, me toisa :

— Sachez, chevalier, que je vous tiens comptable de ce qu'il vient d'arriver. Je ne suis point dupe de vos grands airs.

J'aurai le fin mot de cette histoire. Je jure devant Dieu de vous retrouver si j'ai vu clair.

L'Avispa tenta une fois de plus de se libérer. Elle lui envoya un grand coup de pied qui l'atteignit au mollet. L'homme plia le genou, serra les dents et raffermit sa prise. La femme gémit de douleur sous l'étreinte. Ils s'éloignèrent.

Finn siffla entre ses dents :

— Quelle nuit ! Quelle femme ! Tu te souviens de Macbeth ? « Il y a des poignards dans les sourires »... Pas que dans les sourires, mon ami, pas que dans les sourires... Et ce sont toujours les femmes qui sont les mieux armées dans ce monde. Depuis le temps, tu devrais l'avoir compris. Rentrons maintenant. Et pour ton bien, tu me trouves fort aise que tu n'aies point eu à la tuer.

*

Nous eûmes toutes les peines du monde à convaincre nos amis sur l'*Oroun* que le récit de notre aventure pouvait patienter jusqu'au lendemain, que nous étions éreintés et qu'il leur faudrait bien attendre. Médeline me regardait étrangement sans que je distingue ma propre culpabilité d'une réelle méfiance dans ses yeux. Le délai du court sommeil promis me permettait de retarder le moment – inévitable – où il faudrait bien expliquer, à tout le moins, que l'espionne s'était introduite jusque dans ma chambre.

La bouche pâteuse et légèrement fébrile, je montai sur le pont aux premières heures du jour. Le vent, encore frais de la nuit qui s'évanouissait, vint me rasséréner. Le seau d'eau de mer que je renversai sur moi me permit d'avoir les idées un peu plus claires.

Les yeux encore clos de ma toilette, à demi nu et trempé, j'entendis sa voix avant de la voir :

— Bien, Yann, me dit doucement ma femme comme si elle anticipait une douleur avant de la ressentir, il te faut tout me dire de votre escapade...

Je trouvai plus prudent de ne pas la regarder. Et gagnai encore un peu de temps en faisant mine de ne rien trouver de plus urgent que de remettre ma chemise. Finn arriva à mon secours.

— Rassure-toi, Médeline, lui dit-il, le capitaine a su se tenir droit dans la tempête. Mais nous avons failli le perdre : cette peste d'Avispa, pour se venger d'avoir été découverte, fut à un pouce de l'ouvrir comme un goret. Heureusement, il l'a assommée avant qu'un malheur ne survienne.

Ma femme se jeta dans mes bras et voulut constater par elle-même que je ne souffrais d'aucune blessure. Je ne sus que l'étreindre fort contre moi, une main sur sa nuque, et mimer un « merci » muet à mon compagnon, qui esquissa une petite révérence. Mon cœur, lui, semblait battre un coup du regret et le suivant d'amour infini.

L'équipage au complet, y compris Charles et ses trois hommes dont les espoirs d'embarquement avaient été déçus, finit par nous rejoindre. Et Finn, notre conteur, s'apprêta à narrer à sa façon ce que les autres n'avaient pu vivre. Henri l'interrompit tout net :

— Attends ! Regardez… Une pirogue vient vers nous, et il me semble distinguer le couvre-chef de mousquetaire galeux de Baruch…

En effet, notre ami juif, debout, les jambes écartées, nous adressait de grands signes de son chapeau, menaçant ainsi le délicat équilibre de l'embarcation locale qui me semblait bien lourde sur l'eau. Nous fûmes très vite au bastingage. Le canoë comptait un passager de plus. Allongé, habillé comme la veille au soir, le pauvre Simon semblait au plus mal. Du haut de la muraille, je pouvais distinguer sa pâleur.

Le tailleur de diamant fut hissé à bord. Notre médecin-artificier-poète s'agenouilla et défit habit et chemise. Il fit claquer sa langue et ôta le pansement qu'il avait posé lui-même sur la main du pauvre homme qui parut respirer à travers des charbons ardents.

La coupure, devenue noire, paraissait irriguer le bras d'un sombre liquide. Des veines grises sillonnaient le poitrail du malheureux dont la peau se parcheminait à vue d'œil.

— Le poignard de cette fille du diable était empoisonné, expliqua Finn. Probablement avec le même genre de venin qui a risqué de te mettre en terre, Abiola. La mauvaise nouvelle, c'est que je ne saurais pas plus le soigner, lui, que je n'ai pu le faire avec toi. La bonne, c'est qu'il existe un antidote.

— Je repars en ville le chercher, se résolut un Baruch Henriques qui en avait oublié son ton léger. Je me fais fort de fouiller les affaires de cette maudite Lilith espagnole.

Il esquissa quelques gestes étranges et cracha, sans doute pour faire fuir son démon que je ne connaissais point.

— Je vous demande de le tenir en vie jusqu'à mon retour, demanda-t-il à l'Irlandais. Bizarrement, je me suis convaincu que Simon est bien de ma famille. Je ne veux pas le perdre.

Son « cousin » s'arc-boutait à la vie. Finn nous fit installer une vieille voile en auvent pour lui faire de l'ombre. Ann explora la réserve d'eau à la recherche du baril le plus récent. Notre médecin tenta, en désespoir de cause, une courte saignée pour « faire évader l'humeur tueuse » et l'analyser. Sa triste mine prouvait assez l'inutilité de ses efforts. Nous nous résolûmes à nous contenter de veiller sur Gabirol et à changer régulièrement le linge humide que nous lui laissions sur le front. Il nous fallait attendre.

Je m'entretins à part avec lord Leister :

— Charles, lui dis-je, je crains que ce ne soit perdu pour lui. Et pour nous si nous ne déhalons pas au plus vite. Je vous expliquerai. Je tiens à ce que nos préparatifs de départ soient des plus discrets. Pourriez-vous vous en occuper, vous et vos hommes ?

Sans un mot, le capitaine anglais fit signe à ses trois marins. Deux d'entre eux grimpaient déjà dans la voilure pour préétablir nos voiles. Je le vis lui-même soulever puis insérer les anspects dans le cabestan[1], avec une grâce nonchalante : il eût pu tout aussi bien ramasser quelques branches mortes dans le jardin de son cottage…

Baruch nous revenait. Dépité et fort nerveux.

— Rien de rien, déplora-t-il. Pas d'antidote, et surtout plus d'Amaro ni d'Avispa. Ces deux-là ont proprement disparu. Leurs affaires se sont volatilisées. Le vice-roi ne décolère point et a fait déclarer la ville fermée. Mes vauriens ont repéré son bateau, l'*Ave Maria y las ánimas*, dans une crique de la grande île, là-bas, celle de Tierra Bomba. Je pense qu'ils vont prendre la fuite.

J'acquiesçai : le seul navire capable de les rattraper, celui de Reverte, était en cale sèche. Il ne se trouverait personne pour les retenir ou les prendre en chasse. Bento s'agenouilla au chevet de son coreligionnaire, lui saisit la main et, en dodelinant des épaules, lui murmura des mots que je ne compris point. Finn s'approcha, attira son attention. Le signe de négation qu'il fit de la tête se passait de mots. Les grands yeux sombres de notre ami furent soudain envahis de larmes. Il sut les retenir. À peine, du bord des cils.

— Baruch, lui expliquai-je, vous savez mieux que personne qu'il nous faut faire vite. Nous devons prendre la mer. Maintenant. Je veux dire qu'en cas de malheur…

J'hésitai, lui montrai les flots du menton.

— En cas de malheur, poursuivis-je, les marins considèrent qu'il n'existe point de plus digne linceul. Cela ne doit probablement pas être une habitude dans votre religion… Pouvons-nous quitter ce triste rivage ?

— Cette préoccupation, Yann, est tout à votre honneur. Non, nos coutumes ne le permettent pas réellement, mais oui,

1. Le cabestan est un gros moulin servant surtout à remonter l'ancre. Les anspects étaient des barres qui se glissaient à son extrémité supérieure et servaient aux hommes à le faire tourner.

partons. S'il doit être libéré de sa vie, qu'il le soit en mer, là où la liberté a encore un sens.

Je fis un signe à Charles. Ses hommes avaient reçu le renfort d'Ann, de Mary et des Bordelais. Abiola et Henri, nos deux forces de la nature, remontaient déjà l'ancre.

Je sentis l'*Oroun* frémissant de la joie d'abandonner ces eaux. Ses voiles attrapèrent le vent avec avidité. Je laissai Éole décider de notre route pour l'instant : il importait plus de s'éloigner que de suivre un cap. Le navire gîta légèrement, puis s'installa dans une position qui lui agréait. Je tenais le gouvernail sur la dunette arrière, un peu en surplomb. La toile qui protégeait le malade du soleil vibrait elle aussi. Nous marchions plein nord. Je vis Baruch saisir les épaules de Simon, le secouer. Finn s'approcha, releva notre ami et enveloppa le maître orfèvre d'un bout de voile. Le diamant maudit avait emmené un homme de plus dans son histoire mortifère.

Je confiai la barre au lieutenant Cassidy. Nous formions désormais un cercle autour de la dépouille de Simon Gabirol. J'expliquai que nous attendrions le lendemain matin, le temps de mettre un peu de distance entre le bateau et la côte, pour lui rendre les derniers hommages, en confiai la responsabilité et les préparatifs, naturellement, à Baruch. Abiola lâcha un soupir à déraciner un menhir :

— Maudit diamant ! Si je tenais cette satanée pierre, je la balancerais à l'eau sans même le regretter…

— Voilà pourquoi, sourit Finn, je la garderai par-devers moi. Si tu n'y vois point d'inconvénient…

L'Irlandais exhiba le caillou devant lui, à bout de bras, comme s'il tenait une minuscule étoile entre ses doigts. Un rayon de soleil vint le frapper. Un éclat m'éblouit vivement. J'y vis un signe. Un mauvais présage.

11

Banc de Bajo Nuevo, février 1723

Nous remontions droit sur la Jamaïque. J'espérais pouvoir nous abriter à ses côtes, attendre le bon vent et repartir toutes voiles dehors vers le nord et Providence. La mer nous cajolait d'une houle régulière et faible. Le ciel lui-même consentait à nous prêter quelques nuages bienvenus à l'ombrage rafraîchissant. Le moment était venu. Je fis un geste vers Baruch et confiai la barre à l'un des marins anglais de Charles.

En tant que capitaine, je devais mener la cérémonie d'immersion du corps de Simon. Mes très catholiques prières ne convenaient point au rite israélite. Nous avions préparé la planche qui servirait à laisser glisser le corps dans les flots. Bento nous avait demandé de porter un chapeau ou un foulard et un «vieux vêtement». Nous nous étions bien sûr tous exécutés. Lui-même préférait, pour l'occasion, abandonner son grand couvre-chef à plume pour un bout de tissu qu'il avait placé haut sur sa tête. Il avait réclamé à Médeline une écharpe pour la ceindre autour de son cou et veillé sur le corps, auprès duquel il avait déposé une bougie, et qu'il avait lui-même souhaité laver à grandes eaux. Jamais il n'avait cessé de psalmodier.

Je dus faire l'éloge du défunt. Maladroitement, je tentai de raconter ce que je savais de sa vie – très peu – et de souligner le courage dont il avait fait preuve lors de nos aventures. Baruch prononça enfin une prière dans une très jolie langue, quoique frottée aux sables de je ne sais quel désert. Il pleurait. Nous dûmes faire une déchirure à nos chemises. Nous nous exécutâmes précautionneusement. Bento, lui, arracha proprement son linge découvrant un poitrail bistre et velu. Henri et Finn soulevèrent la planche. Le linceul s'effondra dans les vagues qui l'engloutirent dans un soupir d'écume.

La journée fut morne, et je m'attendais à un dîner plus que triste. Mary, fine mouche, sut pourtant redonner une lueur de grâce dans les yeux de Baruch :

— Sans doute est-il temps de nous narrer votre histoire, lui dit-elle. Je vous ai quittés pour une vague promenade dans la gueule du loup, et voici que Finn agite le diamant sous notre nez. Je crains de ne pas avoir saisi comment vous avez entourloupé tout ce beau monde, nous compris…

Bento se cala dans son siège, comme à son habitude quand il souhaitait délivrer un récit. Son regard, jusque-là perdu vers un au-delà mystérieux, s'éclaira. Et, comme de coutume, il offrit verre à la cruche :

— C'est notre regretté Simon qui déclencha, en fait, toute l'affaire, quand il nous expliqua qu'il utilisait des bouts de verre comme échantillons pour ses clients. Finn me fit remarquer qu'ils étaient « plus réels encore qu'un caillou royal » et qu'un échange serait le bienvenu…

— « Le conseil d'un ami sage est la mort de plusieurs ennemis », pérora O'Flahertie-Shakespeare qui avait déjà abusé du rhum.

— Certes. Nous avons donc, avec Yann, imaginé une partie de « Passez, muscade[1] » assez simple. Il me semble d'ailleurs que c'est cela même, cette simplicité, qui a rendu le succès possible…

Il me désigna du menton, me confiant le soin de poursuivre :

— Puisque nous ne pouvions voler le vrai diamant, il nous suffisait d'en faire un faux…

— Ou, plus exactement, reprit le conteur juif, de convaincre le vice-roi que le faux était le vrai. Nous savions que l'Avispa

1. Expression de bonneteau : trouver une boule de liège (muscade) sous trois gobelets.

allait nous monnayer la pierre. Pour ce faire, même un bref instant, elle devait entrer en sa possession.

— Ce que nous n'avions point prévu, repris Finn en relais, sans doute de peur que Baruch ne dévoile ma soirée avec Carla, c'est que cette diablesse avait eu, ou peu s'en faut, la même idée et s'était emparée de la verroterie avant nous. Elle comptait sans doute nous jouer un tour et nous « offrir » cristal pour pierre au rendez-vous qu'elle nous avait fixé pour le soir. Heureusement, Gabirol s'en est aperçu et nous a prévenus.

— Finn et Simon, reprit Baruch, ont alors joué la surprise avec le talent des Comédiens-Français, puis affirmé que le vrai diamant était faux et que le maudit avait été volé. Le fait que l'Avispa se soit trouvée en possession de notre contrefaçon a certifié cette dernière mieux qu'un poinçon de bijoutier d'Amsterdam. Ne restait plus qu'à embarquer le trésor du roi en « souvenir », comme s'il n'était que cela… Et la pièce pouvait se conclure sur un cinquième acte heureux. À ceci près que la mort de mon cousin l'a aigrie en tragédie.

— « Dès que nous naissons, récita encore Finn, nous pleurons d'être venus sur ce grand théâtre de fous. » Notre ami ne pleure plus et doit rire de nos tours, où qu'il se trouve.

— Je ne suis point un grand lettré, et certainement pas un amateur de vos poètes, interrompit Henri, mais est-il possible qu'une pièce comptât six actes ?

Nous riions de son innocence encore dévoilée sans fard quand il pointa le doigt vers la proue, un peu sur tribord :

— Il me semble apercevoir, comme clignotant par là, dans la nuit, la lumière d'un fanal[1]. Je ne suis pas certain que votre pièce ait trouvé sa conclusion : un nouvel acteur vient s'y mêler. À moins qu'il ne s'agisse d'une coïncidence…

— La seule coïncidence, en mer, c'est quand, par hasard, un boulet de canon rencontre une coque en bois, lui rétorquai-je. *A fortiori* quand on navigue avec un trésor maudit…

---

1. Feu, ou lanterne, placé à l'arrière d'un bateau pour le signaler.

— À ce propos, me coupa Baruch, et avant une longue nuit à observer cette lanterne au loin, puis-je vous suggérer, à tous, de porter ce ruban au poignet gauche ? J'insiste : sur le gauche.

Il avait extirpé de sa poche une ribambelle de lacets rouges en tissu et nous les tendait.

— Le rouge est une couleur qui ne me sied guère…, tenta Finn.

— Je le conçois, s'entendit-il répondre par notre Juif, mais il s'agit là d'une très vieille coutume de chez moi pour éloigner le mauvais sort. Il y en a d'autres, mais nous manquons des ingrédients nécessaires et des kabbalistes indispensables…

Nous ne comprîmes goutte à ces mots, mais la superstition l'emporta chez tous, à l'exception de Charles Leister, qui préféra ajuster son sabre, nous signifiant précisément là où il estimait sa chance.

*

La nuit n'avait été qu'une interminable veille. Au loin, la lumière ne nous quittait point. Avait-on deviné la route que nous suivions ? Ami ou ennemi ? J'avais un coffre de questions, et pas une seule réponse en râtelier. Les côtes de la Jamaïque se rapprochaient. Ses récifs et sa flotte anglaise me rassuraient. Je décidai cependant de satisfaire ma curiosité au petit matin, de réduire la toile et de voir qui était le chasseur. Éventuellement d'en faire ma proie. Charles et moi étudiions la carte des environs. Mon ami anglais les parcourait depuis plusieurs années ; il s'avéra de bon conseil :

— Regardez, Yann, tout près, à quelques miles, vous voyez ce nuage dessiné ? Ce sont les bancs de sable de Bajo Nuevo. Des hauts-fonds. Figurez-vous un gros légume difforme coupé en son tiers vers l'est. Il y a une passe. Ici ! Délicate à emprunter, mais notre faible tirant d'eau nous le permet.

— Tout dépend de notre invité, donc, résumai-je. Attendons de voir quelles eaux il peut prendre sous sa quille…

Notre poursuivant grossissait à vue d'œil. Je distinguais maintenant ses trois mâts plutôt bas sur l'eau. Il ne s'agissait pas d'un vaisseau de guerre. Mary et ses yeux de faucon redescendirent des haubans.

— C'est un Espagnol. Pas de doute. Il arbore même le pavillon de la royauté. Et je pense comprendre sa forme alambiquée : probablement une « flûte[1] » hollandaise armée pour les convois.

— C'est une bonne nouvelle, dis-je. Il ne dispose certes pas de la grande quille d'un deux-ponts, mais enfin il a la jambe plus longue que la nôtre. Il peut trébucher…

Nous mîmes le cap sur les bancs indiqués par Leister. Je persistai à réduire la voilure. Il fallait jouer fin : lui faire entendre qu'il pouvait nous atteindre sans pour autant le lui permettre. Le vent, faible mais stable, nous y aiderait. Restait à le leurrer pour qu'il ne se doute point du piège. Je fis établir à contre[2] l'une de nos vergues, comme un membre brisé sur un corps sain. Voilà qui lui laisserait songer à un problème technique et comprendre pourquoi notre brick léger et fin paraissait si lent.

Il mordit à l'appât, renforça encore ses toiles et nous rattrapait sans efforts apparents. Je tenais le gouvernail, Charles à mes côtés. Henri, relayé par les Bordelais, faisait office de vigie. Il aperçut la passe. Je ne vis qu'une barre écumante et un changement de couleur de la mer. Infranchissable. Mon lord eut un petit sourire, ses yeux gris se plissèrent, il avança une main vers la roue, puis se réprima. Je l'avais vu.

— À vous la barre, capitaine, lui dis-je. Et faites en sorte, je vous prie, que l'on ne puisse pas prétendre qu'un marin de Sa Très Gracieuse Majesté a pu échouer un navire de notre marine royale.

---

1. Bateau de guerre favori des Hollandais au XVIe siècle. Il sera utilisé ensuite pour le transport des hommes ou des biens tout en pouvant accueillir de l'artillerie.

2. Contre le vent, et donc en opposition à l'allure générale du bateau.

Le vent jusqu'à présent nous poussait de l'arrière. Au moment d'embouquer le passage, il viendrait de côté, nous obligeant à modifier l'agencement des voiles. Une opération périlleuse qui, si elle n'était point réalisée assez prestement, briserait net notre allure, nous laisserait dériver et toucher le fond. Je préparai tout mon monde et grimpai moi-même dans les huniers pour aider à la manœuvre.

Pendant un bref moment, nous exposerions notre poupe à toute sa rangée de canons. Il n'aurait le temps que de tirer une bordée. J'espérais, contre la logique, qu'il s'y risquerait : il se mettrait sur le recul, ralentirait son allure, et la fumée l'aveuglerait. Il ne résista point à la tentation. Nous entendîmes un bruit de tonnerre roulant. Nous rentrâmes instinctivement la tête dans les épaules. Sa mire fut trop haute et mal ajustée. Les boulets écrasèrent quelques vagues à une bonne encablure[1] de notre bâbord. L'*Oroun* semblait comprendre ce que nous lui demandions et se plia docilement au changement d'allure. Il prit même de la vitesse, comme effrayé de risquer une autre attaque d'artillerie. Je me précipitai à l'arrière pour observer. Finn, que la canonnade manquée avait réjoui au plus haut point, me rejoignit. L'Espagnol perdit du temps dans sa manœuvre, ses voiles se déventèrent un long moment. Il avançait désormais en crabe. Nous quittions déjà la passe et retrouvions la mer libre. Son étrave heurta en premier le banc de sable. Une main géante invisible parut le bloquer, le contraindre et le pousser de travers. Il tourna étrangement sur lui-même. Un craquement de bois déchiré voyagea sur l'eau jusqu'à nous. Sous le choc de cet arrêt brutal, l'un de ses mâts céda telle une branche sous la tempête. Nous perçûmes un brouhaha de voix. L'équipage pestait : son navire était hors d'état, et même la prochaine marée, si elle se révélait suffisante pour les désenclaver, ne leur serait pas d'un grand secours avec ce gréement démembré.

1. Un peu plus de cent quatre-vingts mètres.

Je lançai un regard de remerciement à Charles. Son idée nous avait tirés d'un fort mauvais pas. Son visage s'était durci. Il tendit le bras vers le large sur notre tribord.

— Ce coquin n'était pas seul. Il est venu avec une sacrée duègne…

Un navire semblait nous attendre. Une frégate, haute sur l'eau, sabords ouverts. Je saisis ma longue-vue. Point de doute : Amaro et son *Ave Maria y las ánimas* nous avait devancés.

— Nous avons été chassés à courre, constata Finn. La flûte nous a rabattus vers ce damné Espagnol…

Je hochai la tête et observai plus attentivement notre adversaire. Preuve de sa détermination, ou d'une certaine suffisance, il était pavoisé en majesté : flamme de guerre au grand mât, pavillon de la marine espagnole à la poupe et drapeau de Philippe V au beaupré[1].

— Et, de surcroît, il est attifé comme une catin de Cadix un jour de paie, maugréa Finn.

— Et nous ne céderons pas une brasse à ce triste individu, répliquai-je, soudain furieux de la provocation.

Je me ruai à l'intérieur de notre navire, fouillai dans le coffre à pavillons. De retour sur le pont, je saisis une drisse[2] et établis clairement nos intentions. Ann et Mary me firent l'honneur d'un « Hourra ! » répété. Abiola arborait son sourire d'éventreur de baleines, et Finn haussa les épaules pour se faire pardonner auprès de Charles Leister, lord de la Royal Navy et chasseur de pirates, du grand éclat de rire qui l'avait secoué en voyant mon Jolly Roger, sa tête de mort, ses deux sabres entrecroisés sur un cœur, grimper en tête de mât.

*

1. Le mât d'avant, s'étendant horizontalement sur l'eau, qui figure le « nez » du bateau.
2. Cordage servant à hisser.

Nous nous suivions depuis deux jours comme un attelage bigarré. J'attendais que le vent du nord adonne un peu à l'est ou à l'ouest, peu m'importait tant que je pouvais le serrer de près et remonter vers l'Espagnol. Un grand feu monté sur notre arrière toutes les nuits nous signalait de loin. Par bravache, notre ennemi avait fait de même. Voilà qui servait nos projets. Finn avait passé ses dernières heures à concocter « un présent du diable ». Médeline, comme à son habitude, lui avait servi d'assistante, et je la surpris à plusieurs reprises à disserter du poids et de la qualité de la poudre tel un maître artificier. Charles arpenta le pont pendant de longs quarts avant de venir me parler :

— Yann, vous savez l'amitié que je vous porte, le respect que j'ai pour votre personne, entama-t-il, mais je ne puis décemment et en conscience me battre, ou faire combattre mes hommes, avec ce fichu squelette au-dessus de la tête. Je sers l'Angleterre, pas les pirates que je ne tiens pas, à de très rares exceptions près, pour des hommes de valeur. À moins d'un danger de mort et de devoir nous défendre, vous devrez manœuvrer sans moi cette fois-ci…

Je le rassurai et ris même à ses dépens :

— Personne ne vous demandera de devenir pirate, *my lord*, soyez rassuré ! C'est même tout l'opposé. Me prêteriez-vous deux de vos marins pour quitter le bord et ainsi ne point s'exposer à passer pour des gueux des mers ?

Le vent tourna enfin. Légèrement. La lune, déjà fort amputée, disparaissait sous d'épais nuages noirs qui annonçaient l'une de ces pluies dantesques dont la région avait le secret. Charles comprit où je voulais en venir. Deux de ses hommes furent halés bas dans la chaloupe à la tombée du jour. Abiola et Henri avaient fabriqué un grand tréteau qui pointait un crochet à son sommet. L'appareillage atteignait notre bastingage, très en hauteur. Nous y suspendîmes le feu de nuit.

En douceur, comme s'il quittait une maîtresse au petit jour, l'*Oroun* dévia de sa course. Les Anglais boutèrent le feu et maintinrent une route parallèle à notre ennemi. Nous étions désormais libres, mais il nous fallait agir vite. Nos voiles blanches sur les flots noirs seraient découvertes au moindre nuage effiloché par un Éole évidemment capricieux.

La frégate ne semblait que gros sabot sombre sur l'eau. Ses voiles, laissées à elles-mêmes en ce quart de nuit, battaient parfois l'air de grands claquements qui couvraient notre avancée. J'avisai une silhouette sur son balcon. Le pilote, sans nul doute. Je fis un geste vers Médeline. Ma douce et tendre s'occuperait d'abattre au fusil, du haut des huniers, ceux qui se placeraient en travers de notre chemin. Mais, pour l'heure, au signal donné, il faudrait que l'*Ave Maria* ne soit plus gouverné.

Finn avait disposé comme des boyaux en tissu le long du pont. Les Bordelais, Abiola et Henri, Ann et Mary se tenaient tous prêts, par paires, et soulevaient déjà ces étranges vers de terre. Nous étions à couple. Je sifflai. Un coup de feu. Le barreur s'écroula. Il criait de douleur. Un brouhaha. L'équipage se réveillait. Les tubes de notre artificier étaient déjà pour moitié sur le bord de l'Espagnol. Ses sabords ouverts aidaient à la manœuvre. Finn siffla à son tour. Nos amis allumèrent les mèches, puis se précipitèrent sur les grappins pour maintenir les deux bâtiments côte à côte. Et ce fut l'enfer.

Les engins de l'Irlandais déclenchèrent une série d'explosions dans le ventre même de la frégate. D'autres, moins expansives, leur répondaient en écho, sans doute les barils de poudre disposés pour servir les canons. Charles me prit le gouvernail des mains :

— Je ne me battrai point, mais je ne laisserai pas mes amis se faire découper sans agir. Allez les aider, capitaine. Je nous maintiens près d'eux.

Il avait à peine fini sa phrase que je me précipitai, sabre au poing. Je sautai, comme possédé, sur le pont de l'Espagnol. Et distribuai, au hasard des ombres qui se présentaient, de grands coups de lames qui rencontraient plus de chair que d'acier. Nous les avions surpris au jour qui pointait presque.

Certains étaient montés désarmés. Je tentai de fermer leurs écoutilles : leur équipage était plus fourni que le nôtre, je tenais à ce qu'il reste sous le pont, aux prises avec le feu qui commençait à gagner par ailleurs. Henri comprit mon mouvement et le suivit. Il agitait devant lui sa hache d'abordage comme un fléau sur du blé. Un marin eut la tête entamée dans un bruit de bille de bois fendue. Il bloqua les ouvertures en continuant d'agiter son arme tel un moulin ses bras toilés. Ann et Mary se battaient dos à dos et tournaient comme une toupie du diable. À chaque rotation, les cris et les corps tombaient à leurs pieds. Abiola agitait son casse-tête comme s'il battait la mesure d'un tambour d'infanterie sur l'occiput de ceux qui se dressaient devant lui. Étienne et Michel s'étaient emparés du gouvernail et veillaient à ce que nos coques ne se séparent point trop vite. L'incendie gagnait. Essoufflé par le combat, je respirais, la bouche ouverte, une fumée âcre et irritante teintée de l'odeur métal du sang. Je glissai et chutai. Un plomb de Médeline s'écrasa sur le bois à quelques pouces de ma main. Je pestai et, me retournant pour la disputer, me trouvai nez à nez avec Amaro, maigre et torse nu, la moustache plus fine et révoltée que jamais, un sabre à la main. Sans le tir de ma femme, il m'embrochait. Henri aussi avait compris le danger, il venait en courant à mon secours. Pargo tournoya assez élégamment sur lui-même et lui assena un coup qui l'atteignit au bras. Mon ami lâcha son arme et tenta de comprimer une blessure qui coulait déjà à flots. Je réagis. Et agaçai mon adversaire en lui piquant la cuisse. Il se concentra sur moi et m'envoya une bordée d'injures. Il ne fallait point être hidalgo pour comprendre qu'il avait émis de sérieuses réserves sur mes parents, ma mère en particulier. Je ne répondis point. Le fer rouge qui comprimait mes poumons se décida à refroidir. Mon bras retrouva une souplesse gâchée jusque-là par ses efforts répétés. J'observai. Mon duelliste était un danseur. Il évoluait par petits pas chassés, et ajustait ses feintes et ses bottes grâce à une vitesse de membres nerveuse et impressionnante. Il allait plus vite, mais moins fort que moi. Je perdis d'abord du terrain, occupé à parer plus qu'à attaquer. Une méchante coupure à l'épaule et la sensation qu'une lame glissait sur mon os me décidèrent à écourter notre « conversation ». Je lui opposai mon sabre quasiment à l'horizontale. La manœuvre, très étrange et fort déconseillée, le surprit. Moins cependant que le poing que je lui envoyai dans la mâchoire. Il tituba. Se redressa. Un son mat. Ses yeux partirent à la renverse. Il s'effondra. Abiola soupesa sa massue dans le creux de sa paume.

— Il a le jarret leste, mais le crâne mou, ton ami… Un peu ton parfait opposé…

Le navire était à nous. Il flambait fort désormais. Je demandai à Abiola de transporter Rodriguez sur notre bord. Je sauvai la vie d'un lieutenant espagnol dont Ann et Mary s'apprêtaient à abréger la carrière. Je lui expliquai, en français et peu m'importait qu'il comprît, qu'il pouvait évacuer son équipage sur les chaloupes. Je mimai une grosse explosion en montrant la Sainte-Barbe[1]. Les flammes s'en rapprochaient dangereusement. Son vaisseau était perdu. Et le nôtre avec si nous ne nous éloignions point fort prestement. J'aidai à mon tour Henri à revenir sur l'*Oroun*, puis fis signe à Charles que nous pouvions déhaler. Et vite ! Je puais comme un porc sur un brasero. Je regardai le corps d'Amaro déposé en vrac par Abe non loin de moi. Un fourmillement désagréable et suintant me fit frissonner. Mon épaule se rappelait sa mésaventure et tenait à ce que je ne l'oublie point. J'appelai Finn, m'assis, le dos contre celui d'Henri, plus pâle lui aussi qu'un cierge de Toussaint. Nous avions à peine repêché nos Anglais et leur faux fanal qu'une explosion déventa nos voiles et illumina l'eau. Nous nous tûmes : personne n'oubliait que nous venions d'envoyer par le fond quelques dizaines d'hommes. Une muette et sauvage prière, pour le salut de nos âmes, pas les leurs, parcourut l'*Oroun*. Un Irlandais échevelé et sentant fort la poudre vint

1. Soute à poudres et munitions.

s'accroupir près de moi, déchirer ma chemise et me laver la plaie à grands coups de rhum.

— Tu as vu ? Avec mon petit jouet, on se débarrasse aussi bien des taupes bretonnes que des marins espagnols. J'espère que tu apprécies. Bien. Enveloppons cette épaule désormais… Maintiens-la ainsi et tente de ne point t'agiter. Mais quand vas-tu comprendre qu'il est inutile de te prendre pour un jambon à chaque combat… ? Et il serait bon que tu cesses d'entraîner Henri dans tes fâcheuses habitudes. Vous vous êtes fait proprement trancher, tous les deux…

Je lui fis remarquer, en rétorsion, que ses amusements avaient beaucoup tué cette nuit. Il tordit la bouche et leva les yeux au ciel :

— *Oderint, dum metuant*[1], mon ami… Et ils nous craignent désormais, crois-moi…

Médeline vint aux nouvelles. J'exagérai la douleur pour me faire cajoler. Elle m'embrassa, puis se tint debout, les mains sur les hanches, au-dessus d'Amaro qu'elle réveilla de quelques coups de pied.

— Vous n'êtes point mort, monsieur. Et c'est bien dommage… Je veux savoir ce qu'est devenue cette enfant d'immondice d'Avispa. Et je veux le savoir maintenant !

L'homme se frotta la tête et mit un moment avant de retrouver ses esprits. Une traînée rouge partait de son crâne, longeait son cou et ruisselait sur sa poitrine. Il s'assit et planta ses yeux dans ceux de ma femme.

— Elle n'était point à bord, je ne l'aurais pas permis. Pas après m'avoir trahi ainsi…

Il me jeta un regard que je soutins, plus par forfanterie que par envie.

— Elle s'est échappée peu après son arrestation. Seul le diable, désormais, peut savoir où elle se trouve. Je me suis

1. « Qu'ils me haïssent, pourvu qu'ils me craignent » (Caligula).

contenté de lui laisser un souvenir pour lui rappeler que Dieu tout-puissant nous guide et nous juge.

— Quel souvenir ? demandai-je.

Son visage se crispa, ses paupières tombantes eurent un soubresaut. Il badigeonna son index de son propre sang et se traça une croix écarlate sur la joue.

12

Le Prêcheur, Martinique, février 1723

Le Jolly Cœur avait retrouvé une seconde jeunesse et s'était préparé à un souper de gala. Son plancher avait été sablé et frotté, les chaises bancales remisées, et même le canapé de ces dames semblait se tenir paré à accueillir de bien plus augustes, quoique moins attrayants, séants. Les fenêtres ouvertes au vent moite avaient permis à l'humidité d'entrer mais aux odeurs tenaces de l'endroit de déguerpir un brin. Abiola avait eu l'amabilité de cacher ses flacons douteux pour n'afficher que quelques tonnelets au bois frais présentable. Je l'avais même surpris à astiquer son casse-tête, comme s'il voulait que tout, jusqu'à son arme favorite, soit digne des agapes à venir.

Woodes Rodgers nous faisait l'honneur de venir souper. Nous ne souhaitions point le décevoir.

Il avait reçu Charles et ses marins avec sa raideur militaire coutumière, mais n'avait point résisté à lui tapoter l'épaule dans un geste d'amitié et de soulagement totalement incongru pour notre très corseté gouverneur.

— Messieurs, avait-il proclamé devant mon équipage, je ne saurai jamais comment vous remercier.

Il se tourna vers Ann et Mary. Je vis, abasourdi, son regard pétiller légèrement. Serait-il capable de bonne humeur ?

— Je dis « Messieurs » parce que vous, mesdames, je sais exactement comment y parvenir. N'est-il pas ? Vos actes de pardon royal attendent votre paraphe sur mon bureau. Le mien y est déjà apposé. Veuillez cependant considérer que l'on ne m'y reprendra plus et que je compte sur vous pour abandonner au passé ce qui lui appartient… Bref, j'ai quelques nouvelles à vous annoncer. Elles peuvent attendre. Abiola, ma demeure n'est point faite pour recevoir une telle compagnie, me feriez-vous l'amabilité de bien vouloir préparer votre auberge pour un dîner en mon nom ?

Le géant nègre s'inclina. Le maître de l'île, le fameux moine-soldat de la chasse aux pirates, partit en claudiquant sur sa canne. Charles et le lieutenant Cassidy gardaient mâchoires décrochées. Ce fut ce dernier qui résuma notre sentiment :

— Quelle mouche l'a piqué ? Quel esprit malin s'est emparé de son corps ? Pour peu, j'aurais cru entendre deviser un simple être humain…

J'appris que ce nouvel homme avait embastillé le *señor* Amaro Rodriguez Felipe dans l'une des cellules du vieux fort espagnol. Sans doute notre ami ibère goûtait modérément l'ironie de l'histoire du lieu mais peu nous importait.

Nous étions fin prêts. Même Finn avait condescendu à enfiler un habit convenable. Seul Abe refusait de porter autre chose que son sempiternel veston ouvragé sur son torse nu. Il est vrai qu'il eût fallu un nombre trop important de balles de coton pour lui tisser des vêtements. Je prétextai, quant à moi, de mon épaule encore bandée pour me contenter d'une simple chemise.

C'est un Woodes Roger en grand uniforme, suivi de lord Leister, lui aussi en tenue d'apparat, qui entra dans notre antre de mauvaise vie. Les Bordelais avaient déniché, avec leur flair habituel, un tonneau de vin de Bordeaux. Ils regardèrent notre invité porter le verre de bienvenue à ses lèvres. Je les vis presque mimer la dégustation, tous deux légèrement perchés sur la pointe des pieds, la bouche offerte et la langue légèrement sortie. Ridicules. Il prit un air surpris, regarda plus attentivement le liquide carmin, puis hocha la tête de satisfaction. Je crus que Michel et Étienne allaient défaillir de bonheur.

Nous nous assîmes. Le repas allait être servi. Fiona veillait au grain, et je ne fus qu'à moitié étonné de constater que la plupart des serveuses, strictement et simplement habillées, maniaient plats et assiettes, dans le même endroit mais en des temps différents, aussi bien que leurs charmes.

Le gouverneur recula sa chaise qui racla le sol, se leva et brandit son verre.

— Mesdames, messieurs, un toast…

Nous nous redressâmes à notre tour.

— Au chevalier Yann Kervadec Bréno de La Barre de Pont Allouët et à son équipage, qui ont prouvé une fois encore que *nil volentibus arduum est*[1]…

Je me sentis empli d'orgueil, gonflai la poitrine et avisai Finn qui ouvrait déjà la bouche, sans nul doute pour me ramener sur terre, mais notre invité poursuivit :

— À lord Charles Leister et ses hommes. Sachez, messieurs, que je vous ai recommandés à l'amirauté. Il est fort possible, *leftenant commander*[2], qu'il me faille vous saluer désormais d'un *commander*[3]. Mes plus sincères félicitations, *commander*… Il vous faudra, bien sûr, vous rendre à Londres et vous faire confirmer cela par le lord amiral. Il vous attend.

Charles eut la grâce de pâlir plutôt que de rougir et inclina la tête. Son index battait chamade sur un couvert. Ses yeux gris disaient assez combien il percevait l'honneur qui lui était fait. Son éducation l'empêchait tout simplement de le montrer.

Le repas se résuma ensuite à un duel de fins conteurs entre Baruch et Finn, chacun tentant, parfois avec succès, d'arracher un sourire à notre invité. Lequel me prit à part devant un gobelet de rhum. L'Irlandais et le très bientôt commandant vinrent nous rejoindre.

— Capitaine, me dit-il, un détail me turlupine. Notre prisonnier prétend que vous l'avez abordé sous les couleurs pirates… Un pavillon qui, me dit-on, fut le vôtre à une époque

1. « À cœur vaillant, rien d'impossible », en latin.
2. Équivalent d'un capitaine de corvette.
3. Équivalent d'un capitaine de frégate.

ancienne où vous entreteniez l'ambiguïté autour de vos activités. Comprenez que l'accusation est sérieuse. Il avance donc vigoureusement que votre attaque fut illégale. Je ne prête bien évidemment aucune foi à sa parole, mais…

— Mais cela est tout à fait exact, lui répondis-je sans ciller. Une ruse de ma part, bien entendu. D'ailleurs, je ne disposais que de ce vieux bout de chiffon dans mon coffre pour le leurrer. Il s'est fait prendre. Il est aigri. Voilà tout.

— Très aigri, confirma-t-il. Et fort en colère, il semblerait que vous lui ayez volé un diamant de grande valeur et, pire que cela, que vous l'ayez poussé à estropier ou à scarifier – ce n'est pas très clair – une dame de votre connaissance commune…

— Monsieur, répondit Charles avec tout le poids de ses quartiers de noblesse et de sa future charge, je peux vous certifier ici, et dans le rapport que je vous remettrai, que monsieur Kervadec n'a agi qu'avec honneur, dans les règles admises de la guerre, et que rien ne permet de prétendre le contraire. Je m'en porte par ailleurs garant.

Woodes Rodgers approuva, chassa la conversation d'un geste de la main, puis poursuivit :

— Peu importe ce que pense ou affirme cet individu, nous allons bientôt en être débarrassés. L'Espagne tient beaucoup à lui et nous propose un échange de prisonniers que nous ne saurions refuser, bien que mon avis fût de le pendre à nos murs, eu égard à l'ensemble de son œuvre. D'ici à un mois ou deux, je vous avertis, il sera libre de vous nuire encore.

— Qu'il essaie ! s'exclama Finn, bravache. Et, quoi qu'il en soit, nous avons un présent à délivrer et devons rentrer en France au plus vite.

— J'allais oublier…

Il fit signe à l'un de ses soldats en veste rouge qui patientait debout devant l'entrée. Celui-ci lui remit un pli cacheté. Je ne reconnus point la marque.

— Nous avons reçu cela d'un ami à vous pour que je vous le remette. Ce gentleman m'a transmis un mot fort courtois m'expliquant qu'il craignait de ne point vous trouver, mais qu'il se doutait que vous passeriez dans nos eaux. Charge à moi de vous confier ce courrier.

Je m'éloignai de quelques pas et ouvris la lettre. Gabriel Le Clieu nous appelait à l'aide. Selon ses informations, les Hollandais, rancuniers, préparaient un petit contingent pour aborder la Martinique et sa plantation de café à peine naissante. Le gouverneur, son ami, ne souhaitait pas faire de vagues et se souciait visiblement comme d'une guigne que l'on incendiât quelques arbustes pourvu que personne ne touchât aux cannes à sucre. Il espérait que ce papier me trouverait dans les temps... Le message datait de dix jours.

Je soupirai, puis me rapprochai des dîneurs :

— Je crains qu'il ne nous faille faire un léger détour sur le chemin du retour. Rien de grave. Quelques Bataves à rosser, puis nous rentrons à la maison.

*

Notre déhalage avait dû souffrir d'être retardé quelque temps : l'*Oroun* était fatigué de ses multiples et fréquentes courses. La dernière d'entre elles ayant sérieusement rôti notre plat-bord et proprement brûlé l'extrémité d'une vergue. Cette fois encore, la Royal Navy nous prêta son concours, moyennant finances, ce qui permit à Finn, chargé de négocier les prix, de se faire autant d'ennemis que la marine compte de corps de métier. J'eus même droit à la visite d'un maître voilier, prêt, me jura-t-il, à ne me réclamer que l'air pour respirer pourvu que je le débarrasse de l'Irlandais. Il envisageait, personnellement, de l'occire à la première occasion. En barguignant un peu, j'eusse sans doute pu me faire payer pour le travail de l'artisan.

Puisque nous allions en Martinique, Abiola avait décidé d'être du voyage. Il rentrerait, après notre petite aventure, vers Nassau sur un caboteur de sa connaissance, accompagné de quelques tonneaux de rhum qu'il achèterait sur place. Charles, attendu par l'amirauté britannique, profiterait également de la croisière, puisqu'il nous faudrait bien laisser, plus tard, Ann et Mary sur les côtes de Cornouailles. De là, il rejoindrait la capitale du royaume. Médeline arracha à une Fiona, pourtant fort marrie d'apprendre qu'Henri était jeune père et tout à fait amoureux de sa femme, la promesse de venir nous visiter en Bretagne.

Woodes Rodgers tint à nous offrir un essai d'un jeune mathématicien artilleur français, Bernard Forest de Bélidor, qui, dit-il, lui avait été offert par « un ami bien intentionné mais mal renseigné puisque je ne lis point le français ». Finn s'en empara avec rapacité. Je doutais que je pusse, un jour, en lire ne serait-ce qu'une page.

L'*Oroun* fut enfin paré, et je fis la grâce, puisque j'avais un officier anglais à bord et que je lui avais joué un mauvais tour en hissant le pavillon noir contre l'Espagnol, de quitter le port en arborant, en sus du pavillon royal français, celui de la marine britannique.

— Vous pratiquez décidément à merveille l'art du déguisement marin extravagant, avait commenté Charles avec son habituel détachement ironique, même si nos Couronnes respectives auraient probablement deux ou trois choses à redire à cet étrange alliage, mais je vous remercie pour celui-ci, il me touche au cœur.

Le vent de nord-est nous permit de faire route rapidement. La plantation de Le Clieu se trouvait sur la côte ouest de la partie supérieure de l'île, près d'un village étrangement baptisé « Le Prêcheur ». Aucun abri, aucune écorchure sur des côtes comme dessinées d'un seul trait. Nous ne pourrions nous dissimuler. Si les Hollandais étaient déjà arrivés, nous serions dans l'obligation de les engager immédiatement. Finn se tenait prêt. Et fut fortement déçu de constater que nous accostions les premiers.

Une rivière mélangeait ses eaux sablonneuses à la pureté claire de celles de l'océan. Une meute de petits poissons se précipitèrent immédiatement pour picorer sous notre coque. Nous nous amarrâmes de façon à rester manœuvrant en cas de mauvaise surprise. Je remarquai plus de huttes aux toits de palmes que de maisons. Celles-ci me parurent par ailleurs compter bien plus pour tenir sur un attelage hétéroclite de bois naufragé et de troncs mal taillés que sur planches, pierres et mortier. Quelques barcasses de pêcheurs, essentiellement des pirogues larges, vinrent aux nouvelles. Nous en donnions contre la promesse d'aller quérir le « seigneur Le Clieu » sur-le-champ.

Le temps gris permettait une certaine fraîcheur. J'en profitai pour regarder devant moi. Derrière la ligne éparse des habitations, quelques maigres champs de cannes à sucre tentaient de suivre le littoral. Aucun ne parvenait à grimper sur les flancs de la montagne qui nous dominait. Comme étêtée par le coup d'un sabre émoussé d'un géant, elle descendait jusqu'à la mer, ses flancs verdoyants s'encombraient de couloirs escarpés et tranchants. À son sommet, elle semblait vouloir ouvrager son propre nuage. À moins qu'elle n'eût accroché l'un d'entre eux en diadème. Médeline vint contempler le spectacle à mes côtés. Elle me prit le bras et embrasa mes sens de son regard aux éclats de feu :

— Yann, dans combien de temps penses-tu que nous serons rentrés en Bretagne ?

— Un court passage ici, lui répondis-je sans comprendre où cela me menait, puis la traversée, l'Angleterre et enfin Auray… Je dirais deux mois, peut-être trois, tout au plus…

— Bien… Sais-tu que si tu veux devenir père, il te faut remplir certaines obligations…

Son bras descendit jusqu'au creux de mon dos. Je souris le plus bêtement du monde, regardai autour de moi. Tout l'équipage semblait sur le pont, ce qui nous offrait l'opportunité, rare, d'un peu d'intimité dans le navire. Main dans la main, nous descendîmes en prenant garde de ne point être vus.

Médeline avait déjà franchi la descente vers notre cabine, j'en touchais la première marche quand une voix de comédien, forcée et déclamative, retentit dans mon dos :

— « Quel est donc l'être qui, ayant un cœur pour aimer et du courage au cœur, eût pu s'empêcher de prouver alors son amour ? »

Finn-Macbeth avait les bras écartés et les jambes campées. Il se gaussait encore quand je m'engouffrai, rouge comme un piment local, dans les entrailles de mon bateau.

Nous avions, à l'époque, mis à la torture un charpentier de marine pour que, dans un espace plus que réduit, il nous offre la possibilité de disposer de deux bannettes dans notre espace. Elles se touchaient presque et ne pouvaient être atteintes qu'après s'être brisé le dos en morceaux pour éviter de donner un fort douloureux coup de hanche dans la table à cartes-secrétaire-coiffeuse qui veillait en cerbère mordant à l'entrée.

Médeline ondulait entre les obstacles en délaçant sa chemise qui ne tarda point à rejoindre ses chevilles. J'ignorai la douleur d'un coup de coude sur un rebord de bois pernicieux, sautillai sur une jambe pour tenter d'ôter ma culotte. Je sentis deux mains se poser sur ma tête. Un front toucher le mien. Son souffle court de désir m'envoler l'esprit. Mon cœur résonna de battements plus profonds. Je la serrai contre moi pour qu'il ne s'évade point de ma poitrine, ou, à tout le moins, qu'il la rejoigne. Elle s'affaira. Mes vêtements ne résistèrent point. Sa jambe m'enfourcha. Je voulus baisser la tête. Je ne le pus. Elle la maintint face à la sienne. Nos regards chevillés, nos corps mêlés et nos fronts siamois… Pour être nous deux, puis trois, nous ne faisions plus qu'un.

Un choc sourd sur la paroi de l'*Oroun* nous prévint de l'arrivée de Gabriel. Je tentai de m'habiller, n'y arrivai point et sortis nu et échevelé dans la coursive pour tomber nez à nez avec Abiola, un seau à la main.

— Tiens, fais toilette, veux-tu, me dit-il, aussi sérieux et sobre que s'il me demandait l'heure de la marée ou le nom d'un gréement…

— Depuis quand… ? Depuis quand es-tu là ?

— Peu importe. Juste une promesse de ta part…

— Je t'écoute…

— Ne l'appelez pas « Abiola »… C'est bon pour l'Afrique, pas pour la Bretagne…

Il me quitta sur un rire à faire avancer un trois-ponts dans la pétole[1].

Le Clieu devisait apparemment très agréablement avec Henri et Finn. Un jeune homme se tenait près de lui. Il avait visiblement grandi trop vite pour les manches de son habit. De fâcheux boutons lui écorchaient front, joues et menton. Une mèche blonde s'obstinait à s'affaler sur son front. Son air contrit laissait supposer qu'il eût préféré s'asseoir nu sur un casier de crabes plutôt que d'être là. Gabriel me le présenta comme son neveu, Jean-Marie de Launay, « un garçon si féru de sciences mathématiques que ma sœur craint qu'il n'en oublie la simple mécanique de l'humanité »… Son parent à peine pubère venait donc « s'aguerrir » chez lui, ce qui semblait le mettre en joie. Ses pattes d'oie paraissaient plus blanches encore, tant le soleil avait profité de son séjour pour le hâler.

— Quant à vous, chevalier, très heureux de vous revoir, me dit-il, le visage ouvert. À ce que l'on me confie, tout va pour le mieux pour vous. Vous m'en voyez positivement enchanté…

Au temps pour la discrétion. Je bousculai Henri qui se tenait les côtes et pleurait des larmes de joie devant un Finn qui se contentait de laisser friser ses yeux.

Je parvins cependant à piloter notre planteur vers la raison de notre présence.

1. Manque absolu de vent.

— Un courrier de notre ami commun, le ministre, m'est parvenu, expliqua-t-il. Il semble que les compères de monsieur Henriques aient découvert qu'une petite expédition de Bataves partirait de Saint-Martin pour achever la besogne que leur sbire, grâce à vous, n'a pu terminer. Comme vous pouvez le constater, aucune ligne de défense n'existe par ici. Par ailleurs, je n'en suis bien entendu qu'aux essais de botanique. Greffe, graine… Je vous économise les détails, mais je tente de reproduire le plant. Il est fragile.

— Et j'imagine, ajoutai-je, que depuis notre passage le gouverneur se montre réticent à vous confier des troupes…

— Pour être honnête, il ne m'adresse la parole que s'il y est contraint par les convenances ou par la peur de déplaire à notre très influent ministre. Mais peu importe. Je vous ai sans doute alarmé pour rien : je m'attendais à une attaque rapide… Peut-être ont-ils enfin renoncé.

Je lui servis une moue plus que dubitative. Et lui annonçai que nous prendrions quelques dispositions, à commencer par orienter nos sabords vers le large. Il sourit, nous remercia encore et nous proposa de dîner «là-haut», sur ses terres.

J'en profitai pour l'interroger sur l'étrange montagne qui veillait en sentinelle sur les environs.

— Chevalier, dit-il comme s'il eût été à la Cour, permettez-moi de vous présenter la montagne Pelée…

— À moins que l'on n'écorche le nom du père d'Achille, fit remarquer Finn, je ne vois point de raison valable de trouver quoi que ce soit de «pelé» à cet escarpement luxuriant.

— Certes, cela est vrai aujourd'hui, mais quand nos compatriotes ont mis le pied sur cette île au siècle dernier, le volcan venait de cracher sa soupe du diable. Laquelle a ravagé et brûlé toute végétation sur ses flancs. Ils l'ont donc trouvé pelé. La terre, le soleil et l'humidité ont favorisé une rapide repousse, ce dont je tente de faire profiter ma propre culture, soit dit en passant. D'où le malentendu aujourd'hui…

— Et est-on certain, demandai-je, qu'Héphaïstos a quitté les lieux ?

— Il y reviendra, il revient toujours. J'en veux pour preuve cette fumée blanche, le souffle de son sommeil, sans doute.

Il nous fallait, avant de penser au volcan ou aux agapes du soir, disposer le navire en rempart. Nous le fîmes léviter sur son ancre grâce à la chaloupe et un câble tiré sur sa poupe. Quand il fut orienté parallèlement à la côte, nous mouillâmes une autre amarre. La manœuvre passionna le jeune Launay qui tentait de la suivre en activant les grands compas qui lui servaient de jambes. Abiola et Henri, sous les ordres de Finn, avaient placé les canons à poste, débarrassé leur chemin de recul. Médeline, elle, s'était chargée de la mire, et son « maître » en artillerie s'en déclara extrêmement satisfait. Là encore, le neveu suivit la mise en place avec une attention d'écolier.

Le bateau cependant, ainsi positionné, soumettait ses flancs à la bonne volonté des vagues. Une légère envie de dormir, une vague nausée naissante ne me trompèrent point : balancés de cette sorte, nous n'allions pas tarder à être tous indisposés. Baruch, plus verdâtre qu'une algue de rocher, proposa de partir à terre « tant qu'il lui restait un peu de dignité, ce qui ne durerait pas ».

Mary vint lui offrir une bourrade amicale sur l'épaule, et je crus que notre espion allait dégorger céans jusqu'à ses codes secrets :

— Ne vous laissez point aller, Baruch, lui dit-elle en haussant la voix, cette petite tache, là-bas, qui nous arrive du sud, vous fera passer l'envie de vous apitoyer sur votre sort.

Ses yeux ne l'avaient pas trompée. Nous avions de la visite. Le visage de Le Clieu se referma. Notre ami juif haussa les épaules :

— On peut reprocher bien des choses à ces Bataves, dit-il, mais point de ne pas avoir le sens de la ponctualité…

13

Le Prêcheur, Martinique, février 1723

Nos amis hollandais n'avaient point daigné nous prendre trop au sérieux. Le vaisseau de transport qu'ils nous envoyaient avait été armé pour faire fuir le menu fretin des contrebandiers, mais guère plus. Finn soupira :

— Mais se peut-il que ces mangeurs de harengs espèrent nous prendre d'assaut avec cette grosse barcasse à peine équipée ? Yann, attendons : je gage qu'ils vont virer de bord dans les minutes qui viennent pour un *farewell* définitif…

Je m'apprêtais à lui réclamer patience quand le jeune neveu de Le Clieu, d'une voix qui tuait les graves pour mieux se retourner contre les aigus sans jamais savoir quelle tonalité choisir enfin, me fit part de sa déception la plus profonde :

— Monsieur, je veux dire capitaine, nous ne les engagerons donc pas ? Pardonnez ma hardiesse, mais il me paraît que les angles de tir sur une plate-forme en mouvement sont absolument passionnants à calculer…

— Je n'en doute point, monsieur, lui répondis-je, et puis vient le temps où il faut, comme vous le dites, « calculer l'angle » d'un bras déchevillé du corps ou celui de la scie sur un genou pour une amputation. Cela est beaucoup moins « passionnant », je puis vous l'assurer. Quant aux équations, croyez-moi, elles sont d'une simplicité enfantine : un blessé hurle, un mort se tait. Il n'y a pas point là d'inconnues.

Le dadais blanchit à vue d'œil. Il renifla. Notre maître artilleur vint à son secours :

— N'écoutez point notre capitaine, il est de la race de ceux qui pensent d'abord à avoir peur, puis chargent avec sauvagerie sans la moindre frayeur. Il n'a par ailleurs jamais saisi le…

Un bruit sourd, comme un craquement, l'interrompit tout net. Une fumerolle blanche. Un ricochet sur les vagues. Pas très loin de notre proue. Le Batave avait déclaré les hostilités, sans vergogne ni succès.

Nous étions parés. Sans mot dire, chacun se tint prêt avec son boutefeu sur nos six canons de douze[1] exposés au large. Finn avait retourné le petit sablier qui lui permettait de calculer ses temps. Launay se tenait à ses côtés. L'Irlandais avait le bras levé. Nous avions répété la manœuvre plus d'une dizaine de fois pour proposer un tir régulier, en ligne. Il baissa le bras. Nous fîmes feu dans un bel ensemble. Notre bâtiment recula sous l'impact. Les amarres tinrent bon. Le Clieu s'était emparé de la longue-vue :

— Trop court, dit-il. Nous avons heurté ses murailles en rebondissant sur l'eau mais sans y faire de gros dégâts.

Notre adversaire répliquait, alors que nous rechargions, avec ses trois pièces de neuf livres, une artillerie légère mais capable d'emporter un membre sans trop de peine. Leur mire fut mieux réglée, quoiqu'un peu haute. Quelques haubans souffrirent. Je fronçai les sourcils. Et houspillai Finn :

— Eh quoi, ils sont équipés pour la chasse au faisan et tu les laisses nous plumer ?

Vexé, il se concentra. Le jeune Launay vint l'interrompre. Il montra ses deux paumes en parallèle en faisant un mouvement de bascule :

— Veuillez m'excuser, mais, selon de rapides calculs, il me semble qu'en abaissant les berceaux de pointage de cinq degrés nous compenserons mieux encore leur propre mouvement sur l'eau…

---

1. Le « calibre » du canon était calculé en fonction du poids de ses boulets, ici, donc des boulets de douze livres.

— Jeune homme, je me passerai de vos commentaires, ou alors expliquez-moi vos déductions…

S'ensuivit une discussion qui permit à notre adversaire de nous aligner de nouveau. Cette fois trop court. Mais il ne fallait point être monsieur de Vauban pour comprendre qu'entre le haut et le bas se trouvait le milieu, et donc l'*Oroun*, qu'il pourrait désormais facilement atteindre… Je menaçai les deux hommes de me servir d'eux comme projectiles s'ils ne se décidaient point. Il fallut régler les palans pour que ces messieurs soient satisfaits. Nous tirions enfin. Quatre de nos six boulets les touchèrent. Au-dessus de la ligne de flottaison, mais suffisamment fort pour que nous vissions leur navire encaisser, tanguer et un mât se démantibuler. La fumée se dissipait. Les Hollandais en seraient quittes pour rentrer sous gréement de fortune. Déjà leur bâtiment virait et déhalait. Je me contraignis à ne point songer à la bouillie de chair fabriquée par notre pluie de plomb. Et pestai contre les picotements dans mes yeux frottés à la poudre. Je me retournai vers Gabriel qui félicitait son neveu pour l'apostropher :

— Vous voilà débarrassé de ces indésirables. Quant à vous, monsieur de Launay, soyez remercié pour nous avoir bien épaulés. Ce n'est pas tous les jours que je vois notre ami Finn prendre une leçon d'artillerie…

L'Irlandais eut la grâce et l'élégance de reconnaître que j'avais raison face à un jeune homme dont les rougeurs adolescentes virèrent à l'écarlate. Il tenta de répondre, mais sa voix flageolante sembla lui manquer tout à fait. L'éclat de rire qui secoua alors l'équipage nous permit à tous de rafraîchir le trop-plein d'ardeur hérité de notre petit échange de courtoisie en ferrailles avec les Provinces-Unies.

*

Ces diables de tulipes avaient suffisamment éprouvé notre *Oroun* et son gréement pour que nous profitions de l'hospitalité de Le Clieu pendant une dizaine de jours. Ce qui nous autorisa à échouer le navire pour quelques réparations et un carénage[1] complet bien mérité, tant algues et coquillages y prospéraient et y avaient trouvé un lieu de vie extrêmement accueillant.

Abiola et Baruch décidèrent de s'aventurer jusqu'à la ville de Saint-Pierre, toute proche, qui, si elle n'accueillait plus le palais du gouverneur, restait le point d'accroche principal de tous les commerces de l'île. Notre géant nègre comptait bien y goûter quelques rhums locaux et, après un contrôle forcément scrupuleux et gouleyant, en rapporter quelques tonneaux à Providence. L'espion, lui, prétendait y avoir un « contact » qui lui donnerait, certes avec quelques semaines de retard, des nouvelles du royaume de France, voire de notre ministre.

Je redoutais la compagnie de Gabriel. L'hôte était charmant, mais si prolixe sur sa culture de café que j'en étais à souhaiter qu'il me parlât des nuages, de l'existence de Dieu ou même du pointage d'un canon… Finn, lui, semblait passionné. J'accompagnai mes deux amis. Je fuyais notre petite troupe en me jurant de ne jamais me risquer à boire ce breuvage amer dont la fève me rebattait les oreilles.

Il fut convenu que Bento et moi partirions à la rencontre de son mystérieux interlocuteur dans une taverne des environs, quand l'oncle de ma belle irait visiter ses fûts.

L'estaminet se trouvait dans une petite ruelle, juste derrière une imposante église, Notre-Dame-du-Bon-Port, dont j'appris à l'occasion qu'elle était dédiée aux marins. Je me signai en passant, par réflexe et en hommage aux disparus en mer, ce qui me valut un sourire énigmatique de mon ami juif dont je ne sus jamais s'il se gaussait ou s'il appréciait cette soudaine piété de ma part. L'établissement me parut bien tenu, quoique empreint des traditionnelles odeurs de pisse d'âne et de sueur propres à ce genre d'endroit. Nous trouvâmes un banc, un coin de table et un pichet de rhum pour patienter. Un coup de genou de

1. Nettoyage de la coque d'un bateau.

Baruch me signala notre invité. Un homme de taille moyenne, habillé en brun passe-partout inclina la tête et nous rejoignit. Je tentai de lui trouver, en vain, le moindre trait distinctif. Un visage régulier mais point trop, des yeux marron calmes et apaisés, une bouche dessinée sans excès… Cet individu possédait la particularité de ne point en avoir.

Nous fîmes les présentations, et je sus à sa façon de nous donner son prénom, un peu de côté avec un léger mouvement d'épaules, que le « Didier » qu'il nous servit alors venait d'être choisi au hasard d'une palette de patronymes.

Les deux espions se reniflèrent verbalement un moment, étudièrent leurs connaissances communes, puis, sans doute satisfaits de leur inspection mutuelle quasi canine, commencèrent à parler sérieusement :

— Messieurs, je vous apporte quelques nouvelles de France, déclara le dénommé Didier. Il m'a été confié que votre « chargement » ne devait point trop tarder. Le roi compte organiser un grand bal masqué à la fin du printemps. Sa Majesté sera grimée, on la cherchera et, évidemment, l'on fera semblant de ne pas la révéler. Louis – n'oubliez pas que nous parlons encore d'un enfant ou peu s'en faut – entend bien se dévoiler, à la fin du jeu, avec sa couronne sur la tête. Il va de soi qu'il souhaite que celle-ci soit « pure et singulière ». Je vous rapporte les propos que l'on m'a tenus.

— Cela, je m'en charge, répondis-je. Le roi aura son jouet maudit dans les temps impartis. Notre navire est en carène, ce qui lui permettra de naviguer plus vite et plus sûrement. Nous partons bientôt et toucherons assez vite les côtes bretonnes. Après, notez-le bien, un détour par la Cornouailles où nous accompagnerons quelques amis.

Il se leva presque, visiblement ravi :

— Quelle heureuse coïncidence, j'allais vous mander de faire cette petite halte chez notre ami le roi George. Baruch, on m'a dit que vous y aviez quelques relations utiles ?

— Certes, mais encore…, répondit, prudent, mon compagnon.

La voix de Didier devint filet :

— Connaîtriez-vous par hasard cette nouvelle invention que l'on vient d'y produire, la « machine à foyer » ?

Nos figures interrogatives firent office d'aveu.

— Imaginez qu'un ingénieur local, lui-même né près des mines d'étain de la région du Devon, donc voisine de la Cornouailles, lassé de voir ces boyaux se remplir d'eau et, trop souvent, d'y noyer les mineurs, vient de trouver le moyen d'éviter l'inondation des tunnels grâce à un assemblage tout à fait étonnant qui utilise de l'eau bouillie pour fonctionner…

Baruch semblait dans son élément. Je pouvais presque le voir étudier les options de traquenards et autres chausse-trappes qu'il envisageait céans :

— Le nom de l'inventeur et sa résidence ? demanda-t-il tout à fait abruptement à son homologue.

— Thomas Newcomen, lui répondit celui-ci sans se formaliser. Le sieur habite dans le Devon, dans la localité de Dartmouth, mais participe à de nombreuses rencontres de scientifiques, dans une « société » comme les Britanniques en ont le secret, à Londres. Il partage son temps entre la capitale et le sud de l'Angleterre. Et, monsieur Henriques, votre réputation vous précède, veuillez bien comprendre qu'il s'agit de rester discret, de se contenter d'obtenir les plans de l'engin et de ne point occire le savant…

Je regardai Baruch avec circonspection. Décidément, notre ami se révélait être un bureau à tiroirs secrets sur deux pattes. Il me sourit et haussa les épaules :

— Quelques erreurs de jeunesse que l'on ne cesse de me rabâcher. Et croyez bien que je n'ai jamais tué par plaisir, seulement par devoir et sans doute par nécessité.

Je me mis la main sur le cœur :

— Jamais, Baruch, je ne douterais de votre conscience professionnelle…

Nous riions de concert quand Abiola vint nous rejoindre. Nous savions qu'il était entré avant de le voir : les conversations s'étaient interrompues. Un mouvement des corps, et tous les regards convergèrent vers lui. Il tira un tout droit vers nous sans jamais condescendre à s'écarter de sa trajectoire. Sa masse semblait creuser un sillon dans une foule de piquets négligeables et déconcertés. Il réussit à se glisser sur le banc, près de moi. Un homme s'approchait déjà. Large d'épaules, les paupières et le ventre gorgés d'alcool, les bajoues couperosées, le nez encombré de cratères, il salua, puis m'apostropha :

— Vous avez là un fort beau nègre, monsieur. Bien qu'un peu vieux. Je passe outre le fait qu'il n'a pas sa place ici. Mais vous êtes étranger à ces rivages, sans doute l'ignoriez-vous. Quoi qu'il en soit, je vous en offre un bon prix : monsieur de Prigalle, pour lequel je suis contremaître sur une plantation des environs, sera ravi de cet investissement : il les aime trapues, ces bêtes de somme…

Abiola allait se relever. Je le devançai, le priai de s'écarter et me campai devant l'inconnu :

— Certes, il est envisageable de vous le céder. Mais n'achetez point sans connaître réellement la marchandise. Permettez-moi…

Je m'adressai à Abe sur le ton hautain et dédaigneux des vendeurs de chair d'ébène :

— Lève-toi. Voilà. C'est cela. Montre tes muscles à notre ami, je te prie. Fais-les tourner…

Deux biceps de la circonférence d'un mât de misaine se crispèrent en boules. Mon ami avait planté ses yeux dans ceux de notre « acheteur » et n'en déviait point.

— Bien. Remarquez la force de ses membres, leur solidité…

L'ivrogne approuva. Un murmure dans la salle confirma son sentiment. Je poursuivis :

— Encore faut-il l'éprouver. Abiola, veux-tu bien prendre le bras de monsieur et le maintenir sur notre table…

Le maquignon fut pris comme dans un étau et se retrouva tête et membre contre le bois. Je saisis mon couteau et lui déchirai sa manche. Il cria. La foule commençait à bouger. Baruch se redressa et sortit de son dos un curieux poignard, très long, la lame effilée et étrangement courbée. Notre ami Didier jugea plus prudent de disparaître. J'entendis quelques protestations. Une main sur le cou, l'autre sur le coude, Abe accentuait la pression. Un peu de salive coulait de la bouche ouverte et déformée de l'inopportun. Je traçai le K de Kervadec en lettre de sang sur son épaule, là où lui et ses congénères apposaient la marque du propriétaire sur leurs nègres. Il se débattit, mais ne put se dégager. Il hurla.

— Puisque vous aimez le bétail humain et adorez le marquer, lui dis-je entre les dents, je vous offre la pareille. Vous êtes à moi désormais.

Abiola s'empara du balourd comme s'il était fétu et l'envoya dans un amas de tabourets et de jambes. Il saignait abondamment. Une dizaine de drôles sortirent qui une lame, qui un bâton. L'un d'eux disposait d'un fouet. Je tirai mon sabre et m'adressai à eux comme un dément :

— Messieurs, venez ! Vous avez là un Juif, un nègre et un orphelin à égorger… Ne vous en privez pas…

Le demi-cercle face à nous s'entrouvrit. Abiola passa le premier, suivi de Bento. Je fermai la marche. Nous sortîmes sans autres désagréments.

— Yann, je comprends que vous soyez un brin agacé, mais ayez la bonté de ne pas aller crier sur tous les toits que je suis juif, sourit Baruch. Certains, ici, pourraient être jaloux : n'est point du peuple élu qui veut… Cela se mérite, figurez-vous.

L'éclat de rire d'Abiola menaça de faire effondrer une pauvre baraque à côté de nous. Je demandai à notre espion d'où provenait son étrange arme. Je n'avais jamais rien vu de tel.

— C'est une lame rétractable dans son manche, me montra-t-il. De l'acier de Tolède ! Comme vous le savez, les Juifs, pas plus que les gueux, n'ont le droit de porter l'épée au côté. Les Espagnols du peuple en ont conçu une saine envie et ont inventé ce long tranchant et cette forme – sans doute héritée de l'Andalousie arabe – qui vient se cacher dans le manche. Point de rapière, donc, mais un engin propre à étriper le genre de compères que nous venons de rencontrer. Discrétion et efficacité… Je pourrais faire graver cela sur le blason de ma profession. Si seulement nous avions un blason, bien sûr…

Nous devisions encore des avantages comparés des lames ibères et françaises quand nous revînmes au bateau.

Le récit de notre petit accrochage rencontra, au dîner, un certain succès dans notre compagnie, même s'il fallut retenir Médeline de nous quitter céans pour «faire rendre gorge à ces porcs». Je saisis le prétexte de notre rixe pour expliquer que nous devions partir incessamment. Je me refusai, bien entendu, à avouer à Charles que nous n'allions l'accompagner dans son pays que pour mieux lui dérober l'une de ses inventions. J'en concevais une certaine culpabilité et m'en ouvris à Finn. Il secoua la tête :

— Je ne me sens pas plus à l'aise que toi avec ces cachotteries, mais enfin, cette basse besogne revient à Baruch. Nous nous contenterons de le convoyer. Par ailleurs, et cela ne t'apaisera point, le beau lord nous invite à assister à la remise de son nouveau grade… Nous allons souper aux frais de ces bâtards de l'amirauté britannique. Je n'ai pas su lui dire non.

L'Irlandais serrait les poings. Alors qu'il était encore chirurgien de bord de la Royal Navy, il avait assisté aux tortures quotidiennes que certains capitaines infligeaient à un équipage qui ne pouvait – et ne devait – que se soumettre. Cette injustice l'avait jeté en piraterie. Barbe Noire et de nombreux hommes de fortune avaient suivi le même chemin…

Je lui mis la main sur l'épaule en signe de réconfort et de compréhension. Leister, comme s'il avait perçu qu'il était au centre de notre discussion, se rapprocha de sa démarche qui arrivait à mêler langueur affectée et réelle détermination.

— Yann, Finn vous a sans doute transmis mon invitation. Sachez que je conçois parfaitement tout l'ennui qu'elle peut vous causer, mais enfin je porterai des galons que vous avez tressés, tant je les dois à nos aventures. Je vous en suis, vous le savez, extrêmement reconnaissant. Et sachez enfin que je ne vous tiendrai pas rigueur de ne pas venir…

— Mais nous y serons, *my lord*, lui répondis-je. Sans vous, nous serions morts trois fois ou croupirions dans une cellule. Cela sera, bien évidemment, un honneur – et, puis-je avouer, une fierté ? – de vous accompagner. Même si inviter un Irlandais rebelle et un Français tirant des bords entre fleur de lys et pavillon noir ne vous vaudra, à mon humble avis, que raillerie et défiance. J'ai le souvenir d'une rencontre avec votre cousin qui ne fut pas précisément chaleureuse.

J'avais, en d'autres temps, pu en effet constater que les deux parents se détestaient cordialement. Et il avait fallu tout le flegme mordant de Leister pour que j'échappe à la vindicte du fils de son oncle, prompt à s'en prendre au premier Français venu.

— Certes, il ne manquera pas d'en être, soupira un Charles au débit soudain ralenti, comme si la fatigue de revoir ce fâcheux lui pesait déjà. Et escomptez qu'il vous cherche noise, ne serait-ce que parce que vous êtes mes invités, tous les deux.

Ce fut l'Irlandais qui le consola de l'une de ses répliques :

— « Sois loyal envers toi-même, et ne sois déloyal envers personne. » Il vous suffit d'ignorer ceux qui l'ignorent.

Charles eut pour Finn-Hamlet un de ces regards qui vous couvrent le cœur d'or et vous font scintiller l'âme. Je m'éloignai.

*

Nous nous apprêtions à partir. Abiola pleurait sans retenue. De grosses larmes tombaient en perles d'eau le long de ses joues. Médeline tentait de les attraper au vol avec la tendresse d'une fille pour celui qu'elle considérait comme son père. Ses doigts au toucher d'ailes de papillon caressaient le visage épaté et remué de notre colosse.

Lequel finit par écarter sa nièce et me soulever de terre dans ses bras. Il affala une main à planter un menhir sur mon épaule :

— Yann, je sais que vous allez avoir un enfant. Si ! Je le sais et je ne me trompe point. Fais en sorte de m'en avertir dès qu'il arrive. Je viendrai vous voir séance tenante en Bretagne. Et, par pitié, débrouille-toi pour qu'il soit un peu noir quand même… Je ne voudrais pas que mon héritier ait une peau de lune aussi tristement pâle que la tienne.

Il me mit une bourrade qui manqua de me désenclaver la clavicule. Je lui offris une étreinte à mon tour. Ce fut comme enserrer un tronc d'arbre.

Le Clieu et son neveu eurent droit à nos remerciements les plus sincères et la promesse – que j'espérais ne jamais tenir – de revenir goûter le « meilleur café de cette partie du monde ». Nous échangeâmes avec courtoisie le petit traité de mathématiques et de balistique de Woodes Rodgers, un cadeau pour le jeune Launay qui l'ouvrit et se mit aussitôt à le dévorer, contre un tonneau de rhum dans lequel j'eusse pu tenir tout entier.

Ann et Mary s'impatientaient. Il leur tardait de retrouver leur auberge, le petit Richard et le vent pluvieux de leurs côtes grises. Elles nous firent signe du bateau. J'allais répliquer vertement quand je compris qu'elles désignaient quelque chose derrière nous. Nous nous retournâmes. Le nuage de la montagne Pelée couvrait désormais son sommet et le haut de ses flancs. Il paraissait même monter vers les cieux à la verticale. Un grondement s'en vint irriter la plante de nos pieds.

— Héphaïstos se réveille – ou ronfle, sourit Gabriel. Ne soyez point alarmés, il crache de la fumée blanche, donc nous sommes à l'abri. Ce n'est pas la première fois, et je crains qu'il n'y en ait encore beaucoup d'autres…

Une secousse plus forte fit trembler le sol ; cette fois distinctement. J'écourtai les adieux, pressé de m'éloigner de la montagne dont l'humeur massacrante ne me disait rien qui vaille.

Nous levâmes l'ancre, distraits par la nuée qui descendait clairement vers nos amis restés sur la grève. Nous nous éloignâmes avec l'impression âcre de laisser des compagnons à la merci d'un monstre souterrain aux naseaux fumants prêt à les avaler. Je songeai que notre halte anglaise laissait encore un peu plus de temps à la malédiction pour nous atteindre. Il nous faudrait naviguer plus vite que le sort.

14

Londres, Angleterre, mars 1723

Les pierres de la taverne de nos amies femmes pirates semblaient avoir préservé, pour nous l'offrir, tout le froid et l'humidité de l'hiver cornouaillais. Un pâle soleil éclipsé de nuages sombres peinait, sous ses intermittences, à les réchauffer de l'extérieur. L'âtre tentait bien de disperser un peu de chaleur, mais la cheminée elle-même semblait faire appel à tous les vents pour nous rejoindre. Notre hâle marin et antillais jurait franchement sous cette latitude. Le petit Richard babillait dans les bras d'Ann. Je songeai qu'il aurait fallu une imagination ou une perspicacité quasi divines pour dénicher la pirate sauvage et ombrageuse sous la mère attentionnée. Médeline souriait avec toute la tendresse de celles qui se savent destinées à enfanter.

Leister piaffait. Sa jambe battait chamade, et il avalait trait sur trait ses gobelets d'ale, comme pour brasser plus vite le temps qui passait. Il avait commandé un coche qui devait le conduire à Londres. Nous l'attendions. Il avait été convenu qu'il nous devancerait. Nous avions prétexté vouloir passer un moment apaisé avec Mary et Ann avant de le rejoindre. Une autre voiture viendrait nous prendre le lendemain pour le sud du Devon tout proche, vers lequel Baruch, à peine à terre, s'était dirigé. L'*Oroun*, mené par Cassidy et les Bordelais, nous attendrait sur les quais londoniens. Il arborerait un pavillon de la marine marchande française pour ne point trop froisser les susceptibilités de la marine de Sa Très Gracieuse Majesté.

Finn patientait en triant ses affaires. Il avait apporté du bord trois grands sacs. Il les avait vidés sur une table solide et chantonnait en choisissant avec un soin d'alchimiste les divers flacons, grenades, bourses de poudre et autres mèches lentes qui l'accompagneraient dans notre voyage. Henri lui fit remarquer qu'il ne s'agissait point, à sa connaissance, de « faire sauter l'amirauté ou de prendre d'assaut la garnison de Buckingham Palace »...

— Certes, mon jeune ami, s'entendit-il répondre, mais *si vis pacem, para bellum*[1], et, crois-moi, ces officiers anglais passent leur vie à la préparer. Je ne voudrais point qu'ils ne trouvent personne pour leur répondre...

Charles fut à une ouverture de bouche de lui répondre quand sa diligence fit un bruit d'essieux à l'agonie sous nos fenêtres.

Il se retourna vers nous. Dans ses yeux gris miroitait une inquiétude qu'il consentit, en guise d'au revoir, à partager avec nous :

— Je crains tout à la fois de ne pas être digne de ma promotion, mais de devoir le feindre devant ma famille qui trouvera toujours le moyen de la ternir. J'ai hâte que vous veniez m'épauler. Cette aventure-là me paraît plus dangereuse qu'un coup de sabre. En conscience...

— « La conscience n'est qu'un mot à l'usage des lâches, inventé tout d'abord pour tenir les forts en respect », répliqua immédiatement Finn qui s'était rapproché de lui. Ne vous laissez point trapper dans ce joli mot. C'est une lame que l'on retourne trop souvent contre soi-même...

— Paroles de pirate que celles-ci, sourit tendrement Leister.

— Paroles d'homme. Et d'ami. Allez, maintenant ! Nous aborderons vos parents ensemble et – sauf votre respect – qui saurait rivaliser d'honneur avec des gueux des mers de notre étrange espèce ?

1. « Si tu veux la paix, prépare la guerre », en latin.

C'est un lord au dos courbé et au regard tristement nostalgique qui nous quitta en abandonnant un sillage de mélancolie qui nous ensevelit doucement. Nous partîmes nous coucher. Seul Finn resta planté devant le foyer. Les mains sur les hanches. Le maxillaire déchaîné. Les yeux perdus. Il tuerait pour Charles. Plutôt deux fois qu'une. Il l'annonçait à la nuit et aux flammes.

Au matin, un homme tambourina aux fenêtres de notre caboulot. Ses mains sales et cornées trahissaient le cocher. Ses épaules larges, sa grande taille et son regard doux semblaient vouloir l'élever au-dessus de sa condition présente. Il se présenta :

— Joseph Sepulchre, pour vous servir, articula-t-il d'une voix douce et chantante avec une trace légère d'un accent français que je ne parvins pas à situer. Votre ami Bento vous salue et m'envoie vous quérir. Il tient à ce que nous arrivions de nuit. Il ne faut donc point tarder…

Nous étions parés. Ann et Mary resteraient à la chaumière, pour Richard et par souci de discrétion. Nous leur fîmes nos adieux et leur arrachâmes, à elles aussi, la promesse de venir nous visiter en Bretagne à la première occasion.

Les deux femmes m'entourèrent et se dandinèrent avant que Mary prenne la parole :

— Yann… Capitaine, dit-elle, le regard humide, ne t'avise pas de repartir à l'aventure sans nous. Je pressens que l'*Oroun* n'a pas fini de naviguer. Il ne te pardonnerait point de nous laisser à quai.

— Je n'ai jamais oublié le moindre membre de ma famille, leur répondis-je, la voix moins assurée que je ne l'eusse souhaité. Et je vous attends sur mes terres bretonnes. Vous verrez, vous y serez chez vous. L'*Oroun* et moi vous y accueillerons.

Médeline puis Henri essuyèrent une larme sans vergogne dans leurs bras. Pour dissimuler ma peine, j'engageai conversation avec notre conducteur.

— Joseph, il me paraît que vous connaissez plus que vous ne le dites notre ami Baruch. Sinon, comment connaître son surnom : vous l'avez appelé « Bento » tout à l'heure…

Un sourire éclaira un visage tout en rondeur, qu'une calvitie que son petit chapeau mou ne parvenait pas à cacher accentuait encore :

— Tout ce que je peux vous avouer ici, capitaine, c'est que ce drôle de sire m'a tiré d'un guêpier en Nouvelle-France[1]. J'y exerçais le plaisant commerce de la fourrure quand les Anglais ont voulu se saisir de ma compagnie. Je suis parti dans les bois et j'y ai lancé ma petite guerre personnelle. Notre ami commun, mandaté par le régent, a cru bon de venir incendier quelques entrepôts britanniques avec mon aide. Il fut pourtant clair que je ne pouvais rester dans ma belle province, au risque d'y être pendu. Le sieur Henriques m'a donc offert, avec toute l'ironie dont il est capable, un poste en Angleterre. Depuis, je les sers ici, lui et le roi de France.

Un léger tic lui faisait baisser le menton vers l'épaule. Il s'amplifia au souvenir de ses aventures passées. Je savais que nous disposions là d'un homme de confiance de Baruch. Cela me suffisait. Nous pouvions déhaler.

Le chemin, tout en cahots, mit à mal nos fessiers, nos affaires, notre dignité et la caisse de la voiture qui regimbait à chaque pierre pernicieusement glissée sous ses roues.

Nous arrivâmes avant le coucher du soleil sur une colline qui dominait la petite ville de Dartmouth. Un château aux pierres sombres veillait sur un coude de la rivière qui se jetait dans la mer. Plus en amont, des maisons blotties les unes contre les autres luttaient contre la fraîcheur marine à grand renfort de feux de cheminée dont nous pouvions sentir l'odeur de notre perchoir. Un peu en retrait, un petit manoir veillait, installé sur une hauteur.

---

1. Le Canada.

— C'est là, dit sobrement Joseph. Baruch vous attend dans la seule auberge de l'endroit. Il vous y a pris une grande chambre. Désolé, mais la rudesse du lieu n'autorise pas plus de confort… Je vous attendrai ici avec ma calèche.

Nous descendîmes donc à pied vers la rivière et son petit port de pêche. L'auberge, sur le quai, se serrait entre deux habitations qu'elle dominait d'un étage. Son enseigne, un grand panneau de bois au carmin passé et craquelé, un sablier jaune en son centre, attira nos regards : le Joli Rouge. Nul besoin d'être un fin linguiste pour deviner qu'à l'anglaise ce « joli rouge » deviendrait « Jolly Roger ». Nous étions prévenus. Nous étions chez nous.

Un pêcheur, courtaud et roulant des épaules comme pris dans une tempête de rhum, nous bouscula sur le pas de la porte. Médeline manqua de s'effondrer. Ce qu'il murmura, personne ne l'entendit. Mais il sentit distinctement ma main sur sa nuque et la semelle de ma botte le pousser à l'intérieur où il s'affala, provoquant peu de rires et beaucoup de silence. Ma femme me mit une main sur l'épaule pour calmer mes ardeurs. Puis s'avança dans la grande pièce sans oublier de marcher, malencontreusement, sur la main de l'indélicat toujours à terre. Nous avions l'attention de tous. Finn offrit une tournée générale qui nous fit instantanément passer du statut d'étrangers brutaux et impolis à invités de marque légèrement caractériels mais correctement éduqués.

Je souris malgré moi. Les odeurs de toile mouillée, de sel rance et de mer froide me renvoyaient dans les tavernes de ma Bretagne. Le patron lui-même vint nous demander ce que nous désirions boire. L'homme portait une ample chemise dont les manches retroussées laissaient apparaître de vilaines cicatrices de brûlures sur ses avant-bras. Son cou lui aussi semblait avoir été léché par les flammes. Notre Irlandais commanda du rhum. Le tavernier hocha la tête, puis nous détailla de la tête de mât à la quille. Il fit, presque malgré lui, un clin d'œil.

— Un problème, mon brave ? demanda un Finn surpris.

— « Un joli rêve sera toujours mieux qu'une triste réalité », s'entendit-il répondre.

Je tressaillis. Le patron venait de citer Barbe Noire lui-même. Quand le pirate se laissait aller et buvait trop, il levait son verre en portant ce toast. Seuls ceux qui avaient servi sous ses ordres pouvaient l'avoir entendu.

— « On meurt seul, mais rien n'interdit d'emmener du monde avec soi », poursuivis-je dans notre concours de citations de Teach.

Mon accent m'avait trahi.

— Le shamrock et la grenouille ! cria presque le taulier. Diantre, si je m'y attendais ! Permettez que je me présente : George Clarick. J'étais à bord du *Queen's Ann* quand vous avez proprement occis une rangée de fusiliers sur la dunette arrière d'un bâtiment de la Navy…

Ses souvenirs avaient fortement enjolivé une réalité de peur et de sang. Je m'étais contenté de passer mon sabre au travers de la poitrine d'un lieutenant. Barbe Noire avait fait le reste…

Nous apprîmes que le gaillard avait passé quelques années à Providence, mais avait été contraint de rentrer au pays quand un incendie dans un magasin de poudre l'avait, nous dit-il, « plus grillé qu'un porcelet ». Notre nouvel ami nous emmena à l'étage jusqu'à une porte entrouverte. Il sourit :

— Vous êtes attendu. Et n'hésitez en rien. Vous êtes chez moi, donc chez vous. Bienvenue à bord !

Au fond de la pièce, Baruch avait disposé une chaise face au fauteuil sur lequel il était avachi. Il avait ôté ses bottes et se réchauffait les pieds au feu. Il se contenta d'un geste de la main pour que nous le rejoignions et esquissa le sourire du loup qui s'apprête à égorger un mouton :

— Vous voilà. Nous partons en croisière dès ce soir. Poignard, discrétion et silence en bandoulière. L'égorgement ne figure qu'en option. À nous de voir…

*

Finn profitait outrageusement du chemin serpentant sur une colline et du silence imposé pour chuchoter l'une de ses histoires grivoises entre deux essoufflements. Nous en étions au moment où, jeune homme, il avait été surpris dans la couche d'un gentleman par la femme de celui-ci quand une haute maison de maître, sombre, vint nous sauver d'un épilogue pour lequel ni Baruch ni moi n'avions d'appétence.

Notre maître espion nous promettait une opération «en douceur et sans douleur». Le brave homme qu'il nous fallait détrousser participait à une rencontre de savants à Londres. Sa femme profitait du voyage pour aller visiter ses parents. Sa gouvernante – d'un âge plus qu'avancé – était «sourde comme une pioche», et les plans ne pouvaient être cachés que dans le bureau-atelier où Thomas Newcomen passait le plus clair de ses journées.

Si l'Irlandais et le Juif paraissaient au-delà du bonheur de jouer les vide-goussets, je me sentais tiraillé entre la joie enfantine de chaparder, le bonheur pirate, plus adulte, de voler et la honte de devoir le faire. Que ce soit pour le royaume de France ne m'importait guère. Je trouvais tout juste consolation à me convaincre que cette invention sauverait des vies de mineurs...

Le muret d'enceinte nous posa moins de problèmes que la grande haie de cyprès qui y poussait. Une égratignure sur la joue me rappela de laisser mes états d'âme de côté et de prêter enfin un peu d'attention à ce que je faisais. Un chemin clairement tracé menait à la porte principale et aux grandes marches d'un perron bourgeois. Sur le côté, le long d'une roseraie bien entretenue, une trace dans la terre nous indiquait le passage vers l'entrée de service. Au fond du parc, les chiens de chasse du maître des lieux commençaient à aboyer. Sans trop de conviction. Le verrou en avait été tiré de l'intérieur. Bento émit un claquement de langue, farfouilla dans une grosse bourse qu'il portait au côté, en tira quelques ustensiles fins qui me semblaient être des picots et petits crochets en fer. Il chuchota :

— Le drame de ce siècle qui naît, disserta-t-il à voix très basse en fourrageant sur l'encoignure de la porte, c'est que les gens ne se sentent en sécurité qu'enfermés. Nous n'avons rien appris depuis le Moyen Âge et les châteaux forts. Aucune forteresse n'est impénétrable, et la sécurité se trouve toujours par-delà les murs. Jamais à l'intérieur…

Un bruit lent et pénible aux relents de rouille. Une gâche qui cède. Dans un couinement qui – j'en étais certain – s'entendait jusqu'à Dublin, l'huis daigna céder à l'expertise de notre ami.

Nous débouchâmes directement dans la cuisine et l'office. L'énorme foyer, qui eût pu accueillir une vache, était encombré par un soufflet que d'astucieux palans et réas pouvaient sans doute forcer sans peine à la façon de celui d'un forgeron. Un dessin précis, aux couleurs passées et aux pages déjà craquelées et jaunies par la chaleur, clouté sur le linteau de chêne, expliquait comment se servir du dispositif. Baruch, comme s'il était un familier de la maison, y jeta un coup d'œil, puis nous fit signe de le suivre. Il emprunta un couloir puis un escalier aux marches qui me parurent extrêmement bruyantes. La demeure nous enveloppait de la présence et des odeurs de ses maîtres, un mélange de bois mouillé, d'humidité minérale et de cette senteur rance dont les humains, passé un certain âge, n'arrivent pas à se débarrasser. Quelques scènes de chasse et paysages locaux ornaient les murs. Je m'aperçus que j'étais en apnée depuis trop longtemps. Je pris enfin le temps de respirer. Une nuée blanche franchit la barre de mes lèvres et celle de l'obscurité lunaire. Les cheminées, ici, ne brûlaient point depuis un moment. Je fus rassuré sur la fiabilité des informations de Baruch. Lequel était planté désormais devant une porte. La main sur la poignée, il se retourna pour nous faire un signe : nous étions arrivés dans la pièce souhaitée.

Trois grandes baies vitrées offraient une lumière acceptable. Devant l'une d'entre elles, dans un souci évident de clarté pour travailler, un grand bureau simple et fonctionnel peinait sous l'amas de papiers. Notre voleur en chef s'y précipita et nous chargea, Finn et moi, de nous mettre en quête « de n'importe quoi pourvu que ce soit lié à cette fichue machine à foyer ».

Je découvris sur un étroit guéridon une correspondance scientifique, voire philosophique, qui me sembla très éloignée du but de notre larcin. Finn explorait la bibliothèque et resta suspendu aux pages d'un ouvrage qu'il venait d'y trouver. Il s'était franchement assis, dos contre les rayonnages, pour être plus à l'aise pour le lire.

Après un long temps de recherche, nous le rejoignîmes et, sans plus de façons, nous fûmes trois, séant à terre, à deviser comme des bohémiens autour d'un feu dans la lande.

— Bien, soupira Baruch, rien de rien. Il y a plus de pennys à trouver dans la bourse d'un Écossais que dans cette chambre. Aurait-il caché ses plans ailleurs ? Me serais-je trompé ?

— Je ne regrette pas d'être venu, sourit l'Irlandais. Ce traité sur les métaux et leur fonte est résolument passionnant !

— Certes, mais peu importe, le coupai-je. Tu es un peu âgé, très savant, très inventif. Tu le caches où, ton trésor ?

Finn tordit la bouche. Il agita sa main amputée dans l'air comme si son cerveau faisait des gammes sur un clavecin imaginaire.

— Je ne le cache pas, conclut-il. Je l'expose. L'évidence est la meilleure des dissimulations. Personne ne va la chercher. Un mensonge ne vaut que par la part de vérité qu'il comporte. C'est le même principe pour tous les secrets…

Je les plantai là sans plus de cérémonie, me précipitai dans le couloir et dévalai la volée de marches jusqu'à la cuisine. J'ôtai le clou qui retenait le schéma du soufflet sur l'âtre. Sous la première feuille, une liasse de dessins et d'explications soigneusement annotées décrivait le fonctionnement – et la fabrication ! – de l'invention de Newcomen pour les mines locales.

Baruch et Finn me suivaient de peu. J'exhibais fièrement, bras en hauteur, les feuillets quand une voix grinçante et fatiguée interrompit mon moment de triomphe :

— Qui va là ? Ohé ! Qui que vous soyez, signalez-vous !

Nous nous figeâmes. Mes deux compagnons plongèrent sous la table. Je tentai de me recroqueviller derrière le jambage en pierre de la cheminée. Baruch sortit sa lame espagnole. Je lui fis signe, vigoureusement, de ranger son arme. Quoi ? Allions-nous égorger une pauvre vieille gouvernante sans défense ? Il consentit un rictus d'excuse, puis replia son couteau.

Des pas traînants, des mots entremêlés trop lointains pour les entendre… La « menace » s'éloignait. Je me redressai.

Des nuages de pluie, sombres à souhait, couvraient une demi-lune trop blanche pour notre aventure nocturne. Nous pouvions disparaître par le parc sans être vus.

L'ombre bienvenue qui protégeait nos silhouettes ne durerait guère. Le fort vent d'ouest en était le garant. Nous courûmes vers la haie. Finn et moi épaule contre épaule, Baruch, moins habitué aux exercices physiques, un peu à la traîne. Nous entendions distinctement cette fois des aboiements. De plus en plus clairement. Des halètements aussi. Je me retournai. Deux molosses blanchâtres, langues pendouillantes et oreilles couchées, se ruaient vers Bento. Ils le rejoignirent. Il se retourna. Je vis sa lame briller dans un éclat de lune. Le dogue lui sauta à la gorge. Il mit son bras en protection. Un craquement de bois brisé. Un cri. Un jappement qui finit dans les aigus. Notre ami se tenait l'avant-bras. Le chien égorgé roula sur le dos, ses pattes griffant l'air, puis il ne bougea plus. L'autre animal vint renifler son compère, émit quelques couinements, puis se retourna vers Baruch encore assis, babines retroussées. Il savait qui était l'ennemi. Il lui tourna autour. Nous nous approchâmes. Il recula et grogna, solidement campé sur ses pattes. Nous soutînmes le blessé, puis, à reculons, nous enfonçâmes dans les fourrés, toujours suivis par la bête qui aboyait désormais plus qu'elle ne grognait. La haie, le muret… Notre agresseur dentu et poilu ras ne franchit point la limite de la propriété de son maître.

— Il devrait nourrir ses animaux, souffla Bento. Elles me paraissent affamées, ces pauvres bêtes…

Il s'évanouit.

*

Henri avait balayé d'un revers de manche toute la vaisselle qui traînait sur la table de notre chambre. Notre hôte, Clarick, avait apporté force eau chaude et linge propre paré à être réduit en charpie. Henriques s'était réveillé. Son teint vert olive, ses yeux cernés et enfoncés dans les orbites disaient assez combien il souffrait. Les mâchoires canines lui avaient malaxé l'os qui s'était brisé. Finn s'affairait. Et renvoya le blessé au royaume des songes quand il lui remit les deux bouts de radius – c'est ainsi que notre chirurgien les nomma – en place. L'indispensable bleu de laudanum, puis un bandage serré autour d'une attelle parurent satisfaire Finn qui déclara le Juif sorti d'affaire.

Nous le déposâmes sur un lit, puis eûmes une soudaine envie de rhum. De beaucoup de rhum. Je descendis en quérir, le pas frêle des émotions de la nuit.

La taverne était fermée désormais. Seul le taulier s'y agitait pour retourner les chaises et tabourets sur les tables. Il ne condescendit point à me laisser boire tout seul et traça sa route vers un flacon qu'il extirpa, comme s'il se fût agi d'un trésor inestimable, d'une cachette derrière son comptoir. Finn, sans doute impatient, nous rejoignit, laissant la garde du malade à Médeline et à Henri.

Nous bûmes en silence. Le patron le brisa de lui-même :

— Messieurs, je ne sais ce qui a mis votre ami sur le flanc, ni ce que vous faisiez ce soir. Et peu me chaut. Vous avez tout mon appui quoi qu'il en soit. Mais la garde viendra se renseigner. Et elle commencera par ici. Tout le village vous a vus débarquer… Elle commencera par vous. Je ne saurais trop vous conseiller de partir à l'aube. Quant à moi, je couvrirai vos traces et les enverrai sur une fausse piste.

Il avait mille fois raison. Nous le remerciâmes et bûmes à la fraternité pirate. On frappa assez vigoureusement sur la porte. Joseph y encadra ses épaules larges et sa haute taille.

— Une petite vieille est partie clopin-clopant vers le château. Je ne sais si c'est sa canne ou votre visite, mais elle allait bon train. Nul doute qu'elle va sonner l'alarme. Il nous faut déguerpir. Maintenant !

— La fuite n'est un déshonneur que pour ceux qui en meurent..., « barbenoirisa » Clarick.

Nous nous ruâmes vers les escaliers. Le voyage, de nuit, vers Londres, avec un blessé à bord promettait d'être pénible.

15

Londres, Angleterre, mars 1723

Les cahots de la route arrachaient de loin en loin un soupir à un Baruch Cohen Henriques dont le teint redevenu bistre nous signalait que la santé allait mieux. Même la plume de son chapeau, quoique toujours avachie, semblait avoir repris quelque vigueur. Joseph menait de main de maître ses chevaux. Nous avancions vite et bien. Par souci de discrétion, nous décidâmes de faire halte dans les bois et d'y monter un campement de fortune. Nous y trouvâmes un sommeil bienvenu sur une terre de bruyère, quoiqu'un brin dérangés par l'inconfort et l'humidité.

Je profitai au matin d'un rare moment d'intimité, sous prétexte d'une corvée d'eau, pour emmener Médeline en promenade. Finn m'avait, une fois de plus, convaincu de m'abstenir « de déambuler tout nu dans les arbres » et lancé mon sabre enveloppé dans une toile.

— Pour le reste, ajouta-t-il en souriant, votre intimité vous regarde, tant qu'elle ne s'exprime pas trop bruyamment et ne dérange point la nôtre…

Ma femme fut plus leste que moi et lui jeta une branche morte à la figure en éclatant de rire. Nous nous échappâmes en nous tenant par la main. Je ressentis l'enivrante sensation d'être en fugue avec ma bien-aimée. Je cherchai assez désespérément une clairière pour un effeuillage en règle qui promettait de ne point être champêtre. Les yeux de Médeline pétillaient d'une joie enfantine qui me pressait plus encore.

J'aperçus un endroit dégagé, à une vingtaine de toises[1] du chemin que nous avions emprunté pour arriver en coche. Ma belle me retint et se statufia :

— Écoute, m'ordonna-t-elle. Nous ne sommes pas seuls. On se dispute là-bas…

Nous nous approchâmes le plus discrètement possible. Au beau milieu de la clairière, trois hommes en entouraient un autre. Celui du centre était remarquable, de taille moyenne mais très large d'épaules, il avait jeté un tartan vert et bleu nuit sur son épaule. Un étrange béret à plume de faisan retenait à peine une tignasse brun-roux très fournie. Il venait d'ôter de son fourreau en cuir une courte épée pointue fabriquée à l'ancienne mode, avec un manche étroit et une garde en croix. Ses manières et sa posture ne laissaient guère de place au doute : l'homme savait se battre et avait tué. Et il tuerait encore.

Je sortis mon sabre de sa toile et Médeline, sans qu'il fût besoin d'en parler, partit en courant chercher l'aide de nos compagnons. Je rejoignis les combattants en marchant. Ils se figèrent.

— Bien le bonjour, criai-je pour me faire entendre de tous. Figurez-vous que dans mon lointain pays, l'on juge fortement déplacé, voire malencontreusement barbare, d'occire son prochain à trois contre un.

Je m'inclinai devant celui qui ne pouvait être qu'écossais :

— Souffrez, monsieur, que je vous offre mon bras pour égaliser les chances. Mais ne vous bercez point d'illusion. S'il s'avère que vous méritez de mourir, nous aurons alors une discussion franche, virile et métallique.

Le sourire qu'il m'offrit fit plisser des yeux qui parurent ouvrir une fenêtre sur une espièglerie de jeune homme. Il eut la grâce de ne point répondre, mais de m'offrir une place contre son dos d'un ample geste de sa rapière.

---

1. Environ quarante mètres (une toise : 1,949 mètre).

Les assaillants raffermirent leur garde. Ils avancèrent. Je n'étais pas une priorité, juste une gêne. Je n'eus droit qu'à un seul adversaire. Mon ami du moment devrait faire avec les deux autres.

Le coupe-jarret qui me faisait face ne tarda point. Il agita sa très longue lame sous mon nez. Je ne perdis pas de temps à la repousser : il testait mon courage. Il se campa sur ses jambes, prêt au duel. Sa position, sa main sûre et son regard trahissaient le grand habitué des rencontres codifiées sur le pré. Mais je ne me sentais ni l'humeur d'un gentleman ni celle de lui laisser loisir de se battre dans le confort. Pirate j'étais. Pirate je fus. Je courus vers lui, le rejoignis en trois pas, mis mon arme en opposition, remontai le fil de sa lame jusqu'à la garde et le renversai d'un coup d'épaule. Il tomba à terre. Ma botte l'atteignit sous le menton. Sa mâchoire prit un angle opposé quand elle céda. Je lui passai mon sabre au travers de l'épaule droite. Il émit un son de gorge étrange. Sa figure déformée l'empêcha de crier. Il serait hors de combat pour un moment, mais il vivrait. Je ne pouvais avoir autant de certitudes avec mon compagnon. Il avait fort à faire et repoussait les assauts en parant sans attaquer. Ses ennemis le harcelaient vigoureusement, et il ne devait son salut qu'à sa remarquable vigueur et agilité. Mais enfin il rompait trop pour ne point se faire embrocher, plus tôt que tard. Il reçut une pointe dans la cuisse. Au temps pour sa vivacité. J'attirai l'attention de l'un d'entre eux en frottant le plat de mon sabre sur son séant. Outré de cette claque, sans doute trop familière, l'homme se retourna. Le premier combat avait mis feu à mes joues et fraîcheur à mon esprit.

— Eh quoi, monsieur, vous avez le cul bas quand vous vous battez ? Je comprends, l'objet est d'importance, mais un peu de tenue, que diable !

Je souriais de toutes mes dents. Il était furieux. Sa rage fit se mouvoir son poignet plus vite et son bras plus fort. Cet individu aussi était un duelliste confirmé. Dans quel nid de frelons avais-je mis les pieds ? Il pinça les lèvres et avança vers moi comme il l'eût fait dans une salle d'armes. La main gauche posée sur la hanche. Mais le terrain irrégulier et l'herbe haute glissante ne permettaient point la moindre orthodoxie d'escrimeur. Pour plus de prudence, je saisis mon couteau. Je le croisai à temps avec mon sabre pour détourner une attaque fort bien menée.

Mon arme de marine était la plus robuste. Je tournai. Son acier grinça. Nous étions liés. Le premier qui romprait… celui-là finirait embroché. Ses yeux se révulsèrent soudain. Son dos se plia à l'envers. Il chercha à en ôter quelque chose. Puis s'effondra, la hache d'abordage d'Henri bien fichée entre les omoplates. Il expira un gargouillis sanglant avant de rejoindre son créateur. À quelques pas, celui qui venait de traiter un être humain comme une bille de bois paraissait en grande conversation avec Finn. Il mimait son mouvement de bras devant un rouquin qui semblait lui donner un conseil quant à sa ligne de lancer et la souplesse du poignet. J'avais d'abord craint que le jeune homme ne sache point se servir de son hachoir, j'avais peur désormais qu'il ne le maîtrisât que trop bien. Et n'en fasse la démonstration trop souvent.

L'Écossais, débarrassé du surplus d'adversaires, en finissait avec le sien. Il lui entailla le bras. L'épée tomba au sol. Poliment, il fit un signe vers l'homme désarmé, l'invitant à la reprendre. Celui-ci préféra ramasser le compère que j'avais abîmé et décamper vers l'abri de la forêt sans mot dire.

Nous nous présentâmes enfin et invitâmes l'Écossais à se joindre à nous et à nous conter son histoire.

Il s'inclina, puis daigna nous confier son nom :

— Robert Campbell, pour vous servir, mais on m'appelle Rob Roy dans mes Highlands. Je vous suis et vous raconterai le pourquoi de cette amusante prise d'armes au fond des bois…

Les pattes d'oie prononcées autour de ses yeux, brun clair, soulignaient assez que tout cela l'avait copieusement diverti. Je devais me concentrer pour le comprendre : son accent heurtait ses mots aux escarpements de ses montagnes et le tout était à peine consenti, comme s'il articulait du fin fond d'une tourbière. Il parvenait à parler la bouche fermée, ou peu s'en fallait.

Installé sans plus de manières sur un tronc déraciné, le béret sur les genoux, son étrange épée au côté, des mains courtes et puissantes garrottaient l'égratignure sur la jambe, et notre curieux nouvel ami accepta un gobelet de rhum bien qu'il fût bien trop tôt pour boire autre chose que de l'eau…

— Au diable cette boisson de jeune garçon, remarqua-t-il d'abord en claquant la langue. Venez chez moi, vous goûterez à un vrai breuvage d'homme. Mais peu importe. Je vous dois donc un petit récit, puisque vous m'avez tiré d'un mauvais pas.

Nous nous calâmes pour écouter. Baruch regardait avec envie la magnifique et très fraîche plume du couvre-chef de notre invité. Sans doute la sienne ne pouvait tenir la comparaison. D'autant moins que s'y ajoutait une étrange brindille retenue par une très jolie broche en argent.

— Je suis né Raibeart Ruadh MacGriogair, entama notre convive sur le ton d'une aimable et anodine remarque. Pour les *sassenach*[1], c'est devenu Robert Mac Gregor. Bref. Mon père et notre clan se sont opposés à l'usurpateur, Guillaume d'Orange. Nous avons perdu des batailles. Je fus recherché, banni de mes terres. Je dus prendre le nom de ma mère, Campbell, mais non point renoncer à mon bétail et à mes montagnes. J'ai reconstruit patiemment ma vie et je suis un éleveur tranquille, pour autant que l'on puisse l'être dans les Highlands. James Graham, duc de Montrose, qui mériterait d'être anglais tant il est fourbe, découvre un beau jour que mon domaine lui siérait bien. Je refuse. Il insiste, puis me vole du bétail. Je suis donc parti vers Londres pour récupérer mon bien et avoir une discussion avec ce *bawbag*[2]. J'apprends qu'il a vendu le troupeau à l'un de ses cousins du sud de l'Angleterre. Je retrouve ce monsieur et, faute de pouvoir ramener mes bêtes à leur enclos, je me suis vu

1. En écossais, surnom péjoratif donné aux Anglais.
2. Insulte écossaise dont la seule traduction possible est « sac à merde ».

contraint de récupérer chez lui l'argent de la vente. Je confesse bien volontiers m'être servi avec les intérêts. Non sans une certaine largesse, j'en conviens.

Il tapota un imposant double sac en cuir, des fontes de cavalier, dont le bruit sonnant et trébuchant lui arracha un sourire en coin.

— Le gentleman n'a pas saisi que j'étais dans mon bon droit et m'a poursuivi avec quelques amis. C'est lui que j'estourbissais avant qu'il prenne la fuite grâce à votre bien aimable et courtoise apparition.

— En clair, conclus-je, nous avons aidé un hors-la-loi écossais contre un grand du royaume... La Bretagne me manque cruellement, parfois...

— Mais, mon ami, intervint Finn qui tentait toujours d'avoir un coup d'avance, savez-vous que vous allez être recherché désormais pour vol... ? Et le petit incident de tout à l'heure ne va pas arranger votre destin. Non pas que cela puisse nous rebuter, mais enfin vous courez droit à la potence.

— Dans mon pays, s'amusa l'Écossais, nous préférons être accusés à tort d'être un voleur qu'à raison d'être un lâche.

Henri se leva pour lui tapoter l'épaule et le resservir en rhum.

— Bienvenue chez les pirates, Rob. Vous verrez, on s'en accommode à la longue...

*

Le reste du voyage vers Londres fut agréablement enjolivé par notre nouveau compagnon. Il possédait un fonds inépuisable d'histoires de ses landes tourbeuses et rocailleuses. Toutes se concluaient par un mort ou par une fille enceinte. Voire les deux tout en même temps. Il avait la particularité de rire à l'avance lui-même de ce qu'il allait narrer. Ses épaules d'engrangeur de foin s'agitaient de haut en bas et faisaient peiner la caisse de notre petit coche. Le tout étant suffisamment communicatif pour que le très sérieux et passablement flegmatique Joseph fasse faire quelques écarts à nos chevaux, secoué par un fou rire.

La ville approchait. Les campagnes étaient fortement peuplées, et il me semblait ne jamais avoir vu autant de cavaliers sur la même route. Le temps, lui, n'annonçait rien de bon. Une pluie portée par un vent du nord s'engouffrait jusque dans notre bien pauvre carrosse. Médeline eut un frisson. Fort galamment, Rob lui tendit son plaid.

— Je vous l'offre, madame. Prenez-en soin. Il est aux couleurs de mon clan et a bu rouge le sang de mes ancêtres... Et le mien. Considérez qu'il s'agit d'un cadeau d'adieu : je vous laisse là. Je dois aller visiter quelques amis sûrs avant de rentrer sur mes terres.

Il se tourna vers moi :

— Si vous n'avez pas encore de point de chute dans la cité, permettez-moi de vous conseiller l'auberge du *Crest*. Allez-y de ma part et demandez le patron, Andrew Mac Aulay, un ami. Et j'en compte peu. Montrez-lui mon tartan. Il saura que vous dites vrai.

Nous entrions désormais dans Londres. La ville vous enveloppait de bruits et de vapeurs. Les pierres grises absorbaient l'odeur forte de charbon de bois et vaguement écœurante d'eau croupie. Une foule d'artisans, de camelots et une marmaille miséreuse entretenaient un brouhaha qui devait s'entendre jusqu'à Glasgow. De fiers cavaliers et quelques carrosses solides se faisaient un devoir de quiller les passants.

Joseph su trouver l'établissement de notre nouvel ami dans un entrelacs de ruelles étroites. Une ouverture dans l'amas de maisons recroquevillées sur des pavés sombres nous permit cependant de distinguer assez nettement un pont fortifié qui enjambait la Tamise telle une bastille à flot.

Nous pénétrâmes dans une haute maison dont l'enseigne, sur fond de ce croisement de couleurs dont les Scots étaient visiblement friands, affichait la fibule argentée que j'avais remarquée sur le béret de Rob et son nom dans leur langue : *The Crest.* Un silence glacial nous accueillit. Deux hommes curieusement habillés d'une jupe ample vinrent à notre rencontre. Les mains sur les hanches, les jambes bien campées sur le sol, ils se mirent en barrage. Par mimétisme, je me postai comme eux et poussai la provocation à me planter nez à nez avec l'un d'eux. Celui-ci ne cilla point, mais tourna le regard vers notre troupe. Il plissa les yeux pour observer ma femme dans le clair-obscur. Et recula.

— Ce tartan, là, articula-t-il en roulant ses mots, l'avez-vous pris ou vous a-t-il été donné ?

— Confié par un homme que nous avons sauvé et qui nous avait vanté votre hospitalité, répondis-je. Mais sans doute se leurrait-il sur ses relations…

— Ses amis seront toujours les bienvenus céans, répliqua une voix qui provenait du coin le plus sombre de la salle.

Un ordre fusa dans une langue gaélique que je ne compris point. Finn, vers lequel je m'étais retourné en tant qu'expert, haussa les épaules. Visiblement mon breton et son irlandais ne nous permettraient pas de traduire les mots des Highlands. Un homme s'approcha de la lumière. Il était presque aussi grand qu'Abiola et, quoique moins massif, semblait taillé dans le chêne. Ses cheveux longs, blonds et ondulés, ses yeux bleus et un visage très lisse, quasi juvénile, contredisaient une corpulence musculeuse de lutteur. Sa voix me parut étrangement douce et possédée par des accents précieux, comme aristocratiques. Il me tendit son avant-bras pour un salut romain. Il serra. J'en fis autant. Nos yeux se rencontrèrent. Un sourire de gamin éclaira son visage. Je venais visiblement de passer un genre de test.

Notre hôte se présenta. Il s'agissait bien d'Andrew Mac Aulay. Nous déclinâmes nos patronymes et résumâmes le petit incident qui nous avait permis de rencontrer son « cousin ».

— Je vais vous laisser vous installer au premier étage. Vous y trouverez trois chambres, chacune avec sa cheminée. Puis nous boirons de l'eau pour faire mieux connaissance...

Nous le remerciâmes, et j'attendis de grimper les marches pour demander, outré, à Finn quelle civilisation pouvait bien proposer de l'eau en guise de bienvenue... Il éclata de rire :

— Nous autres et les Écossais avons le même mot pour cela : *uisge*. Et, certes, cela signifie « eau », mais si tu y ajoutes *beatha*, tu obtiens « eau-de-vie ». Tu comprends mieux ? Et, crois-moi, ces diables de barbares ont su trouver une divine recette, elle te plaira...

*

Le *uisge* avait entre autres vertus de faire parler les plus silencieux. Je soupçonnais qu'il eût pu même faire retrouver sa langue à un muet. Nous étions tous confortablement installés devant l'âtre de la pièce principale, et notre hôte s'amusait à énoncer questions et réponses dans un monologue tout à fait dispersé. Baruch s'était éclipsé, à son habitude, pour réactiver sa bande locale de « vauriens » et prévenir Charles que nous étions à bon port.

Il ne tarda point à revenir, la mine déconfite.

— Les nouvelles cinglent plus vite et plus fort que le vent d'ouest dans ces parages, nous expliqua-t-il. Figurez-vous que le lard tranché par Henri était un petit-neveu du très puissant duc de Melrose. Bref, tout ce que cet important personnage a pu mobiliser comme agents, factotums et spadassins assermentés recherche un groupe de Français, dont une négresse, très certainement marins, et probablement pirates, si l'on en croit les armes qu'ils promènent.

— Et, le coupai-je en m'adressant à Andrew, ils ne tarderont pas à venir ici si vous êtes notoirement connu comme un parent de Rob.

— Si fait, sourit-il, mais encore faut-il qu'ils puissent rentrer jusqu'ici puis vous trouver. Et ils ne s'y aventureront point. À moins de ne souhaiter une nouvelle guerre d'Écosse. Je m'inquiète plus pour vos sorties. Je vous indiquerai une porte dérobée qui donne sur la maison voisine. Vous échapperez à une éventuelle surveillance.

Nous n'avions aucunement besoin de quitter notre refuge avant le soir : un dîner était dressé dans l'un des salons de l'amirauté en l'honneur de lord Leister. Je fus presque soulagé d'apprendre que seuls Finn et moi étions conviés. Médeline et Henri resteraient à l'abri.

Andrew fit jouer un grand vaisselier et découvrit une ouverture dans le mur qui donnait sur un corridor vide puis une porte d'entrée. Endimanchés comme jamais, nous nous permîmes de couler un regard vers l'enseigne du *Crest*. Deux hommes aux chapeaux noirs et amples capes déformées par leurs rapières faisaient fort peu discrètement les cent pas à quelques toises de là.

— Nous les égorgerons en temps voulu, soupira mon compagnon avant de se hâter d'embouquer une rue opposée.

Nous trouvâmes un cocher sans autre préoccupation que de présager le pire pour son pauvre cheval qui manquait de s'effondrer raide mort à chaque pas, tant il semblait âgé et malade. La banquette en bois geignait sous nos fessiers, et je craignis que ses échardes ne gâchent définitivement mon habit en soie. Nous arrivâmes enfin devant un grand bâtiment en pierres presque blanches, richement éclairé, et gardé par deux planctons dont les vestes rouges nous rappelèrent de fameux souvenirs de massacres.

Un cadet de la Royal Navy nous pilota dans d'infinis couloirs. Les murs étaient ornés de portraits austères et de tableaux de marine. La plupart du temps, un bâtiment anglais y mettait à mal un Français. Le jeune homme ouvrit enfin à deux battants une porte qui contenait à grand-peine le bruit de nombreuses conversations. J'eus, malgré moi, l'esquisse d'un geste vers le sabre que j'avais, bien évidemment, laissé à l'auberge. Les plus haut gradés de la marine nous toisaient et s'étaient tus. Le frisson qui partit du manche de mon couteau calé dans mon dos remonta jusqu'à ma nuque.

Charles nous accueillit avec la grâce distante qui était sienne et réclama pour nous deux verres de sherry. Le bourdonnement de paroles reprit. Je me détendis et levai mon verre en toast vers notre ami :

— À vous, Charles, et à votre avancement. Pourvu qu'il ne vous prive point de naviguer. L'océan – et notre compagnie – y perdrait un marin d'exception.

Il rougit légèrement :

— Merci, Yann, voilà qui touche au cœur. Et merci de vous être déplacé jusqu'ici. Je devine aux frémissements de vos mains à tous deux une certaine envie d'étrangler et de pourfendre l'assistance. Gardez l'esprit ouvert : qui sait ? Vous pourriez même rencontrer quelques personnes intéressantes. Tenez ! Apercevez-vous cet homme là-bas, avec sa grande perruque noire ?

Il nous fut aisé de le repérer. Nous n'étions que trois dans la pièce à ne point porter d'uniforme. C'était le troisième.

— Je vais vous présenter, poursuivit Charles qui contourna élégamment quelques groupes pour venir saluer cet autre civil.

L'individu devait naviguer vers ses soixante ans. Ses traits rudes, son regard austère et sa bouche naturellement sévère me rappelaient l'allure de certains curés de chez moi, plus savants en damnation qu'en rédemption.

Notre impétrant du jour se chargea des présentations :

— Messieurs le chevalier Bréno de La Barre de Pont Allouët et O'Flahertie, permettez-moi de vous présenter monsieur Defoe, un écrivain célèbre par ici, que je soupçonne d'entretenir une passion coupable pour une région et une gente qui ne vous sont pas tout à fait inconnues.

L'homme porta une fine main aux doigts très blancs au menton, son regard s'éclaira soudain. Un sourire tint lieu de salutation…

— Le shamrock et la grenouille ! Par Dieu ! Si j'avais su… Charles, vous avez décidément des amis tout à fait plaisants…

Il se plaça entre nous deux, nous saisit par le coude et nous dûmes essuyer une salve continue de questions sur notre « expérimentation » des pirates et de leur île. À notre tour, nous lui rebattîmes les oreilles avec son histoire de Robinson dont le succès ne faiblissait point. Il nous fit remarquer que le « vrai » naufragé, Alexander Selkirk, fut retrouvé par un certain Woodes Rodgers qui ne devait pas nous être inconnu. Nous devisions ardemment à grand renfort de sherry lorsqu'une triste figure, hautaine et pâle, vint nous interrompre tout net. Richard, le cousin de Leister, dont les entrées à l'amirauté devaient plus à son sens de la manœuvre politique qu'à celle des bâtiments de marine, avait le ton mielleux de ceux qui tendent sucre pour attraper mouches.

— Bien le bonsoir, messieurs, nous dit-il sans plus d'affectation, le *lord admiral*, le comte de Berkeley, souhaiterait s'entretenir avec vous. La Cour bruisse d'un attentat contre l'un des siens qui aurait été commis par une bande de tire-laine équipée en pirates. Vous lèverez le soupçon. Je n'en doute point…

Avec un geste de courtoisie affectée, il nous désigna une porte à double battant protégée par deux vestes rouges. Je vis Finn faire discrètement un signe à Charles afin de le retenir d'intervenir. Nous étions seuls face à la marine britannique. Une vieille habitude.

16

Billingsgate, Londres, Angleterre, mars 1723

Le *lord admiral* se tenait nonchalamment assis sur une banquette jaune pâle. Il était seul dans une grande pièce au plafond décoré. Derrière lui, sur son tribord, un bâtiment de Sa Majesté flanquait une rouste à un navire de notre grand roi. Le drapeau à fleur de lys traînait dans l'eau. L'Union Jack flottait en majesté au beau milieu de la fumée ocre des canons. Il nous fit signe d'approcher. Les portes se refermèrent sur notre dos dans un claquement auquel je prêtai les pires auspices.

Nous approchâmes. Une main sèche tapota le tissu à côté de lui. Les doigts me parurent déformés, gonflés par endroits, tordus certainement. Et je remarquai qu'il n'avait pas su, ou pu, les tendre totalement. Un marin ! Ces serres d'aigle n'appartenaient qu'à ceux dont les articulations ont été contraintes pendant de trop longues années par le frottement des cordages en chanvre et baignées dans l'eau de mer sans jamais pouvoir totalement sécher.

Il suivit mon regard, sourit d'un rictus sans lèvres. Il déposa sa perruque sur ses jambes croisées, découvrant des cheveux très blancs coupés à mi-longueur.

— Messieurs, commença-t-il, vous me trouvez devant un dilemme intéressant. Dois-je vous considérer comme d'innocents hommes de mer en promenade sur nos rives sans autre raison évidente que de renouer avec de vieilles connaissances, ou comme ces pirates sans foi ni loi dont nous avons eu toutes les peines du monde à nous débarrasser, pour autant que cela fût achevé... ?

Finn ouvrit la bouche. Il ne lui laissa point l'opportunité de répliquer :

— Monsieur O'Flahertie, croyez bien que j'éprouve une certaine sympathie à votre égard. Les rapports de Woodes Rodgers, quoique écrits comme au charbon sec, trouvent une certaine emphase quand il s'agit de votre personne. Mais n'en abusez pas…

Il se tourna vers moi :

— Et vous, chevalier. Que croire ? J'ai reçu la requête impérieuse d'un lord éminent de vous livrer tel Samson aux Philistins, le crâne rasé et entouré de cordes. Mais je n'ai pas l'âme ni les atours d'une Dalila, encore moins ceux d'un terrien comme ces beaux messieurs qui ne risquent leur vie que pour le ridicule et qui – veuillez pardonner mon égoïsme – s'étranglent comme au gibet quand j'ose demander une augmentation des crédits de la marine auprès du roi lui-même. Mais baste. Que s'est-il passé dans ce bois ? Nous concoctez-vous une nouvelle guerre avec l'Écosse ? De marin à marin, j'attends vos éclaircissements.

Le temps d'intercepter un regard de Finn me suppliant de me taire et je narrai le récit de notre rencontre avec Rob Roy sans rien omettre ou presque. Je ne m'attardai point sur le coup de hache fatale et insistai sur l'inégalité du combat à son commencement. Mon interlocuteur hochait la tête de loin en loin, à peine agacé par les soupirs de l'Irlandais qui ponctuaient chacun de mes aveux.

— Bien, conclut-il quand j'eus terminé, je comprends que votre sang de Français se soit rebellé contre un duel inégal et entiché d'un voleur de bétail haut en couleur. Certes. Une précision cependant : êtes-vous certain que ce Robert McGregor avait l'argent de sa rapine quand vous l'avez laissé aux portes de Londres ?

Nous l'en assurâmes vigoureusement sans trop entendre où menait son sillage. Il se retourna vers nous. Son visage émacié,

portant encore la marque d'un hâle marin, exprimait un mélange de détermination et de fourberie.

— Voyez-vous, expliqua-t-il, votre ami a été arrêté. Il n'a consenti que peu de mots, malgré un questionnement vigoureux. Et cela a été pour nier farouchement être encore en possession de son petit trésor. Il lui aurait été volé en ville par des sbires de lord Melrose. Mais que vaut la parole d'un hors-la-loi face à celle d'un gentilhomme bien en Cour ? N'est-il point ? Ledit gentilhomme, ne pouvant par ailleurs se plaindre d'une bourse dégarnie, clame à qui veut l'entendre que ses pièces d'or ont bel et bien disparu… Comprenez que ce butin serait utile à notre Navy. Et puisque personne ne semble en disposer…

— Vous demandez à des pirates de le retrouver, expira un Finn à l'agonie.

— Que nenni, monsieur O'Flahertie : je sais où il est. Je n'ai besoin que de le dérober. Il va embarquer à bord d'un navire à quai sur la Tamise qui doit rejoindre l'embouchure du Tweed, à la frontière entre Angleterre et Écosse…

— Comprenez, *my lord*, lui dis-je alors, que tout pirate que j'aie pu être – et ce fut par accident –, je n'en suis pas moins français. C'est trop demander que de me réclamer de vous aider à construire des vaisseaux ou des armes qui tôt ou tard engageront ceux de mon pays… Par ailleurs, vous êtes un pair du royaume. Je ne doute point que vous trouverez un moyen de vous procurer un autre financement.

— J'entends. À vous d'envisager votre destin : soit être traités comme des pirates céans, voire tels des bandits de grand chemin à Westminster, soit retrouver ce pécule, me le confier et profiter d'une croisière paisible vers le royaume de France avec votre femme et vos amis. Puis-je ajouter que nous nous fichons comme d'une guigne d'une certaine auberge, tenue par deux curieuses matrones, où vous avez vos habitudes en Cornouailles. Cela pourrait ne point perdurer…

Je serrai les poings et m'approchai. Il recula. La rage blanchissait mes jointures. Sans même m'en rendre compte, ma main saisit le manche de mon couteau dans mon dos. Finn me toucha le bras.

— Pas ici, Yann, me murmura-t-il. Pas ici…

Il se tourna vers un *lord admiral* qui avait remis sa perruque en place et retrouvait un peu de contenance :

— Vous disposerez donc de nos bras. Pour un moment seulement. Vous les obtiendrez, vos trente deniers ! Mais j'exige un sauf-conduit scellé de votre cachet pour toutes nos actions entreprises à partir de ce soir. Puisque vous nous connaissez si bien, vous le ferez porter là où nous résidons.

Nous reçûmes l'aval du maître de la marine britannique par un simple hochement de tête. Mon ami tourna les talons. Je m'approchai de notre hôte, ôtai ma lame de son fourreau, il fit un écart qui ne le préserva pas d'un coup d'épaule qui envoya valser comte, amiral et postiche. Je saisis le tableau au-dessus de la banquette jonquille, tailladai le gros trois-ponts britannique. Je me retournai enfin, tout sourires, vers l'homme qui se redressait :

— *My lord*, pour parodier votre poète, sachez que « j'ai fait mille choses horribles avec l'indifférence qu'un autre met à tuer une mouche… »… Si vous menacez encore ma famille, je prendrai, cette fois, un soin tout personnel à vous larder mieux que cette croûte infâme.

Devant un Berkeley la bouche ouverte, Finn haussa les épaules et eut un sourire taquin :

— *Mea culpa*, votre grandeur, *mea maxima culpa* : il ne faudrait jamais faire lire notre bon William à un Français : il se rêve Roméo et se découvre Hamlet, ou Titus en l'occurrence. Ces gens-là manquent de subtilité, que voulez-vous…

Nous partîmes sur un éclat de rire qui tenait autant du cri de ralliement que d'une hystérie mal maîtrisée.

*

Nous devions nous pencher l'un vers l'autre pour nous entendre. Nous patientions dans un caboulot douteux des bords de la Tamise, sur les docks, près de Billinsgate. Notre ami Baruch avait trouvé le moyen de nous renseigner en une seule journée : lord Melrose avait affrété un bateau de charge, le *Marble*. Il ferait convoyer son argent par deux de ses janissaires, des hommes de main habitués à ce genre de tâche.

J'avais renvoyé, malgré leurs intenses protestations, Médeline et Henri chez Ann et Mary. Les menaces de l'amiral m'avaient effrayé. Je souhaitais également qu'ils en fassent part à nos deux amies qui sauraient être sur leurs gardes.

Le navire ne déhalerait qu'à la marée de onze heures le lendemain. Son équipage, dont les deux brutes de Melrose, était avachi sur une table à quelques pas de la nôtre. Le « capitaine » avait toutes les peines du monde à trouver le cap de sa bouche pour boire. Chaque gorgée d'ale tiède ruisselait sur une barbe qui semblait afficher, en restes peu ragoûtants, ses agapes de la journée. J'avais parié avec Finn pour un ragoût d'agneau. Lui penchait plutôt pour une tranche de lard.

Quelques dames proposaient leurs services à grand renfort de mouvements de gorge. La plupart me parurent assez âgées pour être génitrices de leurs propres clients. Une très jeune fille cependant, douze, quatorze ans à peine, déambulait au beau milieu des ivrognes et de leur odeur de vomi houblonné. Ses cheveux crasseux devaient être blonds. Elle était habillée d'une seule chemise d'homme si sale que je n'en eusse pas voulu pour frotter les cuivres de mon bateau. Elle singeait les gestes des plus anciennes, se déhanchait outrageusement et offrait une vue imprenable sur une poitrine déjà née mais point achevée. Ses yeux bleus voilaient déjà l'innocence sous la maturité de la misère. Ses pieds nus glissaient dans les immondices.

Je lui fis un signe de la main. Elle s'approcha. Deux rides précoces entouraient une bouche trop grande pour la finesse de ses traits. Je lui montrai une pièce.

— Elle est à toi, petite, lui dis-je sous le regard interrogatif de mon ami irlandais, si tu me promets sur Dieu et ses saints de rentrer chez toi cette nuit. Et de t'acheter de quoi te nourrir…

Je jetai un œil à ses côtes saillantes sous son pauvre vêtement. Elle se planta devant moi, les mains sur les hanches. Elle m'observa attentivement, la tête un peu penchée.

— Tu n'es pas d'ici… D'où tu viens ?

Elle avait un accent gras et difficilement compréhensible, comme s'il était atteint lui aussi par le beurre rance et la graisse de mouton qui suintait de cette gargote.

— D'un rocher sur la mer où les petites filles sont des sirènes et les femmes des fées… On l'appelle la Bretagne.

Elle cracha par terre, m'adressa un clin d'œil de fille de mauvaise vie et attrapa la pièce avant même que je ne puisse l'en empêcher. Elle tira la langue.

— Doivent pas être mignonnettes, vos catins à queue de hareng !

Elle prit ses jambes à son cou, puis disparut.

Finn pleurait. De rire.

— Des sirènes et des fées ? Tu aurais pu préciser que certaines ont des hanches à faire pâlir un cheval de trait et que bon nombre portent une effrayante moustache malgré leur genre… Cette gamine va tapiner dans l'établissement le plus proche sitôt sortie d'ici, espèce d'engeance de curé dégénérée…

Un bruit, puis un silence soudain interrompirent – fort heureusement – sa diatribe contre la gent féminine de mon pays. Quatre hommes étaient entrés et promenaient leur regard sur la compagnie.

— La presse, me souffla mon compagnon redevenu sérieux.

Il m'en avait déjà longuement entretenu. La marine britannique allait chercher les bras dont elle avait besoin sur les docks et dans les estaminets des grandes villes. Quelques vermines reconverties recrutaient en soûlant d'alcool ou de coups les pauvres hères qui y traînaient.

La petite troupe bloquait l'entrée du lieu. Son chef arborait une veste qui rappelait vaguement le bleu des officiers de la Royal Navy. De forte stature, il avait les joues mangées par une barbe brune irrégulière qui peinait à cacher une couperose si intense que je l'avais de prime abord prise pour les cicatrices de la petite vérole. Un légume proéminent aux poils répugnants lui faisait office de nez. Il s'appuyait sur un bâton poli par les ans et les raclées assenées. Il haranguait la foule, plus par habitude que par devoir, promettant à ceux qui voudraient bien « rejoindre la glorieuse marine anglaise une demi-guinée et des aventures que Francis Drake lui-même rêverait de vivre ».

Un murmure de réprobation vite étouffé vint accueillir son adresse. Il découvrit des dents jaunes agencées dans le désordre et poursuivit :

— Si, bien sûr, tout le monde ici gagne sa vie honnêtement, la Couronne le comprend bien et vous félicite, les amis ! Moi et mes hommes sommes d'ailleurs tout à fait enclins à offrir une chope à ceux qui viendront la partager avec nous…

Il s'assit en poussant quelques joueurs de dés de son gourdin, se claqua les cuisses et eut un regard gourmand vers la bière que lui apportait l'une des dames de l'endroit. Le salut qu'il adressa à ceux du *Marble* nous fit comprendre qu'ils se connaissaient et que nous ne pouvions compter sur les nouveaux arrivants pour nous en débarrasser.

Un froissement, une bousculade, puis un chuchotement vinrent nous déranger sous notre banc. Je dus lever les jambes pour laisser passer ma petite délurée à quatre pattes et un garçon, plus jeune qu'elle mais tout aussi crasseux. Le doigt qu'elle mit sur sa bouche nous avertit de ne point les faire remarquer. Nous les cachâmes donc. Finn, étrangement en balancier sur la fesse droite pour les protéger, soupira à fendre un billot de boucher.

Ce fut le moment que choisit le recruteur en chef pour nous dévisager. Certes, nous détonnions avec nos habits propres et nos visages cuits par le soleil des Antilles. Et, sans que je me l'explique totalement, j'avais appris que je ressemblais à un Français pour n'importe quel Britannique un tant soit peu observateur. L'homme se leva et s'approcha de notre table, appuyé sur son bout de bois lisse. Sous notre banc, nos deux garnements s'agitèrent. Un coup de genou, et ils comprirent qu'ils devaient rester cois.

— Bien, articula l'ivrogne avec la voix gâchée de ceux qui ont trop abusé des cris ou de l'alcool. Qu'avons-nous là ? Deux gentlemen au désespoir ? Prêts à embarquer, messieurs ? Ou à nous offrir un verre, à moi et mes hommes ?

J'ouvris la bouche pour répondre, mais Finn me devança :

— Je préférerais encore avoir des relations inavouables avec un Léviathan que partager quoi que ce soit avec vous et vos sbires. Et, croyez-moi, je m'y connais en relations inavouables...

Ce fut dit avec un sourire de bourreau et un calme d'archevêque. Le bâton claqua sur notre table, renversant ma bière. Je m'écartai par réflexe, dévoilant les deux petits.

— Mais tiens donc, s'époumona le grêlé en prenant l'assistance à témoin. Ces beaux messieurs nous cacheraient-ils quelque chose ? Sont-ils irlandais à ce point qu'ils détestent la marine de Sa Très Gracieuse Majesté ?

Il venait de commettre une erreur. Eût-il compris que j'étais français, il rameutait l'audience à sa cause. Mais il me croyait de la même nationalité que mon ami. Je décidai de déclencher la tempête. Je me levai, regardai alentour. Visiblement, on attendait de moi une phrase définitive. J'arrachai le gourdin des mains de son propriétaire, puis le frappai à la volée en hurlant : «*Eirinn go Brach*[1] *!*» Le cri de ralliement des Irlandais. Finn prit le temps de me regarder avec la fierté du maître écoutant un disciple réciter parfaitement une leçon avant de se redresser lui aussi. Ce fut le chaos. La verte Erin fournissait une bonne part des miséreux des docks. Ceux-là décidèrent d'entrer dans la danse et se jetèrent sur les hommes de la presse.

1. «Irlande pour toujours !», en gaélique.

Les tabourets volèrent. Quelques Anglais de naissance hésitèrent d'abord, puis choisirent de taper sur les *Irishmen*. Une table partit en vrac à deux pas de la nôtre. Elle était encombrée d'un homme au front ouvert. Une main tira sur ma jambe, puis me fit signe de la suivre. Finn et moi, penchés comme pour loucher sur le plancher, prîmes la fuite, précédés par les deux bambins, vers la porte arrière de l'estaminet. Elle fut vite franchie. Nous aspirâmes goulûment un air frais et humide, chargé d'odeurs de vase et de poisson pourri.

Il n'était point encore temps de nous réjouir. J'attrapai ma protégée par le bras, lui montrait le *Marble* paressant sur ses amarres :

— Je te donne deux pièces et plus si vous arrivez à faire en sorte que personne ne monte à bord de ce bateau avant une bonne demi-heure…

Ce fut le garçon qui répondit, avec cet accent gouleyant particulier à ces quais :

— Bien, m'sieur ! Mais ce sera une guinée en or ou rien !

Je lui tendis la pièce demandée, une fortune en ces lieux.

— Et une de plus quand nous aurons fini. Je te le promets !

Je saisissais déjà la planche qui reliait la terre au navire pour la mettre en place, Finn sur mes talons. Nous montâmes sur le pont. Les mains sur les hanches, essoufflé, il se permit une courte pause :

— Devinerais-tu qu'il y a du Macbeth en toi ? « Pour tromper le monde, ressemblez au monde. »… Mais, diantre, comment ces pauvres bougres ont-ils pu te prendre pour un Irlandais ? Et il faut que je te parle de ta prononciation en gaélique : elle est déplorable…

— Crois-moi, lui répondis-je, il m'en coûte de me faire passer pour l'un de tes compatriotes sauvages à peau de bête, mais nous avons plus aiguillonnant ici : où cacherais-tu une sacoche garnie de pièces d'or sur un navire ?

Nous convînmes que nos malandrins ne devaient point être trop subtils. Il fallait donc chercher, si ce n'était l'évidence, au moins le probable. Nous nous séparâmes, Finn fouillerait le pont, je descendrais dans la cale. Des bruits diffus provenant de l'auberge semblaient nous laisser un peu de temps. On s'y battait encore vigoureusement.

J'entrai dans les entrailles sombres du navire. Une lampe à huile m'attendait au bas de la descente. Elle offrait un éclairage vacillant mais suffisant. Je me dirigeai vers le pied de mât, là où les marchandises devaient être entreposées. Un pénible désordre de balles de coton, de lingots de fer, de tonneaux vides et de divers objets hétéroclites, dont une paire de bottes habitée par des rats, baignait dans les vapeurs écœurantes de cordages mouillés, de bois pourri et d'algues en décomposition. Mais point d'or. Nulle part. Mon compagnon me rejoignit, non sans insulter copieusement une équerre de bois qui avait eu le malheur de rencontrer son mollet.

J'écartai les bras en signe d'impuissance. Ma main heurta la pompe de cale. Elle manqua de se renverser. Elle eût pourtant dû être fixée avec soin puisque, sans elle, le bâtiment prenait l'eau. Nous la déplaçâmes. Elle dissimulait une trappe. Laquelle découvrit une cache de la taille d'une grosse boîte, « un cercueil », selon Finn, où nous trouvâmes, à peine humide, l'ample sac de notre ami écossais.

Il pesait lourd sur mon épaule quand nous remontâmes sur le pont. Le brouhaha s'était déplacé de l'auberge à la rue. La bagarre générale semblait avoir pris de l'ampleur. J'aperçus une bande de morveux dépenaillés qui asticotaient des brutes en leur jetant tout ce qu'ils trouvaient sous la main pour mettre plus encore de l'huile sur le feu. Mes deux comparses du jour méritaient leur salaire.

Nous nous retrouvâmes sur le quai sans que personne sût ou pût nous prêter attention. Nous avions à peine fait deux pas que la jeune fille et son ami nous barrèrent la route. Le garçon tendit la main, paume offerte. J'y déposai le prix de notre rapine du soir et m'accroupis devant lui, une main sur son épaule. J'y sentis l'os, fragile :

— Merci pour votre aide, dis-je. Sans vous et cette émeute, nous n'aurions pu nous en tirer…

Il se retourna vers sa commère :

— Il n'est pas d'ici, lui. Et pas irlandais ! Gallois peut-être ? Bon. On s'en fiche, hein ? Et si j'en juge par le bruit de ce sac, vous me devez une guinée de plus, messire. Cela ne devrait pas vous coûter plus que ça de me la donner.

Ce fut le moment que choisirent deux hommes pour s'écharper sur nos talons. L'un d'entre eux estourbit l'autre d'un coup de poing magistral et cherchait déjà du regard son prochain adversaire quand Finn lui assena un coup de coude sous la poitrine qui le fit proprement se dégonfler comme une voile déventée.

— C'est intrigant, sourit-il, que l'on apprenne, si longuement et si strictement, les si complexes règles de l'escrime… alors qu'il suffirait de quelques lectures d'anatomie.

Sa démonstration avait attiré l'attention. Sans mot dire, les deux gamins décampèrent en nous prenant par la main. Nous embouquâmes une ruelle sombre après l'autre. Le sac glissait de mon épaule. Je me tordais le dos à le remettre en place. Les flaques et les déjections qui minaient notre voie ne m'aidaient pas franchement. Hors d'haleine, nous franchîmes deux planches d'une pauvre barricade, un couloir à la forte odeur d'urine. Nous dévalâmes un escalier pour nous retrouver dans l'antichambre de l'enfer. À moins que ce ne fût justement sa pièce principale. Des dizaines d'enfants en haillons, certains presque nus, appuyés sur des murs de craie suintant l'humidité, nous détaillaient.

Un homme, grand, sec, émacié, habillé en noir – le seul adulte présent à part nous –, nous accueillit d'un sourire :

— Bienvenue à Providence, messieurs, dit-il d'une voix très grave. Que pouvons-nous faire pour vous ?

17

Providence, Londres, mars 1723

Nous étions désormais assis, le séant dans une terre meuble, entourés de fripons de tous les âges sauf adulte. Quelques très rares paillasses traînaient sur le sol. Je crus entendre le couinement des rats qui en avaient fait leurs nids douillets. Nous devions nous trouver dans une ancienne carrière, ou un très vieil entrepôt, sous terre. Quelques braseros réchauffaient à peine cette voûte-catacombe dans laquelle chaque souffle créait son propre brouillard. Dans un coin, un simple grand abreuvoir, comme ceux que l'on offre aux vaches, semblait faire office de puits. Des gobelets épars sur ses bords. Notre hôte se présenta :

— Je suis le révérend George Ballmer, et le berger de ces ouailles. Enfin, j'essaie. C'est la première fois que Rebecca et Thomas nous amènent des visiteurs. Ils sont frère et sœur, le saviez-vous ? Les plus intelligents, mais les plus difficiles, les plus sauvages, de mes orphelins… Comment avez-vous pu réussir le miracle de les apprivoiser ?

En peu de mots, en restant aussi discrets que possible sur ce que nous avions à faire sur ce bateau, nous lui narrâmes notre petite histoire. Je ne résistai pas à lui faire remarquer que ladite Rebecca m'avait paru n'être rien de moins qu'une – beaucoup trop jeune – prostituée dans l'estaminet où nous l'avions rencontrée.

— Je ne le sais que trop bien, jeune homme, me rabroua-t-il. Je fais ce que je peux avec ces enfants. Au début, je ne m'occupais que de quelques-uns, dans le cadre de mon ministère.

Puis, avec les maladies, la presse toujours plus avide et les activités portuaires qui décuplent, ils sont venus plus nombreux. Je ne peux leur offrir que cet abri de misère et de la nourriture. Et encore, pas tous les jours…

— Bien, mon père, répondit Finn en guise d'apaisement. Nous comprenons. Vous agissez pour le mieux avec le pire. Mais pourquoi ce nom de Providence ?

Notre interlocuteur nous regarda plus attentivement.

— Voyons, voyons… Un Irlandais, un Français… Vous, le Français, vous avez des mains de marin et un hâle des Amériques. Et vous tiquez au beau milieu de ce désespoir sur le nom de « Providence » ? Allons ! Nous savons, vous et moi, de quoi je parle. Et n'imaginez point que j'ai été pasteur toute ma vie. Et puis le repaire des désespérés mérite ce nom, voire cet héritage, n'est-ce pas ?

Nous en convînmes. Je regardai encore autour de moi. Je n'avais jamais vu autant de misère ni autant d'êtres jeunes aussi décharnés. Je reniflai bêtement, puis poussai le sac vers le père Ballmer.

— Puisque vous évoquez un certain « héritage », voici le nôtre pour ces gamins. Faites-en bon usage. Mais j'assortis mon don d'une condition, et il me faut votre parole d'homme de Dieu que vous n'en dérogerez point.

J'eus droit à un regard interrogatif m'invitant à éclaircir mes propos.

— Cet argent doit servir uniquement aux orphelins dont vous avez la charge, à leur accueil, leur éducation, leur santé… Et il est impératif que vous fassiez savoir, au plus vite, à Londres et l'Angleterre entière que c'est le lord amiral Berkeley qui vous l'a confié pour vos bonnes œuvres. Si vous bâtissez un orphelinat, vous lui donnerez son nom.

— J'imagine qu'il ignore quel grand homme il est en accomplissant un tel geste, me demanda-t-il.

— « Nos doutes sont des traîtres et nous privent de ce que nous pourrions souvent gagner de bon parce que nous avons peur d'essayer», expliqua sentencieusement Finn. Nous essayons pour lui. Il nous en sera reconnaissant. Plus tard.

— *Amen*, conclut le prêtre. Je vais de ce pas prévenir un ami qui s'occupe du *London Gazette*. L'information aura fait le tour du pays dans deux jours. Je vous le certifie.

Nous nous calâmes aussi confortablement que possible, le dos contre la paroi et ses rigoles d'eau, les jambes tendues. Il nous faudrait attendre que le pasteur ait fait son œuvre avant de pouvoir nous risquer dehors, face à l'amirauté ou à l'ire du duc de Melrose qui apprendrait bien assez tôt ce qu'était devenu son magot.

Nous nous endormions, épaule contre épaule, heureux, finalement, de notre sort, inquiets de celui des habitants de cette nouvelle Providence. Je tentais encore d'y repérer le futur Barbe Noire ou la prochaine Ann Bonny quand un sommeil de ciel plombé finit par m'envelopper.

*

Des coups de pied nus surent m'extraire d'un mauvais rêve humide et froid. Rebecca, ses grands yeux d'adulte et sa chemise en haillons, un doigt sur la bouche, se tortillait comme la petite fille qu'au fond elle était.

— Avec moi, Merlin ! Tu avais raison : il y a des fées chez toi. Mais il apparaît que tes sirènes sont contes pour enfants...

Je tentai d'ouvrir les yeux et de redresser un corps à l'agonie de la course de la veille. Derrière elle, une grande ombre et des cheveux en palmier m'observaient. Son sourire vint éclairer ce fourneau du diable. J'en fus ébloui.

— Médeline ?

— Tiens donc, c'est «Merlin» désormais ? Et pourquoi pas ? Maintenant, ô grand mage, expliquez-moi ce que vous faites dans cet enfer. Et levez-vous, je vous prie. La fée que je suis ne tolérera point la moindre marque d'irrespect...

L'éclat de rire des gamins et de ma femme acheva de nous réveiller totalement.

En peu de mots, nous apprîmes que, contrairement à ce que nous avions recommandé, Médeline et Henri avaient envoyé un message à Ann et Mary et leur avaient transmis leurs inquiétudes. Charles les avait renseignés et avait paru à la torture de nous savoir dans les griffes de l'amirauté. Il avait retrouvé une peinture tailladée qui ne lui disait rien qui vaille… Et, plus inquiétant encore, un comte de Berkeley, James de son prénom, hors de lui et grossier, ce qui n'était point dans ses habitudes. Notre soudaine disparition avait achevé de les convaincre, tous, que nous étions en danger. L'*Oroun* nous attendait à quai, ici, sur la Tamise. Paré à nous embarquer. Ou à faire feu.

La petite Becky[1], avec son esprit vif, avait jugé bon de tourner autour du navire. Elle avait entendu parler français et avait fait le lien. C'est elle qui avait convoyé ma belle jusqu'à nous.

Les retrouvailles furent joyeuses mais préoccupées. Je vis que nos canons avaient été disposés à poste. Fort heureusement, les sabords clos empêchaient quiconque de se rendre compte que mes compagnons avaient froidement envisagé de lâcher une bordée sur l'un des docks les plus habités de Londres. Ann et Mary avaient revêtu leurs tenues d'Adam et de Will, rangée de sabres et de pistolets en bandoulière. Ample chapeau pour la première, foulard brun pour la seconde. Vues de terre, elles devaient ressembler à deux fameux guerriers d'épouvante. Henri me parut ne porter sur lui que son couteau. Je le vis à plusieurs reprises jeter un œil vers la muraille du bateau. Sa hache, négligemment déposée là, attendait son maître. Je soupirai. Et m'apprêtais à calmer tout mon monde quand Charles Leister manqua de faire retourner le coche qu'il avait emprunté en le sommant de s'arrêter en catastrophe devant le navire.

---

1. Diminutif de Rebecca, en anglais.

— Messieurs ! Yann, Finn ! s'époumona-t-il, pour une fois totalement dépourvu de son flegme. Le *lord admiral* a donné l'ordre à mon cousin, Richard, de vous jeter au cachot sur-le-champ. Il ne saurait tarder. Vous devez déhaler céans et prier pour que l'*Oroun* soit plus rapide encore que d'habitude. Pour parler clairement : vous allez avoir le souffle de toute la marine anglaise au ras de la poupe.

Je tentai de le calmer et de trouver la parade. En vain. Je n'eus point le temps de réfléchir plus avant : une troupe d'une dizaine d'hommes, Richard Leister en tête, nous mettait en joue du quai.

— Holà, du bateau ! hurla l'aide de camp de l'amiral. Vous êtes priés de mettre en panne, de ne toucher à aucune manœuvre et de vous rendre désarmés. Les sieurs Kervadec et O'Flahertie sont mandés incessamment par une cour de la Royal Navy… pour commencer…

La diatribe fut conclue par un sourire sardonique que j'eus envie d'agrandir à coups de lame. Mais enfin nous étions pris. Les amarres étaient déjà gardées chacune par un soldat.

— Gagne du temps, Yann, me souffla Médeline. Ne me demande pas pourquoi, mais tente de faire tourner l'horloge…

À quoi bon ? Nous étions plus faits que lapin au collet. Mais je m'exécutai et invitai un Leister de plus à bord. Il refusa. Je tentai donc d'engager la conversation, penché par-dessus le plat-bord. Je devais forcer ma voix : tout le petit peuple du lieu était venu assister au spectacle et produisait un brouhaha insupportable. De-ci, de-là, fusait une invite à « tuer le Français ! » ou à « pendre les pirates ! »… La troupe tentait de faire barricade. Nous n'étions pas loin d'être lynchés.

Finn vint à mes côtés et tendit une feuille de papier à notre interlocuteur :

— Nous n'avons agi, dit-il avec un ton étrange, comme celui d'un avoué expliquant patiemment son point de vue à un juge, que sur ordre du très estimé James Berkeley. Et en voici la preuve.

Le papier se déchirait presque au vent, mais les armes de son illustre propriétaire restaient bien visibles.

— Votre intervention est donc non seulement diffamatoire et inconvenante, mais également absolument illégale. Nous avons reçu des instructions et les avons exécutées. Votre contrordre ne pèse pour rien.

Richard se balança d'un pied sur l'autre. La parade de l'Irlandais faisait mouche. L'Anglais fut sauvé par l'arrivée d'un carrosse richement décoré et d'une foule d'officiers emperruqués de la Royal Navy. Le comte de Berkeley en son centre.

— Messieurs, j'avais donné ordre d'abord de discrétion, puis d'efficacité.

Il jeta un regard sur la foule et la soldatesque.

— À ce que je vois, la première n'est plus de mise ; quant à la seconde, je ne vous cacherai point mes doutes… Allons ! Soyez raisonnables, et évitons un bien inutile bain de sang. Déposez les armes et veuillez nous suivre.

Ann et Mary se rapprochèrent de moi. Sabres au clair. Henri tenait désormais sa hache à la main. Médeline brandissait un boutefeu. Je me retournai vers mon équipage.

— Pour les gueux des mers… Pour nous… Pour tous ceux qui vivront après nous !

Je baissai le bras. Les sabords s'ouvrirent. La bouche des canons prête à cracher la mort. Les soldats reculèrent. Richard se réfugia drôlement derrière son amiral. Charles me prit le bras :

— Je ne peux le permettre ! Il faudra me tuer si vous comptez réellement larguer une bordée !

Il avait saisi son épée.

Un chant lointain, se rapprochant doucement, figea temps et peuple. Des voix, jeunes, entonnaient un *Pater Noster*[1]. Elles arrivaient vers nous par-delà les toits hésitants des habitations qui longeaient le quai. Elles prenaient nos assaillants à revers.

1. « Notre Père », en latin.

Médeline posa sa main sur la garde de l'arme de Leister.

— Tout cela n'était que théâtre, Charles. Il nous fallait attendre ce petit miracle.

Les voix contournaient désormais un pâté de maisons et allaient apparaître sur notre bâbord. Par réflexe ou piété, la foule de badauds – celle-là même qui voulait nous étriper peu de temps auparavant – se mit à psalmodier également. Notre agresseur du jour se contorsionnait étrangement pour apercevoir quelque chose. Ses vestes rouges et ses galonnés murmuraient entre eux, indécis.

Ils apparurent enfin comme une armée en haillons. Les dépenaillés de Providence, précédés par le révérend George Ballmer, récitaient désormais un psaume, de saint Matthieu, me semblait-il. Leurs pieds nus battaient mesure d'une marche – étrangement – presque militaire. Le pasteur tenait une croix devant lui. La horde miséreuse vint se poster entre l'amiral et nous. Deux galopins grimpèrent comme des petits singes sur nos amarres pour atteindre le bord. Thomas et Rebecca vinrent saisir la main de ma femme, un sourire coquin sur le visage. Leur fée, elle, rayonnait.

Le pasteur prit la parole. Ses intonations graves, sa voix forte martelaient presque le poitrail de ceux qui l'écoutaient. J'avisai Baruch, tout près de lui, qui tenait en rouleau un journal à la main. Il le lui glissa quand l'homme de Dieu posa la croix, puis s'avança vers le comte, suivi par sa cour des misères.

— Gloire à Dieu et à vous, amiral ! Votre geste restera à jamais gravé dans nos cœurs et dans la pierre. Nous bâtirons ici un temple et un asile pour ces malheureux. Celui-ci portera votre nom au fronton en signe de gratitude éternelle.

Il se retourna vers les enfants :

— « Partage ton pain avec celui qui a faim, Et fais entrer dans ta maison les malheureux sans asile. Si tu vois un homme nu, couvre-le, Et ne te détourne pas de ton semblable[1]. »

1. Ésaïe LVIII, 7.

— *Amen !* cria l'assemblée.

Le maître de la marine britannique rajusta sa perruque, se raidit un peu et réussit à extirper un sourire de son incompréhension. Il se saisit du papier tendu, le déroula et manqua de s'étouffer. Je le vis chercher une chaise. N'en point trouver et se caler tant bien que mal sur ses jambes flageolantes.

Ballmer prit la foule à témoin :

— L'amiral offre aux docks de quoi soigner les plaies des plus pauvres. Hourra !

Le cri fut répété et amplifié. À tel point que l'impétrant dut lever la main, d'abord pour saluer, puis pour demander la parole. Il se racla la gorge.

— La marine royale ne saurait oublier vos efforts et les sacrifices ici consentis pour que le royaume éclaire le monde. Je tenais à aller au-delà des mots et à vous prouver sa reconnaissance. Je souhaitais, certes, le faire plus discrètement, mais enfin... Voilà.

Il reçut à son tour son content de cris de joie et de remerciements. Je le vis s'approcher de notre navire. Il dut hurler pour se faire entendre alors qu'une grappe de bambins s'accrochait à son très délicat habit de soie. Je pensai que quelques petites mains devaient déjà le délester, très amicalement, de sa bourse.

— Capitaine, dit-il en s'adressant à moi, permission de monter à bord ?

Je lui accordai un grand geste de bienvenue que j'espérai courtois et galant. Henri fit glisser la planche pour qu'il nous rejoigne. Bento, lui, suivait, comme invisible au reste de l'humanité. Cet homme avait le don de disparaître de la vue du commun des mortels. Richard tenta de prendre le sillage de son maître. Mon regard et un signe de tête lui firent comprendre que je ne pouvais me porter garant qu'un malheureux coup de sabre ne vienne écourter une glorieuse carrière de lèche-bottes s'il insistait. Seul le « bienfaiteur » de Billingsgate vint à nous. Ses soldats tournaient désormais le dos au navire et le protégeaient de la foule.

Nous nous installâmes sur la dunette arrière, dérangés encore par le bruit en contrebas, à terre.

— Chevalier, me dit l'amiral, vous me mettez là dans une position inconfortable, je vous le concède. Comment puis-je désormais me dédire d'un don que je n'ai jamais fait avec un argent qui ne m'appartient pas ? Et espérez-vous vous en sortir à si bon compte ?

— Monsieur, répondis-je, ce geste généreux vous rend tout à la fois propriétaire de ces quais et de cet argent. Et je n'espère rien d'autre que votre clémence. Pour moi et mon équipage. Il vous sera par ailleurs extrêmement malaisé d'expliquer comment le sang pourrait couler après une telle liesse populaire…

— Et le duc de Melrose ? Vous l'oubliez ? Pensez-vous qu'il fermera les yeux ? Le bougre peut être haï des Écossais des Highlands, mais il est aussi pingre qu'ils peuvent l'être.

— « La vraie noblesse est exempte de crainte », interrompit Finn-Henri IV. Vous, vous ne craignez rien. Lui peut tout redouter. Y compris une indiscrétion à cette même *London Gazette*, que vous tenez ici, qui pourrait dévoiler d'où vient l'argent. Et faire libérer l'ami Robert Campbell. Bref, mettre la Couronne dans l'embarras.

— Voire… Vous ne savez point les tortueux arcanes de la cour de notre roi. Mais soit ! Je me rends. Vous avez gagné. Me voilà avec le soutien des petits et la haine d'un grand. Un équilibre précaire.

Il soupira. Charles tenta de poursuivre sur notre avantage :

— Sans doute milord souhaiterait-il que l'*Oroun* quitte ses rives au plus vite ? Et retourne en France ?

— Certes, *commander*. Certes.

Sa main noueuse parcourut, comme pour l'éprouver, une barbe naissante imaginaire. Il planta ses yeux dans les miens.

— Rentrez chez vous et n'y revenez plus. Et si d'aventure vous vous égariez à rencontrer l'un de nos bâtiments de guerre sur l'océan, n'attendez aucune merci. La mer appartient à la Couronne. Je m'y emploie. Ne l'oubliez point.

— La mer, *my lord*, vous appartiendra le jour où la liberté sera captive. Et les hommes soumis. Évitez d'y poser des bornes. Mais j'entends et éviterai de croiser vos vaisseaux. S'ils ne me cherchent pas, ils ne me trouveront point.

Nous nous défiâmes un moment du regard. Il céda, sourit et prit congé élégamment. Un bruit me fit sursauter : Henri venait de lâcher sa hache sur le pont. Le nez froncé, un sourire immaculé et les épaules levées, il mit ses deux paumes sur son ventre :

— Ne vous en déplaise, jouer les héros pour enfants en déshérence m'a donné faim. Capitaine, pourriez-vous sonner la cloche du quart du soir, je vous prie ?

*

Il avait bien fallu céder au caprice de notre docteur ès hachoirs. Nous avions donc, comme à la belle époque, dressé une table sur le pont de l'*Oroun* et décidé d'y inviter tous nos amis pour une soirée d'adieu. Nous rentrerions en France avec la marée du matin.

Bento avait disparu, comme à son habitude, en me promettant « une heureuse surprise ». Je présageais le pire. Mais, en attendant, le pasteur Ballmer et Finn dissertaient allégrement des avantages et des infortunes de la Réforme anglicane. Ils étaient de concert tout à fait d'accord pour ne pas être d'accord. Rebecca et Thomas, nos nouveaux mousses, leur servaient à boire avec le sérieux d'un maître d'hôtel de Buckingham et la tenue d'un chiffonnier du Levant. Ann et Mary s'étaient posées à terre un moment pour interroger un brasseur des environs qui, selon elles, avait la « meilleure ale du royaume ». Friands de nouveautés en la matière, les Bordelais les avaient suivies. Non sans avoir, auparavant, fait avitailler nos cales de trois énormes tonneaux de *uisge* achetés à Andrew Mac Aulay. Ils condescendraient à m'en vendre un si, affirmaient-ils, « j'avais la bienveillance de ne point les mettre en situation d'être massacrés, découpés ou pendus dans la semaine qui viendrait».

Notre ami juif fit apparaître le ramage défraîchi de son couvre-chef sur un point de théologie ardue entre l'Irlandais et l'Anglais.

— Yann, dit-il, il me semble avoir trouvé l'un de vos amis qui se morfondait en Albion. Je le savais présent, mais, comme vous le savez, l'occasion n'avait point encore fait le larron...

Une voix, essoufflée de la montée sur notre bord, légère et ironique, me fit lever de mon siège comme un beau diable :

— Se peut-il que ce rustre de marin breton tienne salon littéraire, telle la marquise de Lambert, sur le pont d'un bâtiment pirate ?

Je tombai dans les bras de mon ami François-Marie Arouet, avec lequel j'entretenais correspondance depuis une rencontre mouvementée quelques mois auparavant.

Il n'était pas seul. Un homme, perruque courte et grise sur la tête, des joues à souffler dans les voiles et ce regard perdu et myope de ceux qui lisent – ou écrivent – trop, habillé sobrement, s'inclina devant moi. Mon diablotin polémiste, son perpétuel sourire sarcastique sur le visage, se chargea des présentations :

— Chevalier Kervadec, permettez-moi de vous présenter un ami anglais chez qui je réside en ce moment : Ephraïm Chambers, voici Yann Kervadec, le monsieur Jourdain de la liberté, dans sa version la plus brutale, cependant. Je vous en ai déjà entretenu.

Nous nous saluâmes. Deux sièges de plus furent mis à leur disposition, et nous décidâmes de passer outre les très menaçants avertissements de Michel et d'Étienne en mettant en perce l'un des tonnelets de vin de Bordeaux qu'ils conservaient par-devers eux. Comme s'ils avaient pressenti l'outrage, nos deux compagnons grimpèrent eux aussi à bord, précédés par Ann et Mary, dont la rougeur des joues devait plus à la dégustation de bière qu'à l'air frais du vent de la Manche.

Finn connaissait déjà celui qui se faisait appeler Voltaire dans ses écrits, il lui fallait comprendre qui était notre invité surprise :

— Votre nom ne me semble pas inconnu, monsieur, mais je ne parviens point à le retrouver dans la mémoire de serin qui est la mienne…

Ce fut à l'écrivain français de combler ces lacunes :

— Monsieur Chambers s'est lancé dans la tâche titanesque de publier la quintessence de ce que peuvent nous apprendre la science et les arts.

— Non point la quintessence, tempéra d'une voix douce celui dont on parlait, mais plutôt un résumé que j'espère exhaustif. Il ne sera, hélas, pas achevé avant plusieurs années. Mais enfin, j'ai bon espoir que ma *Cyclopaedia des arts et des sciences* voie le jour…

— Et elle sera une référence, s'enthousiasma François-Marie à son habitude, un phare pour ce siècle ! Même si, et pardonnez mon insistance, quelques notions de philosophie et de poésie pourraient y figurer sans la déparer…

— La matière humaine est trop complexe pour être couchée par d'autres que des artistes ou de grands auteurs, jugea un Finn passionné par les travaux de l'Anglais.

S'ensuivit une rafale de questions auxquelles répondit posément l'encyclopédiste, sans jamais se fatiguer et s'humectant avec une certaine constance de notre vin.

Notre ami juif n'y tint finalement plus et lui posa la question qui lui brûlait les lèvres :

— Auriez-vous connaissance pour vos travaux d'une « pompe à foyer » dont on parle beaucoup dans le sud du pays ?

Ephraïm Chambers dut reconnaître qu'il en attendait les plans, mais qu'un inexplicable retard l'obligeait à prendre son mal en patience. Je toussotai presque et relançai l'homme sur les chantiers navals. Baruch s'était encore évaporé.

Mes yeux frottés au sable me rappelaient que nous partions le lendemain. Je pris congé, non sans serrer encore dans mes bras l'auteur français.

— Yann, me dit-il, un jour, on s'attachera à définir la liberté dans un dictionnaire. Ce jour-là, vous me serez d'un précieux secours…

— Que nenni, mon ami, je deviens trop blasé : je ne m'étonne plus de mes cicatrices. Cette question-là, vous devrez la poser à un nouveau-né. Ou à un innocent. Je suis trop vieux, plus assez pirate et beaucoup trop coupable pour y répondre.

Je croisai Baruch dans la coursive. Des taches sur les mains, il tentait de faire sécher l'encre d'un croquis tout frais de ce qui ressemblait diantrement aux plans que nous avions volés à Dartmouth. Il me fit un clin d'œil.

— Que voulez-vous, Yann… On peut être espion et partageur tout à la fois…

18

Carnac, avril 1723

La mer du Nord roulait des épaules et nous bousculait sur son passage. Un nuage de pluie semblait nous suivre quel que soit notre cap. De loin en loin, nous apercevions un rayon de soleil, un peu de ciel dégagé, mais toujours à quelques encablures. Poséidon nous modelait Tantale et nous privait du réconfort d'Apollon. Médeline, pourtant totalement amarinée, souffrait du mal de mer. Elle avait demandé à Finn de l'aider. Il était remonté de notre cabine avec un sourire béat, qu'une vague fraîche et imposante noya aussitôt. Je vis ma femme apparaître derrière lui. Les traits creusés, déjà plus maigre, elle se tenait le ventre. Son joli teint caramel tirait vers le vert, comme du bronze oxydé. Je m'inquiétai. Elle secoua la tête et tenta un sourire.

— Rien de grave Yann, une faiblesse passagère. Et ne compte pas sur moi pour tomber en pâmoison comme ces belles dames quand elles ont un secret à se faire pardonner…

Pour lui donner tort, un roulis ample vint nous saisir de la poupe à la proue comme si l'*Oroun* piquait le dos d'un serpent géant. Ma belle se précipita et largua à l'eau ce qu'elle avait réussi à avaler ce jour-là. Je ris, malgré moi mais franchement. Elle me fusilla de ses grands yeux noir et or :

— Amusez-vous, capitaine, me cria-t-elle par-dessus le vent. Amusez-vous, mais prenez garde que nous ne nous vengions le reste de votre vie.

Je tiquai sur le «nous» de majesté que je pris cependant pour une clause de style.

— Riez donc, monsieur Kervadec, poursuivit-elle, vous rirez moins quand votre enfant voudra connaître les aventures de son père. Croyez-moi, je ne lui épargnerai rien !

Je restai niquedouille un long moment. Les bras ballants. Je m'effondrai sur le pont, secoué par des sanglots venus de mon âme. Un vertige de souvenir, mes parents morts trop tôt, Gwenaël, le marquis de Presle, Mami Wata, Abiola et les Indiens de Maracaibo… Une ronde d'images, d'odeurs et de sons m'entraînait dans un déchirement d'émotions. Elle me rejoignit. Je posai ma tête sur son ventre. Je pleurai plus fort encore. Finn, Henri, Baruch et les Bordelais nous entourèrent et partagèrent avec l'océan le sel de leurs larmes.

Je n'avais qu'une envie. Dire très vite à mon père adoptif qu'il deviendrait grand-père incessamment. Notre maître espion tempéra mes ardeurs.

— Il te faudra attendre Lorient, Yann. J'ai envoyé un message, sitôt notre arrivée en Angleterre. J'ai reçu une missive. Nous sommes attendus prestement là-bas pour délivrer notre petit caillou…

Voilà qui me convenait : je ne souhaitais à aucun prix que mon enfant puisse côtoyer ce fichu diamant maudit plus longtemps que nécessaire. Nous arrondissions déjà au large d'Eusa[1].

Le vent d'ouest nous porta d'île en île. De sentinelles de rochers noirs en veilleurs de hauts-fonds jusqu'à Groe[2]. Nous y croisâmes quelques pêcheurs et un bâtiment de guerre, déjà ancien, qui se déhanchait sur la mer comme un vieillard sur sa canne.

Nous embouquions le bras de mer qui nous menait à la ville et à son nouveau port. Michel et Étienne imaginaient déjà tout le profit qu'ils pourraient tirer de leurs nouvelles connaissances, qu'elles fussent de chair et de sang ou liquides.

1. Ouessant en breton.
2. Groix en breton.

Je veillais sur Médeline plus que nécessaire. Elle s'en agaçait, mais je pressentais qu'elle m'en eût voulu de ne point le faire.

Sur le quai, un Jean-François Pocher en simple veste d'officier malgré la pluie nous attendait. Excité comme un chiot avant sa pitance.

— Yann, vous voici... C'est un soulagement ! On nous avait signalé votre départ de Londres. J'avais estimé votre course. Vous avez un peu d'avance. Mais baste ! Nos invités seront là après-demain. Vous serez ainsi prêts à les entretenir de vos aventures.

Il me fallut trier un brin dans l'inhabituelle logorrhée de mon ami. Je compris enfin : averti du succès de notre mission, le ministre avait laissé à la Cour ses obligations et son protocole pour se rendre à notre rencontre. Il serait là bientôt. Nous devions l'attendre.

Je pus cependant placer deux ou trois mots, à commencer par la bonne nouvelle. Il se précipita vers Médeline et sut trouver les mots. J'en tirai une illégitime fierté, mais expliquai que l'*Oroun* aurait besoin de quelques marins pour l'emmener à Auray puisque Finn et moi resterions sur les rives du Scorff et que ma femme devait impérativement se reposer chez nous. Ainsi fut fait. Prestement.

*

Nous piaffions depuis cinq jours. Un Le Pocher à l'agonie nous promettait l'arrivée de son ministre tous les matins. Je le rudoyais de plus en plus sèchement : je ne voulais que retrouver ma femme et mon – futur – enfant. Finn avait écumé tous les livres qu'il avait pu trouver. Nous nous attaquions désormais aux estaminets, et ils étaient nombreux, pour faire passer le temps. Nous avions pris nos quartiers dans une auberge nouvellement implantée face à un quai, La Trinquette, et son patron était allé jusqu'à nous en confier les clés, agacé de devoir se réveiller au milieu de la nuit pour nous laisser entrer après nos sorties nocturnes et copieusement arrosées.

Le matin du sixième jour, un éclat de lumière vint percer joyeusement notre fenêtre. Finn s'emporta immédiatement contre « ces maudits Bretons qui ne connaissent pas les volets ». Et se retourna sur son lit. À l'autre bout de la pièce, je trouvai la force de me réveiller et de me toiletter. L'Irlandais gémit au bruit de mes ablutions, puis condescendit à se faire figure humaine à son tour. La veille au soir, dans une conversation aux vapeurs de rhum, nous avions décidé d'annoncer à notre ami lorientais que nous rentrerions chez nous. Le ministre saurait où nous trouver après tout.

Nous marchions donc d'un pas décidé dans la forteresse pour y trouver Jean-François. Nous fûmes surpris par le monde qui s'y pressait. Très endimanchés ou en uniformes de parade, les bourgeois et les marins du lieu semblaient tous avoir quelque affaire à y régler, en grande tenue de surcroît. Tous parlaient beaucoup trop fort, comme si le niveau sonore de leur organe était proportionnellement lié à leur statut social, ou à l'importance qu'ils s'accordaient. Je devinais que Jean-Frédéric Phélypeaux de Maurepas devait se trouver en les murs.

Nous changeâmes de direction et nous frayâmes un chemin dans la foule de courtisans vers le bureau du commandant de la place. Un secrétaire débordé, disparaissant presque sous un amas de documents, nous lança un regard désespéré avant de nous demander nos noms et qualités. Il cligna trois fois des yeux. Et se leva, soulagé sans doute de mettre ses jambes enfin en branle et d'avoir affaire à des personnalités attendues. Nous le suivîmes, amusés de remarquer qu'une lettre, sans doute collée par la sueur, s'accrochait à son séant comme une tique à l'oreille d'un chien. Un bout de cachet de cire rouge lui dessinait comme le bout d'une queue. Finn tenta un mauvais jeu de mots sur ces courriers des grands de ce monde qui finissaient en « cul-de-sac ». Je le rabrouai, puis m'esclaffai alors que nous entrions. Et osai à mon tour un épouvantable

« mâle-poste » qui me resta en travers de la gorge quand les portes se refermèrent derrière nous. Nous perçûmes d'abord le silence qui contrastait avec le brouhaha des couloirs que nous venions d'emprunter. Puis Phélypeaux, debout près d'un bureau éclairé par une grande baie vitrée, qui nous fixait durement et tourna légèrement la tête vers un personnage en contre-jour qui nous tournait le dos, d'une taille adolescente, les épaules tombantes. Un rayon de soleil s'accrocha à ses manches, parementées d'or. Sa perruque, courte et précieusement ourlée, attrapait un halo de lumière. Il se retourna.

— Messieurs, dit-il d'une voix douce et à peine posée, pas encore adulte, disposez-vous de mon diamant ?

Il fallut que Finn, déjà un genou à terre, me tire de ma torpeur par la main pour que je m'incline à mon tour. Et articule un « Majesté » étranglé. Puis apporte une réponse :

— Si fait, Sire. Le voici…

L'Irlandais extirpa difficilement la pierre, sans aucune protection, de la poche cachée de sa culotte pour me la confier. Je la tendis au roi en bredouillant, contrit de la sentir encore chaude du corps de mon ami et non point enveloppée de velours pourpre ou de tout autre apparat digne de notre interlocuteur.

Un membre de sa Cour, un abbé, s'en saisit non sans dégoût, comme si l'offrande souffrait de l'inconvenance de son porteur et de sa cachette.

— Relevez-vous, messieurs, dit le roi chez qui je vis apparaître une légère fossette sur la joue gauche, et narrez-moi vos exploits. Mon ami Jean-Frédéric en a évoqué quelques-uns dignes de ceux qui firent la gloire du règne de mon arrière-grand-père…

Je tentai de faire un résumé épique de nos aventures à celui qui n'était, au fond, qu'un adolescent propulsé à la tête de la nation la plus puissante du monde. J'oubliai au passage une espionne espagnole et une fâcherie potentiellement désastreuse avec le royaume britannique, mais n'omis aucun coup d'épée ni coup de poing. Je le vis tressaillir, ouvrir et refermer les mains, son visage lisse et naturellement fatigué s'animer à chacun d'entre eux.

Ce fut à Finn de conclure :

— Et nous voici, Sire, à votre service. Nous fûmes ballottés par bien des vents contraires, mais de chacun de vos ennemis nous avons su faire votre force. Comme le dit le poète, « c'est ainsi que l'on peut cueillir quelques gouttes de miel sur la ronce la plus sauvage, et faire servir l'enfer même à nous prêcher la vertu ». Nous voici donc vertueux.

Je craignis le pire. Le roi prit le temps de réfléchir en penchant la tête. Il coula un regard vers l'abbé qui avait prestement enfermé le diamant sous je ne sais quelle poche de sa robe en soie noire. Puis il sourit :

— « On est toujours trop prêt quand on a du courage. » Vous étiez prêts. Tous les deux. Je saurai m'en souvenir.

Je fus saisi un instant par l'ironie de voir un très jeune homme prononcer les mots de Don Diègue, mais je repris mes esprits, juste le temps de saluer le jeune Louis le Quinzième qui quittait la pièce non sans une certaine grâce enfantine.

— Sire, osai-je cependant, par acquit de conscience. Cette pierre est maudite. Le Breton superstitieux que je suis peut se permettre de vous mettre en garde : il n'a jamais porté chance à personne.

— Mais ma famille est bénie, chevalier, me répondit-il en tournant à peine la tête, et ce diamant restera son joyau[1]. Ainsi nous venons, ensemble, de briser une malédiction. Voilà qui est réjouissant.

Il disparut dans un frou-frou soyeux. Je l'imaginai sourire. Finn était conquis et n'attendait que de pouvoir clamer à la Terre entière comment il avait « devisé », Shakespeare contre Corneille, avec le roi de France lui-même.

1. Véridique : le dernier membre de la famille royale à en avoir la possession fut Marie-Antoinette.

Le ministre de la Marine hocha la tête en sortant. Il prit le temps de nous glisser quelques mots :

— Merci, messieurs, pour vos efforts. Sachez que les plans sont également arrivés à bon port. En ce qui me concerne, ils ont plus d'intérêt que le joyau. Quant à vous, chevalier, puisque vous voilà Rodrigue par le bon vouloir de Sa Majesté, veuillez féliciter votre Chimène pour la bonne nouvelle. Et vous tenir paré à la manœuvre. Nous savons, vous et moi, qu'un navire dépérit sur ses amarres. Nous ne laisserions pas cela vous arriver. N'est-ce pas ?

J'acquiesçai, tout en priant le ciel de pouvoir rester à quai encore quelques mois. Et certainement jusqu'à la naissance de mon enfant.

*

Je manquai d'occire Finn une bonne dizaine de fois durant le voyage de retour. Nous avions emprunté des chevaux paresseux à la marine, ce qui laissait au rouquin tout loisir de me raconter encore et encore son entrevue avec le roi comme si je n'y avais point assisté. Il comprit enfin mes reproches… pour mieux enchaîner sur ce qu'il eût pu dire et le roi répliquer. Je cherchai des yeux mon sabre attaché à mes sacoches plus souvent que notre amitié n'eût dû le permettre.

À peine passé le bourg de Plouharnel, nous aperçûmes le clocher de Saint-Cornély, domaine de Dieu à Carnac et celui de mon père. J'accélérai.

La cour de notre maison était encombrée de flaques, Henri et Marie vinrent nous accueillir et m'apprirent que Médeline consultait en ce moment même chez l'*aozer*. Elle tenait à lui demander si elle enfanterait une fille ou un garçon. Je n'arrivais point à trancher cette question. Un petit homme, bien sûr ! Mais une jolie jeune fille, quand même… Je secouai la tête pour chasser mes pensées et demandai des nouvelles de Gwenaël. Marie me confia qu'il devait à cette heure ranger son aube et préparer les vêpres. Elle n'y tint point et me confia que, pendant notre absence, il s'était rapproché de notre guérisseuse au point de refuser quelques rendez-vous avec certaines de ses amies chères habituelles. Le village bruissait de cette alliance croustillante entre catéchiste et rebouteuse.

Nous partions céans avec Finn, tous rires dehors, présenter nos respects au recteur et le chamailler un peu de cette inacceptable entorse à sa règle de ne jamais « avoir à confesser un seul péché à la fois afin de ne pas prendre à la légère le temps sacré du confessionnal ».

Nous poussâmes la lourde porte en bois gondé de fer. Mon père gisait, la tête en sang, le dos contre l'autel. Le crucifix qui avait servi à l'assommer à ses pieds. Près de lui, debout, poignard à la main, Carla nous fit signe d'entrer plus avant.

— Messieurs, que le temps fut long ! Je vous attendais. Veuillez vous asseoir à côté du curé. Il a la tête aussi dure que la vôtre, Yann, entre nous soit dit.

Elle avait repoussé son épaisse chevelure d'un seul côté de son visage, en obscurcissant la moitié, mais dévoilant, à son opposé, une nuque blanche rehaussée par son pourpoint rouge sombre. Nous hésitâmes. Elle promena sa lame sur le visage de Gwenaël qui émit un triste gargouillement et un profond soupir. L'acier à un pouce de ses yeux nous décida à lui obéir. Elle nous tendit deux cordelettes :

— Je suis trop occupée à menacer de larder ce monsieur, auriez-vous l'obligeance de vous lier vous-mêmes ? Je surveille, et ne croyez point que les nœuds de marins me soient inconnus.

J'entravai Finn et il en fit de même avec moi. Nous avions tenté chacun de donner du mou à nos attaches, mais un raclement de gorge de l'Espagnole et son tranchant désormais sur la gorge de mon père nous contraignirent à ne point tricher.

Elle nous dominait désormais et entamait les cent pas dans la travée.

— Vous m'avez, moi. Relâchez-le et faites de ma personne ce que vous voudrez, tentai-je, au désespoir.

— Mais, Yann, je fais déjà de vous de ce je veux. Je ne réclame rien d'autre que votre attention. Voyez-vous, il ne m'a pas été difficile de vous suivre. Quand j'ai appris que votre petit roi lui-même entreprenait un voyage d'inspection de sa marine, j'ai compris que vous y seriez pour lui remettre mon diamant. Je comptais vous transpercer le cœur à cette occasion. Mais la punition n'aurait été que trop miséricordieuse. Bien. Vous étiez à Lorient, vous reviendriez ici, n'est-ce pas ? Chez vous, auprès de votre pitoyable négresse et de ce curé déluré et apostat. C'est que, comprenez que je me soucie de Dieu aujourd'hui. Je le porte littéralement en moi.

Elle s'approcha et glissa ses mains à la base de son cou, attrapa ses cheveux et les remonta sur sa tête. Une affreuse cicatrice en forme de croix balafrait sa joue droite et entamait jusqu'au coin de son œil. Je ne pus m'empêcher de tressaillir.

— Hideux, n'est-ce pas ? poursuivit-elle. Mais rendons à César… Je vous dois autant qu'à Pargo cette marque d'infamie. Il paiera en son temps. Mais je tenais à commencer par vous, vos amis et votre famille…

J'avais été élevé dans cette église. J'en connaissais tous les sens, les vents et les recoins. Un courant d'air léger parcourut les dalles polies par les fidèles pour m'atteindre. Je savais que quelqu'un ouvrait la petite porte de la sacristie qui donnait dans la ruelle à l'extérieur, sur l'arrière de l'église. Nous n'étions plus seuls. On venait à notre secours. Je me tortillai pour me défaire de mes liens.

— Cessez donc de vous agiter, hurla soudain une Avispa démoniaque.

Elle me parlait désormais nez à nez, le visage transformé en un rictus qui faisait plus encore ressortir son horrible mutilation. Ses yeux verts me parurent glace et feu tout en même temps. Elle se releva comme pour se calmer. Et se rapprocha de Finn.

— Lui mourra en premier. Un piètre entremets que ce sodomite, mais il ira en enfer comme tous ses semblables…

— Croyez bien, madame, réussit à dire Finn, que je me réjouis déjà d'y retrouver mes « semblables » et vous prie de faire vite, la femelle que vous êtes ne me démontre que trop bien à quel point mon mode de vie est pertinent.

Il ferma les yeux pour recevoir le coup de grâce. Je criai. Un coup de feu retentit. Carla porta la main à sa joue. La croix scarifiée sembla saigner. La balle avait éraflé la cicatrice.

Médeline entra en trombe derrière nous en brandissant mon sabre. Elle atteignit notre tortionnaire d'un violent coup de pied à la hanche qui l'envoya heurter durement l'un des bancs de l'église. L'Espagnole geignit sur le coup, mais se redressa en se tenant le côté. Je suppliai ma femme de nous détacher.

— Elle est à moi ! Rien qu'à moi. Elle meurt aujourd'hui. De ma main. Tu restes là où tu es, me répondit-elle sans tourner la tête, d'une voix comme sifflée.

— On sait désormais qui porte culotte, persifla l'Avispa. Savez-vous, ma jolie, que votre mari n'est pas aussi doué que le laisserait croire son allure dans les plaisirs de la chair ?

Elle la provoquait. Mais je vis ma belle baisser la garde légèrement. La langue de vipère avait touché. Je savais également que mon large tranchant de pirate était bien trop lourd pour sa force. Elle ne pourrait le tenir beaucoup plus longtemps.

— Prends garde au poison, cria Finn, qui, lui aussi, se battait contre la corde qui l'entravait.

L'Espagnole se redressa et se mit à tracer des demi-cercles avec son poignard. Elle n'avait qu'à éviter le prochain coup pour transpercer l'amour de ma vie et l'enfant qu'il portait. Je roulai sur le sol pour tenter encore de me libérer. Médeline tenta de la découper de bas en haut. Un geste dangereux puisqu'elle se dévoilait entièrement. Carla fit un pas de côté, puis se fendit et contre-attaqua. Il s'en fallut d'un pouce pour qu'elle n'atteigne le ventre de ma femme. Mais elle avait l'avantage. Ma femme recula et prit appui sur la pointe du sabre pour maintenir son équilibre. L'espionne en profita, vive comme une lanière de fouet. Elle s'élança. Son pied cependant fut pris en porte-à-faux sur un agenouilloir. Elle gémit sous la contrainte, puis fit un ample geste de revers qui contraignit Médeline à s'accroupir pour l'éviter. Elle se redressa et se retourna dans le même mouvement, lame à l'horizontale dans le geste du faucheur. Le fil toucha l'épaule qui tenait la dague. Celle-ci tomba à terre. L'Avispa se pencha pour la ramasser. Elle prit un genou sous le menton et se cabra à la renverse. Avec une souplesse de liane, Médeline lâcha son arme, agrippa un lourd banc de chêne destiné aux fidèles, poli par les ans, et le fit basculer sur l'Espagnole. Elle ramassa la courte lame, saisit son adversaire presque estourbie par les cheveux et rapprocha son visage du sien. Elle lui parla d'une voix étrangement apaisée, à peine essoufflée, mais froide et implacable comme les gelées de mars.

— Je vous avais prévenue : Yann et ses démons m'appartiennent…

Lentement, les yeux dans les yeux, en s'aidant des deux mains, elle enfonça la lame dans le cœur de l'Espagnole. Un râle léger, presque enfantin. Un raidissement des jambes. Des pieds en saccade. L'Avispa ne bougeait plus. Un mince filet rouge s'échappait des commissures de lèvres que j'avais embrassées. Elle me regardait, vitreuse. Je la trouvais belle, encore… Je sus qu'elle venait d'embarquer un peu de mon âme dans les océans de l'enfer. Médeline se redressa et laissa retomber avec mépris le corps sans vie. Ses yeux se posèrent sur moi. Terribles. J'y lus une sauvagerie infinie. À la hauteur de son amour. Elle tremblait comme feuille au vent d'automne. Le sang commençait à couler sur le sol gris.

— Vous l'avez tuée dans mon église, très chère, croassa mon père, pas encore remis de son traumatisme. Dieu vous bénisse !

*

Je la vis à contre-jour, assise, les jambes étendues, les mains bien à plat sur le rocher qui lui servait de trône. Face à la mer. De petits rouleaux écumaient de rage contre la marée qui les contraignait à reculer. Les odeurs d'ajoncs, de bruyère et de fougères le disputaient à l'iode. Le suroît[1] tentait en vain de décrêper ses cheveux. Ses orteils jouaient avec le sable blanc et tentaient de le filtrer. La lumière du soir la drapait de rose orangé. Elle lui offrit son visage, la tête en arrière, la gorge dévoilée. Je m'installai à ses pieds. Elle me regarda.

— Je parle à la mer, maintenant, Yann. Tu m'as contaminée. Ta satanée Bretagne m'a attrapée. Ta soif de sang aussi. Je ne suis pas certaine de le vouloir… Je suis sûre que je ne veux pas de cette violence dans la vie de notre enfant. Promets-moi de dompter ton monstre intérieur. Promets-moi de m'aimer pour une vie plus longue que la mort. Promets-moi de ne pas l'entraîner dans ton sillage.

— Je te promets. Tout. Devant le vent, la mer et les vagues. Je te promets…

— Le vent, la mer et les vagues… Tu prêtes serment sur les causes mêmes de toutes nos errances. Mais très bien. Je saurai faire avec deux enfants. Toi et celui-ci.

Elle toucha son ventre. J'étais jaloux. Elle sentait une vie que je ne percevais point. Je soupirai.

— Parlons de son baptême, dit-elle en se relevant, soudain ragaillardie. Je les veux tous auprès de nous : Abiola, Ann, Mary, Charles, Baruch, Étienne et Michel… Tous !

— Bien sûr, mais…

— Mais ?

— Mais tu sais comment cela finira ?

— Vous reprendrez la mer. Sous un prétexte ou un autre, je le sais. Et je t'accompagnerai. On ne retient point l'écume des lames. Et nous ne sommes que cela. Portés par l'air, de l'écume…

1. Vent de sud-ouest.

MIXTE
Papier issu de sources responsables
FSC® C003309

L'Éditeur de cet ouvrage s'engage pour la préservation de l'environnement et utilise du papier issu de forêts gérées de manière responsable.

Achevé d'imprimer en France par CPI en janvier 2020
N° d'impression : 3036826